Une belle en cavale

Jane Graves

Une belle en cavale

Traduit de l'américain
par Florence Bertrand

Titre original :

I GOT YOU BABE
An Ivy Book, published by The Ballantine Publishing Group

À Linda Kruger,
pour son aide et son soutien de tous les instants.
Merci pour tout.

1

Pam Esterhaus risqua la tête hors de la chambre 14 du *Flamingo Motel*, au croisement de la nationale 37 et de nulle part, frissonnant légèrement dans l'air vif d'octobre. Elle jeta un coup d'œil inquiet à gauche, à droite, puis dans l'allée menant aux autres chambres, avant de porter son attention sur le parking et la forêt de pins qui s'étendait au-delà. Tout semblait tranquille. Pas d'individus louches. Pas de voitures inconnues. Pas d'hélicoptère tournoyant dans le ciel, prêt à larguer une équipe de tireurs d'élite.

Rien que le bruissement des feuilles dans le crépuscule.

Laissant la porte entrebâillée, elle se faufila dehors et se dirigea d'un pas rapide vers le distributeur situé dans le passage qui séparait sa chambre de la réception. Elle s'exhorta au calme ; après tout, l'intervention de tireurs d'élite était peu probable.

Elle glissa deux pièces dans la machine, et s'apprêtait à en introduire une troisième lorsqu'elle sentit les cheveux sur sa nuque se hérisser. Elle se figea, la pièce à hauteur de la fente, puis déglutit avec peine et coula un regard par-dessus son épaule.

Rien.

Elle expira l'air qu'elle retenait dans ses poumons. Décidément, son imagination lui jouait des tours.

Si seulement sa vieille Toyota n'avait pas choisi le pire moment pour tomber en panne, elle ne serait pas coincée là, dans ce motel minable, à sursauter au moindre bruit. Elle pria silencieusement pour que le garagiste tienne sa promesse et lui pose une nouvelle pompe d'alimentation à la première heure, le lendemain matin. Ensuite, elle pourrait reprendre la route, direction la Louisiane et La Nouvelle-Orléans, loin du Texas, et de Tolosa.

La Nouvelle-Orléans. Elle ignorait pourquoi elle avait choisi cette destination, sinon que les restaurants y étaient nombreux, ce qui signifiait qu'elle pourrait trouver facilement un emploi. En outre, cette ville, avec son aura de mystère, lui semblait idéale pour qui souhaitait changer d'identité, ce qui était son cas. Bien sûr, elle n'avait pas la moindre idée de la façon dont il fallait procéder, mais elle n'avait pas le temps de s'attarder sur ce genre de considération pour l'instant. Il lui fallait d'abord récupérer sa voiture, et se mettre en route. Pour le reste, elle verrait plus tard.

Elle inséra la pièce dans la fente, pressa un bouton, et son dîner – un paquet de biscuits au beurre de cacahuètes – lui fut servi avec force cliquètements. Elle se pencha pour le ramasser. Au moment où elle se relevait, un bras lui ceintura la taille et un objet dur et froid lui heurta la mâchoire.

— T'as raté la date de ton audience, ma belle.

En un éclair, on la fit pivoter pour la plaquer brutalement contre la machine. L'objet dur et froid – un pistolet – reposait à présent contre sa gorge. Et, devant elle, se tenait le colosse le plus laid, le plus menaçant qu'elle ait jamais vu. La cinquantaine tout en muscles, sans la moindre trace de graisse. Son crâne rasé, ses tatouages et son unique boucle d'oreille en or ne faisaient que renforcer son allure de brute sinistre, limite sadique.

— Qui... qui êtes-vous ? balbutia-t-elle.

Un sourire rusé retroussa les lèvres de son agresseur.

— Max Leandro. Officier chargé de l'application de la loi sur les mises en liberté sous caution.

Il fallut quelques secondes à Pam pour comprendre ses paroles. Quand elle saisit enfin, une vague de panique la submergea. Elle s'était attendue à voir des flics accompagnés de chiens policiers s'annoncer avec des porte-voix. Jamais elle n'avait envisagé de se faire épingler par un chasseur de primes qui devait peser deux tonnes au bas mot, et semblait capable de soulever une Buick.

Il fourra son pistolet dans la ceinture de son jean, et attrapa brutalement les poignets de Pam pour lui passer des menottes. Puis il l'empoigna par le bras, et l'entraîna sans ménagement vers sa vieille Jeep Cherokee garée sur le parking ouest du motel.

— Non ! gémit-elle en essayant de se dégager. Je vous en prie, ne faites pas ça !

— Oh ! Mais il le faut, ma belle. Vois-tu, ils ont organisé une petite sauterie en ton honneur à la prison.

— Attendez une minute ! Et mes affaires ? Vous ne pouvez pas...

— Oh, que si !

Après l'avoir fait entrer dans la voiture du côté conducteur, il la poussa et prit place au volant. Il alluma une cigarette, enfonça une cassette de Metallica dans le lecteur, et démarra en trombe.

Choquée, incrédule, Pam fixa le tableau de bord tandis que l'angoisse montait en elle. D'ici deux heures, elle serait de nouveau aux mains de la police de Tolosa, et, cette fois, aucune chance qu'ils la laissent repartir sous caution.

Elle foudroya Leandro du regard.

— Comment m'avez-vous retrouvée ?

— Je suis le meilleur, ma belle.

Pam retint une exclamation de dépit. Quelle malchance qu'elle ne soit pas tombée sur le dernier de la classe !

Elle tira furtivement sur les menottes pour en tester la solidité, puis tenta de faire le point sur la situation. La poignée de la portière passager avait été démontée. Un coup d'œil par-dessus son épaule lui apprit que les portières arrière avaient subi le même traitement. Apparemment, le plan A – sauter du véhicule en marche – était exclu.

— Vous faites une terrible erreur, déclara-t-elle, passant immédiatement au plan B. Je suis innocente. Vous ne voudriez pas emmener une innocente en prison, tout de même ?

Il laissa échapper un ricanement.

— Innocente, mon cul ! On t'a pincée avec le butin et l'arme du crime.

— Oui, mais...

— La vieille qui a été attaquée a affirmé que l'agresseur était une blonde.

— Il y a des milliers de blondes...

— Elle t'a formellement identifiée parmi une douzaine d'autres !

— Je ne sais pas comment...

— Et puis, il y a ton casier...

Pam se redressa brusquement.

— Comment êtes-vous au courant ?

Leandro lui lança un regard suffisant.

— J'ai mes sources.

— J'étais mineure, à l'époque ! Un casier est censé être confidentiel.

— Il l'est. Mais les flics ne sont pas muets. Quand on t'a amenée au poste pour cette histoire de vol à main armée, tes cheveux blonds ont réveillé quelques souvenirs, expliqua-t-il avec un large sourire. T'aurais pas dû vider une canette de bière sur les chaussures d'un flic, Pam. C'est le genre de truc qu'ils ont du mal à oublier.

« Mon Dieu ! », songea-t-elle en enfouissant la tête dans ses mains alors que l'incident lui revenait en mémoire. Les détails de cette soirée-là étaient un peu flous, mais elle se souvenait d'avoir cédé à la fureur lorsqu'un des flics présents avait observé que des mineures ne devraient pas traîner dans les rues en pleine nuit, en état d'ivresse de surcroît. Elle lui avait montré ce qu'elle pensait de son jugement en versant sa Budweiser sur ses souliers impeccablement cirés. Ce qui lui avait valu une visite à la prison du comté. Une de plus.

— Comment a-t-il pu s'en souvenir ? Ça fait plus de huit ans !

— Je suppose que tu es inoubliable, ma belle. Surtout si on ajoute ça au reste. Vol à l'étalage, vandalisme, rodéo à la voiture volée...

— Je n'ai rien fait depuis.

— Qui vole un œuf...

Si elle avait eu un dollar chaque fois qu'elle avait entendu cette phrase – qui n'était même pas vraie !

Quand, à l'âge de dix-sept ans, elle s'était fait pincer avec son copain dans une voiture volée, le juge, excédé, l'avait expédiée dans un centre de détention pour mineurs. Sa mère avait dessoûlé le temps d'assister à l'audience, puis elle était rentrée chez elle, avait sorti sa bouteille de Johnny Walker, et porté un toast au juge qui venait de l'absoudre de ses responsabilités envers une fille qu'elle s'était à peine souciée d'élever.

Trois mois avaient suffi à Pam pour découvrir les affres de l'incarcération, et s'interroger sérieusement quant à la sagesse d'une vie consacrée à la délinquance. Mais elle était beaucoup trop fière pour rien laisser paraître de ses angoisses. Son attitude arrogante lui avait valu d'être invitée à une «journée de rencontre» avec une douzaine de détenues irrécupérables, dont les jurons et vociférations avaient pour but de la convaincre, ainsi qu'une poignée d'autres adolescentes tout aussi rebelles, que la prison était un enfer. C'était une leçon qu'elle n'avait jamais oubliée, et le jour où on l'avait libérée, elle s'était juré de mourir plutôt que de revivre une telle expérience.

Cela n'avait pas été facile, loin de là, mais elle avait réussi à s'en sortir, décrochant un boulot de serveuse chez *Denny* pour commencer. Son casier judiciaire, c'était de l'histoire ancienne – ou du moins, ça l'était avant qu'un flic à la mémoire d'éléphant décide de ramener sa fraise.

— Je n'aurais jamais pu commettre cette agression, dit-elle à Leandro. Je ne supporte pas la vue des armes à feu. Comment...

— Tu perds ton temps. Que tu sois coupable ou pas, j'en ai rien à cirer. On me paie de toute façon.

Pam émit un petit reniflement de dégoût.

— Eh bien, vous faites un charmant boulot.

— C'est mieux que de braquer les magasins.

— Puisque je vous dis que ce n'est pas moi!

Il sourit.

— Ils disent tous ça.

C'était à se cogner la tête contre le tableau de bord. Ce type aurait été capable d'accuser la Vierge Marie en personne. Pam se détourna, tandis que les kilomètres qui la séparaient de la prison filaient sous les roues tel du sable entre les doigts.

Le jour du vol en question, on lui avait offert le poste de directrice adjointe au *Renaissance*, un restaurant italien quatre étoiles avec clientèle de luxe et véritable cave à vin. Folle de joie, Pam avait téléphoné à Paula Merani, sa meilleure amie, pour fêter l'événement, avant de se rappeler qu'elle passait un week-end romantique en compagnie de ce vaurien de Tom Garroway. Du coup, elle avait commandé des plats à emporter au *China Garden*, allumé la télé, et passé un bon moment à zapper distraitement tout en songeant à ce qu'elle ferait pour que le *Renaissance* obtienne sa cinquième étoile, jusque-là insaisissable.

Puis, décidant que la nouvelle valait bien une petite folie – un pot de crème glacée Forêt Noire de *Ben & Jerry* –, elle avait pris son sac et était allée à l'épicerie du quartier, ouverte toute la nuit. Un flic l'avait arrêtée parce que l'un de ses feux ne marchait pas, et, sous ses yeux stupéfaits, avait trouvé mille deux cents dollars et un pistolet semi-automatique sur le siège arrière de sa voiture. Pam avait alors appris avec horreur qu'il s'agissait du montant exact dérobé lors de l'attaque à main armée d'une supérette, quelques heures auparavant. Le policier était resté de marbre devant ses protestations d'innocence, et elle s'était retrouvée en prison avant d'avoir eu le temps de comprendre ce qui lui arrivait.

Elle avait eu une entrevue avec le seul avocat que ses maigres moyens lui permettaient de s'offrir : un pauvre type affublé d'une cravate trop large, et qui avait collé un bout de papier toilettes sur une coupure de rasoir en guise de pansement. Lorsqu'il avait laissé entendre qu'il la croyait coupable, Pam s'était revue en un éclair, marchant entre deux rangées de cellules sous le regard mauvais et les invectives des détenues. Par une cruelle ironie du sort, ce bref séjour en enfer qui l'avait autrefois aidée à sortir de la délinquance, l'y avait replongée en la poussant à prendre la fuite. Malheureusement, un géant au cœur de pierre l'avait rattrapée, et, innocente ou pas, elle allait retourner en prison.

Pam inspecta rapidement la Jeep. On se serait cru dans le métro de New York. Des mégots de cigarette jonchaient le sol, entre une poignée d'emballages de Milky Way et un numéro de *Muscles*. À l'arrière, des classeurs débordants de documents s'étalaient en vrac sur la banquette, au milieu de journaux froissés et de sacs en papier graisseux. L'ensemble sentait les poubelles.

— Une vraie porcherie, marmonna-t-elle, pleine de haine envers Leandro, sa voiture, la musique qu'il écoutait, la profession qu'il exerçait.

Il tira longuement sur sa cigarette, et exhala la fumée, épaississant le nuage cancérigène qui flottait déjà dans l'habitacle.

— Ma femme de ménage n'a pas pu venir cette semaine. De nos jours, on ne trouve plus de bons employés.

— La fumée m'irrite les yeux. Songez à l'effet qu'elle a sur vos poumons.

— Ça les fait noircir, j'imagine.

— Vous n'avez jamais pensé à vous débarrasser de cette sale habitude ?

— L'idée ne m'a jamais traversé l'esprit.

— Cela vous ennuierait d'éteindre votre cigarette ?

— Oui. Énormément.

Pam savait qu'elle parlait pour ne rien dire, mais elle était exaspérée, terrifiée, et ne pouvait s'en empêcher.

— Le tabagisme passif tue, vous savez. Il y a eu un reportage là-dessus à la télé la semaine dernière.

— Sans blague ! Dire que j'ai manqué ça.

— Il y a même eu des cas de fumeurs poursuivis devant les tribunaux pour avoir pollué l'air des autres.

— Vas-y. Surtout ne te gêne pas !

— Ce n'est pas une mauvaise idée. Je parie que Tolosa est remplie d'avocats féroces qui meurent d'envie de...

— Oh ! Merde à la fin !

Il tira une longue bouffée sur sa cigarette avant de l'écraser dans le cendrier d'un geste rageur. Puis il jeta son paquet de cigarettes à moitié vide et son briquet dans la boîte à gants qu'il referma bruyamment.

— Là. Contente ?

Pas particulièrement. Au fond, quelle différence entre mourir à petit feu d'un cancer du poumon ou gaspiller la moitié de sa vie en prison ?

Son estomac se mit à gronder, lui rappelant qu'elle n'avait quasiment rien avalé depuis son départ de Tolosa. Dans un trou pareil, le choix de restaurants se limitait sûrement à une cafétéria au bord de la route, songea-t-elle. Soudain, la perspective de faire halte dans ce genre d'endroit ranima une lueur d'espoir ; qui sait, peut-être pourrait-elle en profiter pour semer son chasseur de primes ? Comment, elle l'ignorait. Elle élaborerait un plan le moment venu, à supposer qu'elle réussisse à le convaincre de s'arrêter.

— J'ai faim, hasarda-t-elle.

— Pas de problème. Il paraît que la cuisine de la prison est digne d'un cinq-étoiles.

Pam blêmit. Elle imagina la scène : une rangée de petites vieilles ridées, les cheveux protégés par un filet, balançant des louchées de pâtée immonde sur des plateaux en plastique.

— Ça vous tuerait de vous arrêter dans un fast-food ? Ce ne serait pas la première fois, il me semble, observa-t-elle en jetant un coup d'œil au siège arrière, le nez froncé.

— Désolée, ma belle. Le coup de la cigarette m'a ôté l'envie d'être sympa.

— Et si j'ai besoin d'aller aux toilettes ?

— Et si tu voulais que je m'arrête parce que tu penses que c'est ta seule chance de te tirer ?

Pam prit un air dégoûté.

— Vous êtes un pauvre type, vous savez.

— Ouais, répondit-il avec un sourire ravi, je sais.

Elle lui décocha un regard mauvais, puis reporta son attention sur le paysage, s'accrochant à sa haine et à son dégoût pour ne pas céder à la peur et éclater en sanglots. Elle n'allait pas s'en sortir. Innocente ou pas, elle allait passer les plus belles années de sa vie à arpenter une cellule de deux mètres sur deux, à manger une nourriture ignoble, et à essayer de convaincre de grosses femmes au comportement ambigu qu'elle ne souhaitait pas être leur petite amie.

Ils arrivèrent au sommet d'une côte, et Pam aperçut un passage à niveau à peu de distance. Comme ils approchaient, les feux rouges clignotèrent, et les barrières commencèrent à s'abaisser. Leandro enfonça l'accélérateur pour les prendre de vitesse, mais la voiture qui les précédait – une Plymouth rouillée avec un autocollant de handicapé sur la vitre arrière – ralentit. Leandro pila, et s'arrêta dans un hurlement de pneus à quelques millimètres du pare-chocs de la Plymouth. Encore quelques secondes, et les barrières bloqueraient le passage. Pam regarda à gauche, puis à droite. Aucun train n'était en vue.

— Avance, bon sang! cria Leandro, comme si l'autre conducteur pouvait l'entendre.

Il appuya sur le klaxon. Le petit vieux regarda dans son rétroviseur, mais la voiture demeura immobile. Leandro passa au point mort, et sortit, laissant la portière ouverte. Le bras posé sur le toit du véhicule, il évalua la situation. Pam regarda la colonne de direction, et son cœur bondit dans sa poitrine.

Il avait laissé la clé sur le contact.

Elle n'irait certainement pas plus vite que lui à pied, mais, en voiture, c'était une autre affaire. S'il décidait d'aller dire deux mots au conducteur de la Plymouth, peut-être que...

— Avance ! hurla Leandro. Y a pas de train !

Il glissa la main à l'intérieur et actionna de nouveau le klaxon. La Plymouth ne bougea pas.

— Merde ! Il est sourd comme un pot ou quoi ?

Leandro s'écarta de la voiture et fit mine de refermer la portière derrière lui. Pam retint son souffle, prête à passer à l'action. Dès qu'il aurait tourné le dos, elle sauterait sur le siège, tournerait la clé...

La portière se rouvrit. Le colosse tâtonna à l'intérieur et arracha la clé de contact, puis menaça Pam du doigt.

— Bouge pas. Compris ? Je ne veux pas avoir à te courir après.

Il claqua la portière et se dirigea vers la Plymouth à grands pas.

Pam s'affaissa sur son siège. Que faire, à présent ? Le seul moyen de sortir du véhicule, c'était de passer côté conducteur. Mais avec Leandro qui se retournait toutes les dix secondes, elle n'irait pas loin. Dès qu'elle se mettrait à courir, il se jetterait sur elle tel un lion sur une gazelle. Sans compter qu'ils étaient en rase campagne, et qu'il n'y avait aucune cachette en vue. Elle apercevait bien une sorte de cafétéria, de l'autre côté de la ligne de chemin de fer, à quelques centaines de mètres de là, mais à moins de détourner l'attention de Leandro assez longtemps pour disposer d'une bonne longueur d'avance, elle n'avait aucune chance.

Tout à coup, elle eut une idée. Son pouls s'accéléra, elle se redressa brusquement, le souffle court. Et si les mauvaises habitudes du chasseur de primes lui offraient une planche de salut ?

Elle fouilla dans la boîte à gants et en sortit le briquet, tout en observant Leandro du coin de l'œil. Il pointait un doigt frénétique vers la voie, sa bouche remuait à toute vitesse. Mais le vieil homme s'obstinait. Il restait assis là, citant sans doute les dernières statistiques en matière d'accidents ferroviaires, et refusait visiblement de bouger.

Elle se pencha en arrière, attrapa l'un des sacs en papier qui traînaient sur le siège sans se soucier des menottes qui lui cisaillaient les poignets. À en juger par les traces de graisse, le repas préféré de Leandro devait être un triple burger au fromage et une gigantesque portion de frites. Parfait.

Dissimulant son butin sous le tableau de bord, elle alluma le briquet, non sans surveiller Leandro afin de s'assurer qu'il continuait à harceler le petit vieux. Le papier prit feu en quelques secondes. Elle le jeta sur le sol, à l'arrière du véhicule, puis saisit d'autres sacs, qu'elle lança sur le premier. Les flammes se propagèrent aussitôt.

Alors que Pam replaçait le briquet dans la boîte à gants, elle remarqua une clé. Priant pour que ce soit celle de ses menottes, elle s'en empara et la fourra dans sa poche.

À cet instant, Leandro renonça et revint vers la voiture. Pam referma la boîte à gants et s'efforça d'afficher un air dégagé, tandis que derrière elle, un autre emballage prenait feu.

Leandro ouvrit la portière d'un geste brusque.

— Vieux crétin, grommela-t-il en s'asseyant. Il aurait pu passer, mais non. Il a fallu qu'il appuie bien sagement sur le frein dès qu'il a vu le feu rouge. Et maintenant, le train arrive. À la vitesse où il va, on est là jusqu'à Noël !

Pam leva les yeux. Le train se profilait au loin. Il se traînait à trente à l'heure, haletant tel un asthmatique obèse, ses wagons s'étirant à perte de vue.

— On devrait lui retirer son permis, fulminait Leandro. Lui interdire de toucher des clés de voiture sous peine d'être fusillé. Et je serais volontaire pour m'en charger, putain !

Les sachets brûlaient toujours, émettant de temps à autre de légers craquements, mais Leandro, trop occupé à maudire tous les septuagénaires de la planète, ne remarquait rien. Pam attendait, le cœur battant à tout rompre. Les flammes prirent de l'ampleur. Elle patienta encore quelques secondes, puis...

— Au feu ! hurla-t-elle d'une voix perçante, le doigt pointé sur le siège arrière. La voiture est en feu !

Leandro se retourna, les yeux écarquillés. S'agenouillant sur son siège, il se pencha et tenta instinctivement d'étouffer les flammes, avant de retirer sa main avec un gémissement de douleur. Il bondit dehors et se précipita sur la portière arrière. Pendant qu'il s'escrimait sur les flammes à l'aide d'un classeur, Pam se faufila sur le siège conducteur et, malgré les menottes qui l'entravaient, parvint à s'extirper du véhicule. À peine ses pieds avaient-ils touché le sol qu'elle se mit à courir.

— Hé ! Reviens !

Il se rua derrière elle. Elle n'avait que trois mètres d'avance, et il eut tôt fait de la rattraper. À la hauteur de la voiture du petit vieux, il tendit le bras pour la saisir, rata son coup, plongea en avant, et lui ceintura les hanches. Pam trébucha et tomba à genoux sur le bitume en même temps que son assaillant.

Ignorant la douleur, elle se retourna et frappa Leandro qui, touché à la tempe, cracha un juron et recula. Il revint aussitôt à la charge et, au terme d'une courte lutte, parvint à lui coincer les poignets. Il la tira à lui jusqu'à ce qu'ils se retrouvent nez à nez. Les yeux fous, les lèvres retroussées, il ressemblait à un chien enragé. Il ne lui manquait qu'un peu d'écume aux lèvres pour parfaire le tableau.

Elle lui adressa un sourire angélique.

— Comment aimez-vous votre Jeep sur le gril ? Bien cuite ?

Leandro tourna la tête. Des volutes de fumée s'échappaient de l'arrière de la voiture. Il hésita. Il pouvait retenir Pam, ou éteindre l'incendie, mais pas les deux à la fois.

Avec un gémissement, il lâcha Pam, sauta sur ses pieds, puis pointa sur elle un doigt menaçant.

— Reste là !

« Cause toujours », répondit-elle silencieusement tandis qu'il se précipitait vers la voiture en flammes sous le regard éberlué du petit vieux.

— Ne la laissez pas filer !

Pam se releva d'un bond, pleine d'espoir. Si Leandro en était réduit à faire appel aux retraités, c'était sans doute qu'il ne maîtrisait pas totalement la situation.

Le train était à moins de vingt mètres du passage à niveau. Elle se faufila entre les barrières, prit son élan, sauta par-dessus les voies et atterrit de l'autre côté. La dernière chose que Pam aperçut avant que les wagons ne lui bouchent la vue fut Leandro qui retirait son débardeur pour lutter contre les flammes. Le voir s'affoler autour de son épave lui mit du baume au cœur, mais hélas, elle n'avait pas le temps de s'attarder.

Elle tira la clé de sa poche, et la glissa maladroitement dans la serrure en retenant son souffle. Un demi-tour. La menotte droite s'ouvrit. La chance ne l'avait pas abandonnée, après tout. Elle s'attaqua à la seconde serrure, puis jeta les menottes d'un côté de la route, et la clé de l'autre.

Dès que le train serait passé, Leandro se lancerait à sa poursuite, en voiture s'il venait à bout de l'incendie, à pied dans le cas contraire. Quoi qu'il en soit, il ne serait plus seulement désagréable, il aurait des envies de meurtre. S'il lui mettait la main dessus, songea-t-elle, la police aurait du mal à identifier son cadavre quand il en aurait fini avec elle.

Sa première idée fut de grimper à bord du train, mais il avait beau avancer à vitesse réduite, il roulait quand même un peu vite pour elle, et elle ne tenait pas à se déboîter le bras en tentant l'expérience. Toutefois, Leandro s'y tromperait peut-être, ce qui permettrait à Pam de gagner un peu de temps.

Elle pivota et s'élança en direction de la cafétéria, priant pour qu'une nouvelle et brillante idée germe dans son cerveau aux abois. Peu importait ce qu'il lui faudrait faire, elle était prête à tout.

Tout plutôt que de retourner à Tolosa.

À trois miles de Winslow, Texas, John de Marco était assis au comptoir du *Red Oak Diner*, la *Dépêche de Winslow* étalée devant lui, les mains serrées autour d'une tasse de café bouillant. Il but une gorgée du liquide goudronneux et fit la grimace ; il ne devait pas en falloir beaucoup plus pour frôler l'overdose de caféine.

Il jeta un coup d'œil par la fenêtre. Le soir tombait, et le paysage se teintait d'or dans la lumière du couchant. Des grésillements qui lui rappelaient le martèlement de la pluie sur un toit de tôle lui parvenaient de la cuisine. Sur une banquette près de la fenêtre, un adolescent dégingandé et sa copine partageaient une portion de frites en discutant à mi-voix.

L'endroit était typique de ce qu'on trouvait dans ce genre de trou perdu. À la fois restaurant, épicerie, magasin de vidéocassettes et bureau de tabac, il offrait aussi un choix de magazines centrés autour des quatre thèmes – pêche, chasse, automobile et sexe – qui intéressaient la clientèle locale de ploucs porteurs de carabines et chiqueurs de tabac, dont on supposait généreusement qu'ils savaient lire. Marva Benton servait des plats traditionnels du Texas garantis pur cholestérol, pendant que son mari Harvey tenait la caisse et discutait le coup avec les habitués. On trouvait ici pratiquement tout ce dont on avait besoin pour se maintenir en vie, du moment qu'on n'était pas trop exigeant.

Depuis une semaine, John s'efforçait vaillamment d'oublier son boulot. Il s'appliquait à faire la grasse matinée, à s'habiller en clodo et à s'installer au bord du lac, une canne à pêche dans une main, une bière dans l'autre.

Plus facile à dire qu'à faire.

Il venait dîner ici pour la troisième fois. Certes, il lui fallait parcourir vingt kilomètres en voiture, mais il préférait cela plutôt que de faire la cuisine lui-même, d'autant que le chalet qu'il occupait n'était pas équipé d'un four à micro-ondes. Ni d'un four tout court d'ailleurs. Ni d'une télévision. Ni d'un téléphone. Une plaque chauffante, un canapé-lit, une salle de bains. C'était à peu près tout. L'ennui s'était installé environ un quart d'heure après son arrivée, de sorte que la découverte du *Red Oak Diner* avait été une véritable aubaine.

« Je te prête mon chalet pour une semaine ou deux, lui avait proposé le Lieutenant Daniels. Fais un break. Assieds-toi et réfléchis. Histoire de t'éclaircir les idées. »

Ce qu'il avait traduit par : « Ressaisis-toi, et ne reviens pas avant d'être calmé. »

Harley encaissa un magazine d'autos et un plein d'essence pour un cow-boy d'une vingtaine d'années en jean ultramoulant et chemise western. Le type sortit d'un pas nonchalant, non sans avoir décoché à John un regard qui signifiait qu'il savait que ce dernier n'était pas du coin, et qu'il l'avait à l'œil.

Harvey referma le tiroir-caisse, et sourit amicalement à John, révélant une denture chaotique, mélange de chicots et de dents en or.

— Alors, John, ces vacances ?

John en était déjà à tutoyer les propriétaires du *Red Oak*, une familiarité qui semblait toute naturelle dans le Texas rural. À Tolosa, il ne connaissait même pas le nom de son voisin de palier.

— Ça ne passe pas vite.

— Ben, tant mieux, hein ? Rien de tel pour se détendre, loin de la grande ville !

John ne put réprimer un sourire. Tolosa n'était pas exactement une métropole. Mais il supposa qu'aux yeux d'Harley, quatre cinémas, deux galeries commerciales et une population de quatre-vingt-dix mille habitants la rendaient plus proche de Tokyo que de Winslow.

— Alors, qu'est-ce que tu fais dans la vie, John ?

Il soupira intérieurement. Les gens se comportaient parfois un peu bizarrement en apprenant qu'ils avaient affaire à un flic.

— Si ça ne t'ennuie pas, Harley, j'aimerais mieux ne pas en parler.

— Quoi ? C'est mal payé ? Trop de boulot ? On ne t'apprécie pas ?

Harley avait touché dans le mille.

— Tout ça à la fois.

Mais, aussi pénibles que soient ces choses-là, elles n'étaient pas la cause de la frustration de John à ce moment précis. Après tout, aucun individu normalement constitué n'entre dans la police en espérant faire fortune, travailler peu, et jouir du respect de ses concitoyens. Par conséquent, il n'avait pas été surpris. En revanche, il ne s'était pas attendu aux injustices flagrantes de ce qui était censé être le système judiciaire.

Au terme d'un mois d'enquête, John était enfin parvenu à mettre sous les verrous un sale petit voyou qui agressait des personnes âgées dans l'entrée de leur immeuble, les rouait de coups et les dépouillait.

Une seule de ses victimes avait accepté de témoigner – un octogénaire voûté, à la voix rocailleuse, qui avait dit à John qu'il était fou de rage et qu'il n'en supporterait pas davantage. Hélas, la veille du procès, le vieillard avait eu un infarctus, et avait échoué à l'hôpital de Tolosa, réduit à l'état de légume. Plus tard le même jour, la famille avait décidé de débrancher l'appareil de réanimation, et le dossier de l'accusation avait été réduit à néant.

En l'absence d'un témoin oculaire prêt à raconter son histoire sous serment, l'avocat de la défense avait eu beau jeu d'insinuer le doute dans l'esprit des jurés quant à l'identité du coupable. John était venu assister au verdict, et quand il avait entendu le jury acquitter l'accusé, son estomac s'était noué de fureur et de frustration. Il avait tenté de se convaincre que ça faisait partie du boulot. Parfois, on gagne, d'autres fois on perd. La vie continue. N'empêche qu'il enrageait à la pensée que ce vaurien irrécupérable, coupable jusqu'aux yeux, qu'il avait fait incarcérer à force de patience et de travail, était de nouveau libre comme l'air.

Puis, alors qu'il sortait du tribunal, il avait aperçu le petit salaud dans l'entrée. Il ricanait et tapait dans le dos de son avocat. Comme sur un signal, il s'était retourné et avait croisé le regard de John. Un lent sourire arrogant avait éclairé son visage, tandis que l'éclat moqueur de ses yeux en disait plus long que n'importe quelles paroles.

« J'ai gagné, espèce d'enfoiré, semblait-il crier. Et toi, tu as perdu. »

John mourait d'envie de traverser le hall, de plaquer le type contre le mur et de le secouer jusqu'à ce que les yeux lui sortent des orbites. Cette option lui étant interdite, il était entré dans les toilettes pour se calmer. Il avait inspiré profondément à plusieurs reprises, et s'était aspergé le visage d'eau froide en espérant que cela suffirait. Comme ce n'était pas le cas, il s'était retourné et avait flanqué un méchant coup de poing dans le distributeur de serviettes en papier.

Cela lui avait fait du bien.

Tant de bien, en fait, qu'il avait recommencé. Encore et encore. Et tout le temps qu'il cognait, il songeait à l'injustice terrible qui permettait à un individu de brutaliser des gens sans défense, de leur voler leur argent, sans avoir à répondre de ses actes.

Malheureusement, l'appareil dont John se servait comme punching-ball n'était pas en très bon état. Au coup de poing numéro cinq, il se détacha du mur et alla se fracasser sur le carrelage. Intrigués par le vacarme, deux flics en uniforme accoururent sur les lieux et découvrirent, à leur grande stupéfaction, qu'un inspecteur de police venait de disputer un match de boxe avec le distributeur de serviettes, lequel gisait au tapis, tuméfié et contusionné, victime d'un incontestable K-O.

À la fin de la journée, l'histoire du combat de John avec un objet inanimé avait fait le tour du commissariat, et ses collègues hilares lui demandaient s'il avait l'intention de s'attaquer à une poubelle ou à un siège de toilette la prochaine fois. John, quant à lui, regrettait sincèrement d'avoir perdu son sang-froid, mais cela n'avait pas empêché le lieutenant Daniels de le convoquer dans son bureau afin de le sermonner vingt minutes durant, avant de lui déconseiller de se rendre au tribunal à l'avenir.

« Le verdict ne vous concerne pas, DeMarco, avait-il affirmé. Votre travail ne consiste pas à rendre la justice, mais à arrêter les voyous afin que d'autres puissent le faire. »

Aux yeux de John, ces gens-là étaient de foutus incapables, mais compte tenu des circonstances, il jugea préférable de garder ce commentaire pour lui.

« Un flic qui se laisse diriger par ses sentiments ne vaut rien, avait poursuivi Daniels. Il fait des conneries, du genre tabasser un distributeur de serviettes innocent qui ne lui a rien demandé. »

Le lieutenant avait terminé son discours en suggérant à John de prendre quelques jours de vacances. Il lui avait alors tendu les clés du chalet qu'il possédait au bord du lac Shelton. John avait compris à demi-mot. Les vacances n'étaient pas facultatives.

Il avait pris les clés à contrecœur, et s'était dirigé vers la porte. Daniels avait choisi ce moment pour mentionner – d'un ton dégagé, bien sûr – qu'il venait d'envoyer sa contribution annuelle à la fondation Joseph DeMarco au profit des policiers tués dans l'exercice de leurs fonctions.

Huit ans auparavant, le père de John avait récolté une balle mortelle au cours de ce qui aurait dû être un contrôle de routine, et ce n'était pas par hasard que Daniels avait glissé un mot sur la fondation créée en son hommage. À sa façon, peu subtile, il rappelait à John que son père aurait été choqué par sa conduite.

S'il avait été vivant, Joe DeMarco, le flic le plus réglo que la police de Tolosa ait jamais connu, aurait en effet eu beaucoup à dire sur ce qu'il aurait considéré comme le dernier exemple en date du manque de jugement de son fils. Et sans doute se serait-il exprimé avec beaucoup plus de véhémence que Daniels.

Pour l'heure, John se retrouvait à ronger son frein dans un chalet paumé en pleine cambrousse. Il était de surcroît supposé se livrer à une intense réflexion destinée à contrôler ses humeurs. Même si cela lui en coûtait, il devait admettre que Daniels avait eu raison. Tout comme son père aurait eu raison, s'il avait été là pour donner son avis. John savait qu'il avait dépassé les bornes. Trouver les criminels, les arrêter, c'est tout ce qu'on lui demandait. Ses collègues semblaient n'avoir aucun mal à conserver un tel détachement professionnel. Pourquoi n'y parvenait-il pas ?

Il termina son café à petites gorgées avant que le breuvage ne se transforme en bloc de caféine pure. Harley la remplit de nouveau, puis consulta sa montre.

— Hé, Marva ! John attend depuis vingt minutes ! Ça vient, oui ?

Une voix de femme, éraillée et tonitruante, s'éleva de la cuisine :

— Faut que ça soit rapide, ou faut que ça soit bon ?

— Faut que ça soit aujourd'hui ! grogna Harley.

— La ferme, vieil abruti ! Tu l'auras quand ce sera prêt !

Harley leva les yeux au ciel, puis se pencha sur le comptoir avec une mine de martyr.

— Trente-trois ans que je supporte ça ! T'imagines ?

John ne se laissa pas impressionner par le numéro de victime d'Harley. Il savait reconnaître un comédien quand il en voyait un, et ces deux-là étaient des experts. S'ils avaient été un peu malins, ils auraient fait payer les clients pour le spectacle. Quand il était plus jeune, et beaucoup plus naïf, il s'imaginait qu'un jour il dénicherait une femme avec laquelle il pourrait se disputer jusqu'à leur cinquantième anniversaire de mariage. Mais plus le temps passait, moins la chose lui paraissait probable.

La porte de la cuisine s'ouvrit et Marva apparut. Elle était bâtie comme un cheval, et portait un caleçon en polyester violet et une chemise hawaïenne. Ses cheveux gris fer étaient peignés en arrière et retenus par un bandana humide de sueur. Elle déposa bruyamment une assiette devant John. Un morceau de poulet pané en débordait, et de la sauce goutta sur le comptoir. Ça sentait divinement bon.

— Tiens, mon chou, fit-elle avec un sourire aimable. Mon imbécile de mari ne comprend pas que les bonnes choses, ça prend du temps.

Elle décocha à Harley un regard dégoûté, auquel il répondit par le ricanement de rigueur.

Marva se tourna vers John.

— Trente-trois ans que je supporte ça. T'imagines ?

Secouant la tête d'un air las, elle regagna la cuisine d'un pas lourd. Harvey jeta un coup d'œil furtif dans sa direction, puis chercha quelque chose sous le comptoir.

— Hé, vieux. Vise un peu ça !

Il glissa un numéro de *Playboy* devant John et l'ouvrit à la page centrale, révélant une jolie brune dans toute la splendeur de sa nudité.

— Miss Octobre. Je parie que t'as jamais rien vu de pareil, hein ?

— Je ne peux pas dire le contraire, avoua John en admirant la photo.

Depuis le temps qu'il n'avait pas vu de femme nue, c'était un miracle qu'il sache encore en reconnaître une.

— Miss Septembre, tu l'as vue ?

— Non, désolé.

— Waouh ! Elle était encore mieux que celle-là, si tu les préfères blondes.

À cet instant, Marva revint, portant un plat en inox. En voyant la lecture d'Harley, elle roula des yeux, lâcha presque le plat sur le comptoir, et ferma le magazine d'un geste autoritaire.

— Vieux cochon, marmonna-t-elle. Je t'ai déjà dit de ne pas regarder ces saletés !

— Je vais t'en montrer, moi, des saletés, rétorqua-t-il avec un mouvement de la bouche qui aurait pu passer pour un sourire. Plus tard...

Marva haussa les épaules.

— Des promesses, toujours des promesses...

Elle se tourna vers John, et fit mine de lui parler en aparté.

— Depuis qu'il a passé la cinquantaine, il n'est plus capable que de ça. Des promesses.

Alors qu'elle repartait vers la cuisine, Harley lui colla une bonne claque sur les fesses. Elle poussa un couinement, puis le menaça du doigt à travers la vitre de la porte battante avant de disparaître.

— Ah ! les femmes, ronchonna Harley. Faut les remettre à leur place, sinon, on se fait bouffer.

Dans le cas présent, John n'aurait su dire qui remettait l'autre à sa place, mais, au fond de lui, il éprouvait un curieux pincement de jalousie. Non pas qu'il veuille perdre la moitié de ses dents, épouser une bonne Amazone de la campagne et tenir un resto minable dans un trou perdu. Mais quelquefois, quand il se réveillait en pleine nuit, seul dans son grand lit, il se prenait à souhaiter désespérément avoir quelqu'un près de lui. Quand bien même il savait qu'un flic dévoué à son boulot faisait un très mauvais mari. Sans parler d'un flic qui avait du mal à se contrôler face aux réalités du métier...

Mieux valait sans doute se contenter d'un abonnement à *Playboy*.

Pam atteignit le parking de la cafétéria, essoufflée par son petit sprint dans la fraîcheur du soir. Elle se retourna, et fut soulagée de constater que le train avançait toujours aussi lentement.

Elle songea un instant à chercher refuge dans la forêt qui s'étendait derrière le restaurant, puis elle se souvint que les pinèdes de l'est du Texas étaient immenses. De plus, elle n'avait ni eau, ni nourriture, ni manteau, ni sens de l'orientation, et serait donc tôt ou tard la proie des charognards. Sans compter que le soleil était sur le point de se coucher, et qu'elle craignait les serpents, les lynx et les araignées presque autant que Leandro. Passer la nuit à prier blottie contre un arbre ne la tentait guère.

Ce qu'il lui fallait, c'était une voiture.

Elle repéra une vieille Corvette, un pick-up rouge déglingué, et une Explorer verte aux vitres teintées. Longeant chaque véhicule d'un pas nonchalant, elle glissa un regard à l'intérieur pour vérifier si les clés étaient restées sur le contact. Elle se rendit soudain compte qu'elle était en train d'envisager rien de moins qu'un vol de voiture.

Non, décida-t-elle. Pas question. Ce serait un vrai délit, et elle s'était promis huit ans plus tôt qu'elle n'en commettrait plus jamais.

Bon. Évidemment, il y avait le petit incendie qu'elle avait provoqué dans le véhicule d'un certain chasseur de primes. La destruction d'un bien privé était aussi considérée comme un délit. Mais à bien y réfléchir, la Jeep de Leandro était un danger ambulant. Un incendie s'y serait déclaré tôt ou tard. Un mégot de cigarette jeté dans la mauvaise direction et hop ! tout serait parti en fumée. Elle n'avait fait qu'accélérer l'inévitable.

Pam inspira profondément. Toutes ces explications rationnelles lui donnaient le vertige. Elle avait intérêt à trouver vite fait un autre plan. Le propriétaire d'un de ces véhicules se laisserait sûrement persuader de l'emmener… n'importe où.

Elle poussa la porte du restaurant et pénétra à l'intérieur. Une chaleur réconfortante l'accueillit, en même temps qu'une odeur de friture. Un adolescent ramassait sa monnaie à la caisse, le bras glissé autour des épaules d'une fille aux cheveux bruns. Sans doute les occupants de la Corvette. C'était un coupé à deux places, et Pam soupçonna qu'elle ne passerait pas inaperçue sur le toit.

Restaient le pick-up et l'Explorer.

Le premier devait appartenir au gringalet en bleu qui hésitait entre les mini-génoises fourrées à la vanille et les madeleines au chocolat. Elle pesa le pour et le contre, puis rejeta le véhicule au profit de l'Explorer aux vitres teintées. Idéale pour une balade incognito en rase campagne. Procédant par élimination, elle conclut que son propriétaire devait être l'homme qui dînait au comptoir.

Vu de dos, il ressemblait au péquenot de base : épaules larges, chemise à carreaux rouges et jean élimé, sans oublier les bottes. Ses cheveux noirs frôlaient son col, et elle aurait parié son loyer qu'il ne possédait pas de peigne. Et qu'il n'était pas très futé.

Bon. Maintenant qu'elle avait repéré sa cible, quelle histoire lui servir pour le convaincre de l'emmener avec lui ?

Impossible de prétexter des ennuis mécaniques, ou une panne d'essence. Il lui demanderait où elle voulait aller. À une cabine téléphonique ? Il y en avait une ici même. À sa voiture ? Elle n'en avait pas. Et si Leandro débarquait, elle ne se voyait pas prétendre que c'était lui le méchant et qu'elle avait besoin d'aide. Il avait sans doute des papiers prouvant qu'il pouvait la traîner où bon lui semblait. En outre, il possédait un gros revolver et un physique à traumatiser n'importe quel individu moyen. Autant demander à un passant pris au hasard de la tirer des griffes de Godzilla.

Si seulement elle avait un peu de temps pour réfléchir.

Priant pour qu'une idée lui vienne à l'esprit, elle se hissa sur le tabouret voisin de celui de l'homme.

— Bonsoir.

Il se tourna à demi. Interloquée, Pam battit des paupières. Ce n'était pas un cow-boy. Pas un plouc. Loin de là.

Elle s'était méprise sur son compte, et elle réalisait maintenant l'étendue de son erreur. Lui non plus n'était pas du coin. Il paraissait avoir une trentaine d'années, mais elle avait la nette impression que sa vie n'avait pas été une partie de plaisir. La barbe de deux jours qui lui ombrait le menton et les joues ne dissimulait pas pour autant les contours nets d'un visage indéniablement séduisant. Sa peau était encore hâlée en ce début d'octobre, son nez droit, sa mâchoire bien dessinée. Ses lèvres étaient pleines et sensuelles, et contrastaient avec la force rude qui se dégageait de ses traits. Ses yeux sombres la fixaient avec intensité, comme s'il la jaugeait, et n'aimait guère ce qu'il voyait. En l'espace de quelques secondes, il parvint à éveiller en elle à la fois une folle attirance et une crainte irraisonnée.

Elle se força à détourner le regard et jeta un coup d'œil autour d'elle dans l'espoir d'apercevoir le jeune couple ou le gringalet, mais tous trois avaient disparu.

— C'est votre voiture, dehors ?

Sa voix n'était qu'un couinement de souris. Elle se racla la gorge.

— L'Explorer ?

— Ouais. C'est la mienne.

De nouveau ce regard. Braqué sur elle. Comme pour la transpercer, lire dans ses pensées. Si seulement elle pouvait penser, justement, elle trouverait peut-être une solution pour se sortir de ce pétrin.

« Réfléchis, réfléchis donc, s'exhorta-t-elle, tandis que l'adrénaline affluait dans ses veines, ajoutant à son trouble. Comment une femme attire-t-elle à coup sûr l'attention d'un homme ? »

Tels des dizaines de moteurs de recherche activés en même temps, ses neurones firent le tour des possibilités qui s'offraient à elle. Et aboutirent tous à la même conclusion.

Elle prit une discrète mais profonde inspiration, se rapprocha de sa cible et lui décocha un sourire qu'elle voulait sincère.

— Vous habitez près d'ici ?

— Ouais. Enfin, pour le moment.

Elle baissa les yeux sur sa main.

— Vous ne portez pas d'alliance.

— C'est parce que je ne suis pas marié.

Alors qu'il s'apprêtait à enfourner une bouchée de poulet, Pam promena le doigt le long de son bras. Il se figea, la fourchette en l'air.

Elle déglutit avec peine.

— Euh... eh bien... Vous voulez coucher avec moi ?

2

Heureusement qu'il n'avait pas pris ce morceau de poulet, songea John. Il se serait étranglé. Pour de bon.

— Pardon ?

Elle se pencha plus près et chuchota :

— Vous et moi. On couche ensemble. Chez vous. Maintenant. Oui ou non ?

Sidéré, John cligna des yeux. Elle était blonde, elle était belle, et elle se jetait à sa tête. Quelque chose ne collait pas.

Il aurait certes aimé croire que c'étaient son charme et sa distinction naturelle qui l'avaient attirée, mais il était lucide. Il avait une barbe de deux jours, il était en train de s'enfiler un repas digne d'un bûcheron, et, sans baisser les yeux, il aurait été incapable d'affirmer que sa chemise était boutonnée correctement et que la fermeture de sa braguette était remontée. Sans compter qu'il était presque sûr de lui avoir décoché automatiquement son regard de flic quand elle s'était adressée à lui. Un regard genre « si tu me cherches, tu vas me trouver », si ancré en lui après des années passées à fréquenter les bas-fonds de Tolosa qu'il avait du mal à ne pas en abuser. Il en avait effrayé plus d'une auparavant, pourtant, cette fille-là ne semblait pas découragée.

Il dressa un rapide inventaire de sa tenue. Jean, sweat-shirt, baskets. Rien à voir avec la minijupe léopard, le décolleté plongeant et les talons vertigineux d'ordinaire si prisés par les belles de nuit. Côté maquillage, visiblement, elle n'en avait pas besoin, son teint était naturellement lumineux. Loin de se la jouer boudeuse et provocante, elle avait opté pour le look innocent et frais. Et il devait s'avouer que sa stratégie avait retenu son attention.

— Désolé, mon chou, dit-il en saupoudrant son poulet de poivre, mais je n'ai pas l'habitude de payer mes plaisirs.

Ses fins sourcils s'arquèrent. Était-elle étonnée qu'il ait deviné immédiatement sa profession, ou offensée qu'il s'imagine une chose pareille ? Quelle que soit la réponse, elle s'empressa de remplacer son expression incrédule par un sourire aguicheur.

— J'avoue que je voudrais mettre la main sur bien des choses, mais pas sur votre portefeuille.

Ça se corsait, songea John. La prudence s'imposait.

— Que diriez-vous d'un des steaks panés de Marva ? Je n'ai jamais rien goûté de meilleur.

Elle posa la main sur son bras.

— C'est ce que vous recommanderiez à une femme qui a *vraiment* faim ?

John croisa le regard d'Harley, qui, les coudes plantés sur le comptoir, assistait à la scène avec la concentration d'une grand-mère en train de dévorer son feuilleton télé quotidien. Comme il n'avait pas salué la jeune femme par son prénom, ainsi qu'il le faisait avec les habitués, John en conclut qu'elle n'était pas de la région. S'il avait été en service, il aurait dit qu'elle ne correspondait pas au profil local, ce qui est toujours une bonne raison de se méfier.

Cela étant, il y avait bien trop longtemps qu'il n'avait pas couché avec une femme, et physiquement du moins, celle-ci était tout à fait son type. De grands yeux bleus, des joues rosies par la brise d'octobre, et une masse de cheveux blonds comme les blés. Son jean délavé soulignait si parfaitement la courbe harmonieuse de ses hanches qu'il avait du mal à en détacher le regard.

— Ouais, répondit John, bien décidé à se cramponner au thème du steak pané. C'est ce que je recommande. Avec plein de sauce.

Il porta sa fourchette à sa bouche. Elle lui fit reposer son bras sur le comptoir.

— Vous ne savez pas ce que vous manquez. Je peux vous faire perdre l'appétit pendant des jours entiers...

John se dégagea.

— Désolé, mon chou, mais je viens juste de commencer mon steak, et je sais que Marva serait vexée si je ne le finissais pas.

— Marva s'en remettra, intervint Harley.

John lui décocha un regard assassin pour l'encourager à se mêler de ses oignons. Harley leva les mains en signe d'excuse et retourna à sa caisse. Il saisit un sachet de pastilles mentholées avec lequel il se mit en devoir de tapoter sur le comptoir. L'expression qui accompagnait son manège suggérait que John se conduisait comme le dernier des crétins, et qu'il devrait s'estimer heureux d'avoir de la compagnie pour la soirée.

La fille se rapprocha imperceptiblement, elle plongea son regard d'un bleu profond dans celui de John qui demeurait là, fasciné. Soudain, son cerveau de flic réagit. Une femme superbe n'offre pas son corps à un inconnu sans raison. S'il avait été joueur, il aurait parié sa chemise qu'elle avait un casier judiciaire bien rempli.

Elle jeta un coup d'œil rapide à la fenêtre.

— Écoute, murmura-t-elle, si on allait chez toi en discuter ? Tout de suite, par exemple ?

John ne voulait pas se montrer soupçonneux. Pas maintenant, alors que le rêve de tout homme était assis à côté de lui et lui proposait une excursion au septième ciel. Cependant, s'il avait un certain succès auprès des femmes, elles ne lui tombaient jamais dans les bras, même dans le meilleur des cas. En général, quelques manœuvres préliminaires s'avéraient nécessaires. Et voilà que cette fille s'offrait sur un plateau. Il y avait là quelque chose qui clochait, et s'il était malin, il se garderait bien d'aller y voir de plus près.

— À vrai dire, mon chou, je suis en vacances, et jusqu'ici, ç'a été plutôt relax. J'aimerais que ça continue.

Harley leva les yeux au ciel. Il sortit un pack de bières du frigo et le laissa tomber à côté des bonbons en lançant à John un regard réprobateur. Des pastilles à la menthe et de la bière. L'idée qu'Harley se faisait d'un rendez-vous vraiment chaud.

Elle se rapprocha encore.

— Trésor, tu n'auras qu'à te détendre, et à me laisser faire tout le travail. Qu'est-ce que tu en dis ?

Que ça ressemblait au paradis, mais qu'il n'était pas flic depuis onze ans pour ne pas flairer une escroquerie à un kilomètre.

— Eh bien, c'est vraiment gentil, mais je veux passer mes vacances seul.

Par-dessus l'épaule de la fille, John apercevait Harley qui semblait sur le point d'exploser de frustration. Ce dernier lui lança un regard écœuré, puis attrapa une boîte beige sur l'étagère qui se trouvait derrière lui, et la jeta bruyamment sur le comptoir, à côté des pastilles et de la bière.

Des préservatifs.

— On s'occupe mieux à deux, insista-t-elle. Et on peut s'occuper... toute la nuit.

John eut la vision éphémère de deux corps entremêlés et luisants de sueur au clair de lune, bientôt remplacée par celle du soleil entrant à flots par la fenêtre, illuminant la boîte de préservatifs. Vide. Des images très tentantes. Presque aussi tentantes que la main tiède sur sa cuisse, qui progressait en petits cercles provocants vers son entrejambe.

John posa la main sur celle de la jeune femme et la dévisagea sévèrement.

— Que voulez-vous vraiment?

Elle écarquilla les yeux un instant. Puis elle haussa un seul sourcil.

— C'est évident, il me semble.

L'expérience avait appris à John que l'évidence coïncidait rarement avec la vérité. Mais l'intensité avec laquelle elle le regardait, comme si elle était prête à lui faire l'amour ici même, sur le comptoir, le persuada qu'elle ne mentait pas. Elle ne voulait que du sexe.

— Peut-être n'ai-je pas été assez claire, lui chuchota-t-elle à l'oreille. Je parle de sexe qui te coupe le souffle, qui te fait dresser les cheveux sur la tête. De sexe qui épuise et excite en même temps. De sexe si fougueux, si ardent, si frénétique que tu n'éprouveras jamais plus rien de pareil.

Chacun de ses mots était comme une caresse intime, et chaque fois qu'elle prononçait le mot «sexe», John songeait au temps écoulé depuis qu'il avait couché avec une femme. Elle promena ses doigts sur son entrejambe, et il sentit son sexe durcir, que ça lui plaise ou non. Et ça lui plaisait. Aucun doute là-dessus.

Puis elle lui effleura l'oreille du bout des lèvres, et sa voix se transforma en un murmure haletant.

— Je vais te faire crier si fort qu'on pourra t'entendre à Bangkok.

John avala sa salive.

Et si, pour une fois dans sa vie, il croyait ce qu'on lui disait ? Elle voulait prendre un peu de bon temps. Il avait tout le loisir de lui en offrir. Pourquoi aller chercher plus loin ?

Avant qu'il ait pu ouvrir la bouche pour dire oui, non, ou quoi que ce soit entre les deux, la fille se laissa glisser de son siège et se faufila entre ses cuisses. Elle lui prit le visage entre les mains, posa les lèvres sur les siennes, et l'embrassa.

Médusé, John demeura un instant sans réaction, la laissant faire. Il avait été embrassé par beaucoup de femmes dans sa vie, mais aucune n'avait mis autant de cœur à l'ouvrage. Ses lèvres se mouvaient sur les siennes avec une ardeur qui faillit lui faire perdre conscience, et quand elle insinua la langue dans sa bouche et titilla la sienne, un frisson de pur désir le secoua. Certes, ses paroles avaient été explicites, mais rien de tel qu'un peu de bouche-à-bouche pour illustrer précisément ce qu'elle avait en tête.

C'était de la folie, bien sûr. Il fallait qu'il ait complètement perdu la boule pour se laisser embrasser passionnément par une inconnue, dans un restaurant en pleine cambrousse. Il l'empoigna par les bras pour la repousser, mais ne parvint qu'à l'attirer plus près. Elle se pressa contre son torse, provoquant en lui une onde de choc qui alla droit à son bas-ventre. Au même instant, son baiser se fit plus profond, doux et brûlant, et plein de promesses, et il songea que la folie avait du bon. Pourquoi diable ne s'en était-il pas rendu compte plus tôt ? Son instinct de policier tirait un signal d'alarme que son instinct de mâle en rut ignorait royalement. Pour la première fois de sa vie, le mâle semblait prendre le pas sur le flic.

Finalement, elle s'écarta, son souffle tiède caressant encore les lèvres de John, ses yeux bleus brûlants d'excitation et de désir.

Ses yeux bleus. Bon sang ! Il n'avait jamais pu résister aux yeux bleus.

Il contempla ses lèvres gonflées par le baiser, puis croisa son regard de nouveau.

— C'était un avant-goût de distractions à venir ?

— Oui. Et tu ne seras pas déçu. Fais-moi confiance. On s'en va ?

John sentit qu'il prenait congé de son bon sens, et n'en éprouva aucun regret. Il se dirigea vers la caisse tandis que la fille attendait près de la porte. Harley fourra les marchandises dans un sac et le lui tendit. Il refusa son argent d'un geste.

— C'est ma tournée, fit-il à voix basse. Fonce, mec !

John escorta la fille sur le parking. Il regarda autour de lui, étonné de ne pas voir de véhicule susceptible de lui appartenir, étant donné la situation isolée du lieu. Le seul signe de vie était un train de marchandises qui s'éloignait, à quelques centaines de mètres de là.

— Comment es-tu arrivée ici ?

Elle glissa le bras sous le sien et l'entraîna.

— Je suis tombée du ciel, trésor.

Il décida de la croire. Il prétendrait que sa chevelure dorée était une auréole, et qu'elle avait été envoyée par l'Association des Anges, section loisirs pour adultes, afin de s'assurer que ses vacances seraient un succès triomphal. Faute de quoi il serait peut-être contraint de poser plus de questions qu'il ne devrait, et découvrirait des choses qu'il préférait ignorer.

Il lui ouvrit la portière passager et attendit qu'elle soit installée avant de prendre place derrière le volant. Il laissa tomber le sac d'Harley sur le sol à ses pieds, démarra et recula. Au moment où il quittait le parking pour s'engager sur la route à deux voies, il faillit être percuté par une vieille Jeep Cherokee qui déboulait à toute allure. De la fumée s'échappait des fenêtres.

Il pila et jeta un coup d'œil par-dessus son épaule tandis que le véhicule fumant s'immobilisait avec force couinements devant la cafétéria.

— Bon Dieu ! Qu'est-ce que… ?

— Je t'ai dit que je portais un slip fendu ?

John fit volte-face, et la fille lui adressa un sourire provocant. L'idée qu'elle ne portait qu'un minuscule bout de dentelle lui sembla soudain mille fois plus intéressante qu'une voiture à demi calcinée.

— Je ne crois pas, non.

— Rouge.

— Ma couleur préférée.

— Partons d'ici.

— À vos ordres, madame !

Il appuya sur l'accélérateur. Quelques secondes plus tard, il avait atteint la vitesse maximale autorisée, mais il continua à écraser le champignon, impatient d'arriver.

— Comment t'appelles-tu ?

— Pourquoi ne pas laisser nos noms en dehors de ça ?

D'accord. Elle voulait la jouer mystérieuse. Il n'avait pas d'objection.

— Comme tu voudras, mon chou.

N'avait-il pas déjà vécu cela en rêve ? Un chalet isolé, toute la nuit devant lui, et une blonde anonyme avec des dessous rouges qui mourait d'envie de satisfaire ses moindres désirs ?

Peut-être que Daniels avait raison, après tout. Peut-être que ces vacances étaient exactement ce qu'il lui fallait.

Dieu tout-puissant! Qu'est-ce qu'il lui avait pris?

Tandis que l'Explorer avalait les kilomètres, Pam se cramponnait à la portière, le cœur battant à tout rompre, consternée par sa propre audace. C'était comme si Marilyn Monroe, Sharon Stone et Madonna réunies lui avaient soufflé à l'oreille un discours de séduction si suggestif qu'elle n'aurait pas été surprise de voir le restaurant ravagé par les flammes de l'enfer. Qu'est-ce qui avait pu la pousser à prononcer de telles paroles?

« Le désespoir », songea-t-elle. Il n'y avait pas d'autre explication.

Soudain, une angoisse la saisit. Elle se redressa brusquement et se tourna vers son compagnon.

— Les gens du restaurant. Ils savent où tu habites?

— Non. Seulement que c'est au bord du lac Shelton. Pourquoi?

Elle se laissa retomber sur son siège en se demandant si l'information suffirait à Leandro pour la retrouver.

— Comme ça.

— J'ai emprunté le chalet d'un ami. Pour quelques jours seulement.

— Tu n'es pas de la région.

— Non.

Elle hocha la tête, puis s'abîma dans la contemplation du paysage, soulagée qu'il ne soit pas du genre bavard. Elle n'était vraiment pas d'humeur à faire la conversation. Il glissa une cassette dans le lecteur, et une douce mélodie jazzy emplit l'habitacle.

Pam avait encore peine à croire qu'elle avait réussi à échapper de justesse à Leandro. Elle vérifia dans le rétroviseur qu'il ne s'était pas lancé à leurs trousses. Son soulagement grandit encore lorsque l'Explorer quitta la route principale pour s'engager sur une voie secondaire. Si Leandro les poursuivait, il hésiterait sans doute sur le chemin à emprunter, ce qui ne manquerait pas de le ralentir.

Quelques minutes plus tard, l'Explorer bifurqua de nouveau pour suivre une route gravillonnée qui s'enfonçait dans la forêt. Cette fois, au lieu de se réjouir de la complexité du trajet, Pam éprouva un vague sentiment de malaise. La voiture tourna une fois, puis une autre, sans qu'aucun panneau ne soit en vue. Elle s'efforça de mémoriser les différentes directions, mais ne tarda pas à s'avouer vaincue. Enfin, la route se transforma en chemin de terre, et un frisson de panique la parcourut.

Elle se rendit compte tout à coup qu'elle ignorait tout de l'homme qu'elle venait de séduire. Pour autant qu'elle le sache, c'était peut-être l'un de ces reclus qui vivaient à l'écart du monde pour pouvoir assassiner des femmes en toute tranquillité et les enterrer sous la véranda. Après les avoir découpées en morceaux.

Elle lui coula un regard de biais. Son profil aigu était un peu moins net dans la semi-pénombre du crépuscule, mais elle n'avait pas oublié la façon dont il l'avait dévisagée lorsqu'elle s'était assise près de lui. Un examen à vous pétrifier. Elle l'étudia discrètement, recherchant ce qu'il pouvait y avoir d'inquiétant en lui. Il semblait avare de sourires. Peut-être n'avait-il guère l'occasion de sourire. C'était sûrement le cas quand on est un tueur en série, songeat-elle.

Baissant les yeux, elle s'aperçut que ses ongles laissaient de petites marques en forme de croissant sur la poignée de la portière. Elle croisa les mains sur ses genoux et prit quelques inspirations furtives, consciente d'avoir, une fois plus, laissé son imagination s'emballer. Le pire, c'était qu'elle allait devoir lui donner ce qu'elle lui avait promis, mais rien que d'y penser, son cœur battait d'appréhension.

La voiture ralentit, puis s'immobilisa et il lui fallut quelques secondes pour comprendre qu'ils avaient atteint leur destination. Devant eux, un étroit sentier menait à un petit chalet niché au pied des pins, tout au bord du lac. Une faible lueur brillait à l'une des fenêtres de la façade, et la lune aux trois quarts pleine se reflétait dans l'eau.

Il tourna la clé de contact. Le silence était si total qu'elle entendait le sang affluer à ses tempes.

Si seulement elle pouvait le dissuader de coucher avec elle. Lui ôter cette idée de l'esprit. Lui faire oublier ces sommets de volupté où elle avait offert de le conduire. Si seulement ils pouvaient se contenter d'ouvrir les canettes, d'allumer la radio, d'avoir une conversation amicale...

Ben voyons. Et puis quoi encore ? Pourquoi pas faire sauter des crêpes et jouer aux dominos ? Inutile de se bercer d'illusions. Après son numéro d'allumeuse au restaurant, le seul jeu auquel ce type accepterait de jouer, c'était un strip-poker.

Il s'empara du sac en plastique, sortit de la voiture et vint ouvrir la portière de Pam. Lorsqu'elle descendit à son tour, les aiguilles de pin craquèrent sous ses pieds, le vent frais de la nuit souleva ses cheveux. Il claqua la portière et se dirigea vers le chalet. Elle ne bougea pas.

Il se retourna.

— Tu viens ?

L'espace d'une seconde, elle envisagea de s'enfuir dans les bois, mais sa peur de la forêt fut la plus forte.

— Euh... oui.

Même à distance, il émanait de lui une énergie masculine si puissante qu'elle semblait remplir l'espace qui les séparait. Pam ne put s'empêcher de faire la comparaison entre eux. Elle mesurait un mètre soixante-dix, mais lui devait approcher le mètre quatre-vingt-dix, et peser au moins trente-cinq kilos de plus qu'elle. Sa silhouette élancée et musclée était impressionnante dans la pénombre, et la pensée de le suivre à l'intérieur du chalet la fit frissonner. Quelques minutes plus tôt, son seul souci avait été d'échapper aux griffes de Leandro, mais à présent, elle cherchait désespérément un moyen de se soustraire à la promesse qu'elle avait faite à cet homme, tout en sachant qu'elle risquait fort de ne pas avoir le choix.

Son sac était resté dans la chambre 14 du *Flamingo Motel*. Elle n'avait ni argent ni carte de crédit. Elle ne connaissait pas âme qui vive dans un rayon de trois cents kilomètres. Il n'y avait rien d'ouvert vingt-quatre heures sur vingt-quatre dans le coin, et donc aucun endroit où attendre que le soleil se lève, à supposer qu'elle réussisse à convaincre ce type de la ramener à la civilisation. La forêt était noire, froide, profonde et terrifiante. Bref, elle était condamnée à passer la nuit ici, et s'il insistait pour qu'elle tienne parole, elle serait bien obligée de se soumettre.

Il ouvrit la porte et s'effaça pour la laisser entrer. Le chalet était de la taille d'un studio, mais moins bien équipé. Le long d'un des murs se trouvait une kitchenette des plus sommaires, consistant en un plan de travail minuscule avec plaque électrique, cafetière, évier en inox et deux ou trois placards en pin noueux et terne. Au bout du plan de travail, il y avait un petit réfrigérateur, qui, Dieu merci, était loin d'avoir la taille requise pour y stocker des cadavres.

Une cheminée en pierre occupait le mur adjacent ; un canapé aux couleurs d'automne lui faisait face. La pièce sentait le bois brut, la fumée et l'air de la campagne. En d'autres circonstances, et malgré le manque flagrant de soins attentionnés, Pam l'aurait trouvée rustique et chaleureuse. Pour l'heure, elle la jugeait surtout petite. Beaucoup trop petite. Sans un seul endroit où se cacher.

Elle alla jusqu'à la fenêtre et regarda dehors. À perte de vue, des pins se dressaient dans la lueur blafarde du clair de lune. Elle n'avait jamais vu d'endroit aussi inhospitalier.

— Il y a des voisins ? s'enquit-elle.

— Oh, oui ! Beaucoup d'écureuils. Peut-être quelques tatous.

— Et des êtres humains ?

— De l'autre côté du lac.

Donc, ils étaient seuls. *Vraiment* seuls.

Il y eut un silence, suivi du bruit d'un sac qui heurte le sol. Mauvais signe, s'inquiéta Pam. Un homme qui ne pensait pas à mettre sa bière au frigo avait évidemment des choses plus urgentes en tête.

Il s'approcha et se tint derrière elle. Elle vit son reflet dans la vitre, rencontra son regard perçant ; ses intentions étaient claires comme de l'eau de roche. Il referma les mains sur les coudes de Pam en un geste doux, mais possessif. Puis il remonta lentement jusqu'à ses épaules, et elle sentit un million de terminaisons nerveuses réagir à son toucher. Elle posa les mains sur l'appui de la fenêtre et continua à fixer l'obscurité, trop effrayée pour se retourner, pour faire quoi que ce soit qui puisse ressembler à un encouragement. Contrairement à ce qu'elle avait raconté, elle n'était pas une spécialiste en matière de luxure et de cris d'extase.

Mais elle avait l'impression que lui, si.

Il caressa ses cheveux du bout du doigt, traça un sillon brûlant le long de son dos, puis s'empara d'une mèche et l'enroula autour de son index.

— Magnifique, murmura-t-il.

Elle tressaillit au son grave, velouté de sa voix. Il s'approcha plus près, glissa le bras autour de sa taille, et l'attira contre lui. Elle sentit quelque chose de dur au bas de ses reins, preuve, s'il en était besoin, que le persuader de boire une bière au lieu de faire l'amour n'allait sans doute pas être possible.

Il posa une main sur le ventre de Pam, tandis que, de l'autre, il écartait ses cheveux. L'air froid du chalet sur sa peau nue provoqua des frissons le long de sa colonne vertébrale, qui se réchauffa aussitôt dès que le souffle brûlant de l'homme effleura son cou.

— Dis-moi encore...

Elle se figea.

— Quoi ?

— Comment on va faire l'amour...

Avant que John ait eu le temps de comprendre ce qui lui arrivait, sa petite blonde en chaleur lui avait filé entre les doigts et avait traversé la moitié de la pièce. À croire qu'il venait de la marquer au fer rouge.

Abasourdi, il la dévisagea, et elle lui rendit son regard, les yeux écarquillés et la bouche ouverte comme si elle voulait parler, mais ne parvenait pas à trouver les mots.

— Quelque chose ne va pas ?

— Euh... non. Il faut que j'aille dans la salle de bains.

John prit une profonde inspiration et exhala lentement. Il avait l'impression qu'on lui avait plongé la tête dans un seau d'eau froide.

— C'est là.

Il indiqua du doigt l'unique autre pièce du chalet, et elle s'y rua presque avant de refermer la porte derrière elle. Il l'entendit tâtonner autour de la poignée, sans doute à la recherche d'un verrou qui n'existait pas. Puis ce fut le silence.

John ramassa rageusement le sac qu'il avait laissé tomber près de la porte. Il rangea la bière dans le mini-réfrigérateur, balança le sachet de pastilles à la menthe sur le plan de travail, puis fixa la boîte de préservatifs. Il savait que c'était trop beau pour être vrai.

Il était évident que cette femme avait quelque chose à cacher. Elle n'avait ni sac à main, ni manteau, ni voiture. C'était comme si elle avait surgi de nulle part. Il avait beau avoir repéré tous les indices suspects, il avait choisi de les ignorer. Il aurait dû se fier à son instinct. Se contenter d'admirer des femmes nues avec des agrafes sur le nombril au lieu d'en ramener une en chair et en os.

Il lança la boîte de préservatifs dans un placard, puis se laissa tomber sur le canapé, manœuvre qui lui parut un tantinet inconfortable à présent que l'un de ses organes avait doublé de volume et était toujours prisonnier d'un jean soudain beaucoup trop petit. Et dire qu'après la scène au restaurant il s'était attendu qu'elle se jette sur lui dans la voiture, et qu'elle lui arrache ses vêtements à peine arrivés au chalet...

Ou plutôt, non. Il ne s'y était pas attendu. Il avait prié pour qu'elle le fasse. Au lieu de quoi, pour des raisons qui lui échappaient, sa tigresse s'était métamorphosée en chaton.

Elle n'était pas complètement inexpérimentée, il en était certain. Elle devait avoir vingt-cinq ans, peut-être plus, et aucune femme ne pouvait embrasser ainsi sans avoir quelques heures de vol à son actif. Pourtant, s'il n'avait pas la moindre idée de ce qu'elle voulait, il était pratiquement sûr qu'il ne s'agissait pas de sexe. Mais elle s'était donné beaucoup de mal pour lui faire croire le contraire, et il était temps de découvrir pourquoi.

Il allait la mettre au pied du mur. Ça suffirait sans doute à la faire craquer.

3

Pam s'aspergea le visage d'eau froide et s'essuya avec une serviette verte usée jusqu'à la corde. Elle s'appuya au lavabo et baissa la tête. Elle était épuisée, elle mourait de faim, ses genoux étaient douloureux après sa chute sur le macadam. Tout ce qu'elle demandait, c'était un repas convenable, un bain chaud et une bonne nuit de sommeil. Elle poussa un profond soupir. Il y avait peu de chances qu'aucun de ses souhaits se réalise, surtout le dernier.

Levant la tête, elle surprit son reflet dans la glace. Qui était cette femme qui lui rendait son regard ?

À ses yeux, une victime innocente qui jurait ses grands dieux que plus jamais elle n'achèterait de glace au beau milieu de la nuit. Aux yeux de la police de Tolosa, une criminelle en fuite. À ceux de l'homme qui se trouvait dans la pièce voisine, une obsédée sexuelle qui cherchait à prendre du bon temps.

Et c'était ce dernier rôle qu'il lui faudrait jouer ce soir. Elle ignorait tout de celui qui l'attendait de l'autre côté de la cloison, et devait voir les choses en face : se refuser à lui aurait peut-être des conséquences plus graves que de céder.

Elle ouvrit la porte lentement, avec l'impression d'être une souris qui sort de son trou tout en sachant qu'il y a un matou dans les parages. Il était affalé sur le canapé, et son expression avide confirma que la comparaison avec le chat était parfaitement appropriée.

— Viens ici, mon chou.

Elle se dirigea à pas comptés vers le canapé et se tint debout à côté. Il tapota le coussin près de lui.

— Assieds-toi là.

Elle obtempéra, mais prit place le plus loin possible de l'endroit suggéré. Il se glissa jusqu'à elle, lui passa le bras autour du cou, tandis que sa main reposait sur sa cuisse. L'éclat ardent, presque animal, de ses yeux la fit frissonner de la tête aux pieds. Elle plaqua les paumes sur son torse afin de l'empêcher d'approcher davantage, mais le mur de muscles qu'elle rencontra ne fit qu'accroître son appréhension.

— Tu ne m'as pas dit ton nom, risqua-t-elle d'une voix faible.

— Je croyais qu'on laissait nos noms en dehors de ça.

— J'ai changé d'avis. Je m'appelle... Alice. Et toi ?

— John.

— John. C'est joli.

— C'est ce que ma mère pensait.

— Tu viens d'où, John ?

— Il me semble qu'on a dépassé le stade de la simple conversation, non ?

— Je me disais juste que ce serait bien de faire un peu connaissance.

— C'est drôle, ça. Chez Harley, il n'y avait qu'une seule chose qui t'intéressait chez moi, et il me semble que ce n'était pas ma ville natale.

— Je sais. Mais, après tout, on vient seulement de se rencontrer...

— Et je dois dire que c'était une sacrée entrée en matière !

Il suivit du doigt le contour de sa joue, de son menton.

— Tout ce que tu as besoin de savoir à mon sujet, c'est que j'ai un faible pour les blondes aux yeux bleus, surtout quand elles veulent s'amuser.

Il écarta les cheveux de Pam et l'embrassa doucement dans le cou, provoquant une série de frissons le long du dos de la jeune femme. Puis il effleura son menton de ses lèvres, et elle sentit le picotement de sa barbe.

— Depuis quand tu ne t'es pas rasé ?

— Et depuis quand tu te soucies de mon hygiène personnelle ?

— Ta barbe est irritante.

Elle s'efforçait de paraître agacée, mais à sa grande consternation, sa voix lui parvint, douce et voilée. Sexy. Tout le contraire de l'impression qu'elle voulait donner.

— Irritante, hein ? Ça n'avait pas l'air de te gêner tout à l'heure, fit-il en déposant un baiser léger à l'endroit sensible juste au-dessous de son oreille gauche.

« Un point pour toi », fit Pam silencieusement. Elle tenta une manœuvre discrète pour s'éloigner de lui, mais ne réussit qu'à permettre à sa main de progresser plus haut sur sa cuisse.

— Tu sais, je ne me suis pas douchée de la journée. Je ne suis pas vraiment fraîche…

— Une douche ? Excellente idée. Pourquoi ne pas la prendre ensemble ?

Pam se mordit la lèvre.

— Eh bien, pourquoi pas ? Mais il fait un peu froid ici, non ? Peut-être que si tu faisais du feu dans la cheminée…

— Pas la peine. Je vais te tenir chaud.

Il l'attira plus près, lui maintint délicatement la tête au creux de son épaule, et l'embrassa. Pam eut

l'impression qu'un réacteur
ploser dans sa boîte crânienne. Au
elle qui, par pur désespoir, avait mene
à présent, il avait pris le contrôle de la sit
Totalement. Ses bras, à la fois doux et dominateu
l'enveloppaient dans un étau de velours, ne lui laissant aucune possibilité de se dégager.

Il lui caressa la joue, resserra son étreinte ; sa langue se mêla à la sienne en une danse de pure séduction. Ses lèvres étaient chaudes. Sensuelles. Talentueuses. Des lèvres qui lui ôtaient rapidement toute velléité de résistance. Et, malgré la détermination dont il faisait preuve, elle détectait en lui une curieuse retenue, un soupçon de tendresse inattendu, comme s'il n'avait nulle intention de prendre sans rien donner en échange.

Il l'embrassa pendant ce qui lui parut durer des heures, se retirant de temps en temps, frôlant ses lèvres des siennes, avant de plonger à nouveau dans sa bouche. Sa technique sans faille affolait la jeune femme, qui se sentait littéralement fondre de plaisir. Jamais elle n'avait éprouvé de telles sensations...

Soudain, il se dégagea et la contempla. Qu'attendait-il ? Qu'elle s'abandonne ? Elle lui rendit son regard, effrayée à la pensée qu'elle était précisément sur le point de le faire.

— Je pourrais t'embrasser toute la nuit, murmura-t-il.

Le cœur de Pam bondit, en proie à un regain d'espoir. Il avait peut-être oublié qu'elle avait un corps. Puis il promena la main autour de son sein, sur son ventre, le long de sa cuisse, avant de rebrousser chemin, les yeux rivés sur elle tel un papillon de nuit attiré par la lumière.

— Partout...

Il remonta doucement son sweat-shirt. Lorsqu'il posa la main sur sa taille, elle cessa de respirer. Il [illegible] sa bouche de la sienne, tandis qu'il effleurait du bout du doigt le satin de son soutien-gorge. À travers le tissu délicat, il titilla la pointe de son sein du pouce, envoyant Pam à la dérive sur un océan de plaisir dans lequel elle aurait volontiers accepté de se noyer.

Puis il tendit la main vers l'agrafe en forme de fleur qui fermait son soutien-gorge rose pâle entre les bonnets – elle avait acheté ce dernier un mois plus tôt, convaincue qu'il serait usé avant qu'un homme le lui ait ôté.

Elle ouvrit brusquement les yeux et s'écarta, serrant les coudes pour l'empêcher d'aller plus loin.

— Qu'est-ce que tu fais ? fit-elle, haletante.

— J'essaye de te déshabiller, mais tu ne coopères guère...

Il s'inclina sur elle, mais elle se détourna, pas le moins du monde prête à lui céder son soutien-gorge.

— Non, murmura-t-elle. Je ne peux pas...

— J'ai ce qu'il faut comme protection, mon chou, si c'est ce qui...

— J'ai dit non !

L'espace de quelques secondes, il demeura immobile. Puis le désir qu'elle avait lu dans ses yeux sombres céda la place à une interrogation muette, implacable. Sa passion semblait avoir fondu comme neige au soleil.

D'un geste délibéré, il retira sa main et rabattit fermement le sweat-shirt. Puis, d'une poigne de fer, il la saisit par les bras et la redressa en position assise tout en la scrutant d'un œil d'aigle.

— Qu'est-ce que tu manigances ?

Pam ouvrit la bouche dans l'espoir qu'une explication brillante allait en jaillir. Mais sa bonne étoile l'avait abandonnée. Elle referma la bouche.

— Tu n'avais pas de voiture au restaurant. Tu n'as ni sac ni manteau. Pourquoi ?

Elle resta silencieuse.

— Tu viens m'allumer comme une petite pute, et je t'ai à peine touchée que tu joues à la vierge effarouchée ! Ça te gênerait de m'expliquer pourquoi ?

Il parlait exactement comme tous les flics qui l'avaient interrogée par le passé, et Pam avait le cœur qui battait à cent à l'heure. Mais elle ne dit rien.

— Je savais que c'était une erreur.

John prit une profonde inspiration avant de vider lentement ses poumons. Il se leva avec une certaine raideur, signe que le passage brutal de la passion à la froideur ne se faisait pas sans mal.

— Allez, viens. Je te ramène chez toi.

— Non !

Elle avait parlé fort, trop fort, et il lui décocha un regard surpris.

— Comment ça, non ?

Pam se borna à le dévisager. Elle voulait rester. Elle *devait* rester, mais elle ne voulait pas coucher avec lui. Comment le convaincre de lui accorder le premier sans le second ?

Comme elle demeurait silencieuse, il attrapa son blouson et se dirigea vers la porte.

— Attends !

Il fit volte-face, visiblement exaspéré.

— Écoute. Il est évident que tu ne veux pas faire ce pour quoi tu es venue, alors je te ramène, point.

— Si tu te calmes un peu, je...

— Tu veux que je me calme ? Alors explique-moi pourquoi tu te fous de moi depuis la seconde où tu es entrée dans ce maudit restaurant ! Hein ? Explique-moi ça, et tu verras que je suis le type le plus sympa de la terre !

Elle avait besoin d'un mensonge convaincant, mais l'inspiration ne venait toujours pas.

— Je... je ne peux pas.

— Tu ne peux pas ? Comment ça, tu ne peux pas ?

— Je ne peux pas... comprendre pourquoi tu es si furieux.

John haussa les sourcils.

— Eh bien, ma petite, tu manques d'imagination !

Elle ferma les yeux, espérant qu'elle n'était pas en train de s'engager dans une impasse.

— Je voulais seulement passer une soirée agréable. Qu'on parle un peu, qu'on se détende... Qu'on fasse connaissance avant de... soupira-t-elle d'un air mélancolique. Mais il est clair qu'il n'y a que le sexe qui t'intéresse !

Il la fixa bouche bée.

— Tu peux me dire comment *je* suis devenu le méchant de l'histoire ? Tu te conduis comme une vraie nymphomane, tu me harcèles jusqu'à ce que je cède à tes avances, et maintenant que je m'attends que tu tiennes tes promesses, voilà que je me fais taxer d'obsédé sexuel ?

— Non. Ce n'est pas ce que je voulais dire du tout... Enfin, je suppose que je vois mieux à présent pourquoi tu as pu te méprendre...

— Me méprendre ?

Le ton incrédule de sa voix indiquait qu'il ne marchait pas, et la nervosité de Pam augmenta.

— Oui. Je préfère une approche plus subtile...

Les sourcils de John se haussèrent de nouveau.

— Subtile ? Parce que tu trouves que tu t'es conduite d'une manière *subtile* au restaurant ?

— C'était juste pour attirer ton attention. Comme... euh... un paon qui fait la roue.

Pam aurait voulu rentrer sous terre en s'entendant débiter de pareilles stupidités, mais c'était tout ce qui lui était venu à l'esprit. Si elle continuait à parler assez longtemps, à dire n'importe quoi, il finirait peut-être par se calmer et...

— Ce sont les mâles qui font la roue, corrigea John. Les femelles regardent. Elles ne coincent pas les mâles contre un comptoir en leur promettant un aller simple pour le paradis !

— C'était une métaphore...

— Écoute-moi bien, mon chou. Ta main sur mon sexe n'avait rien d'une métaphore. Alors, épargne-moi tes théories sur l'accouplement des animaux. Tu t'es montrée parfaitement claire sur tes intentions au restaurant, et je n'aime pas les publicités mensongères. On va au lit tout de suite, à moins que tu ne me donnes une sacrée bonne raison de ne pas le faire. Sinon, tu dégages !

Il consulta sa montre.

— Tu as dix secondes. Décide-toi !

Elle avait le choix. Coucher avec lui, lui avouer la vérité, ou ficher le camp.

Peut-être était-ce le regard de défi qu'il lui lançait. Ou le ton autoritaire de sa voix. Ou simplement qu'elle en avait par-dessus la tête des trucs pourris qui lui arrivaient sans qu'elle ait rien fait pour les mériter. Quoi qu'il en soit, alors qu'elle était assise sur ce canapé, les yeux rivés sur un homme qui la plaçait devant l'ultimatum le plus détestable qu'elle ait jamais entendu, quelque chose en elle se brisa.

Elle se leva lentement, plissant les yeux comme un gangster de série B qui vient de prendre le dessus. Les poings sur les hanches, elle le foudroya du regard.

— Je comprends maintenant pourquoi tu n'es pas marié. Il n'y a pas beaucoup de femmes qui pourraient supporter un salaud dans ton genre !

Elle plaqua la paume contre sa poitrine et le poussa. Comme il reculait, elle se dirigea vers la porte, folle de rage, prête à affronter un ours plutôt que de passer une minute de plus dans la même pièce que cet homme. Mais avant qu'elle ait eu la possibilité de communier avec la nature, il lui agrippa le poignet, et la tira à travers la pièce. Puis il posa les mains sur ses épaules pour la forcer à se rasseoir. Il se laissa tomber à côté d'elle, tout en la tenant fermement par le bras, tandis que ses yeux la transperçaient. La mâchoire crispée, elle soutint son regard.

— À mon avis, déclara-t-il, tu n'es qu'une petite allumeuse qui prend son pied à faire marcher les hommes. Et tu n'as pas assez de bon sens pour comprendre qu'il y a des types bizarres qui ne sont peut-être pas aussi patients que moi. Alors ?

Elle redressa la tête, se refusant à lui laisser voir sa peur.

— Il y a des types bizarres, oui. Le mot est juste.

Elle se dégagea et se leva. Vif comme l'éclair, il lui attrapa le bras et la fit rasseoir d'un geste sec. Elle le gratifia d'un regard venimeux.

— Oh ! Tu aimes qu'on te résiste, hein ? C'est ça ? Pourquoi ne pas l'avoir dit plus tôt ?

Elle avait à peine prononcé ces paroles qu'elle les regretta. Il lui serra le bras plus fort, tandis qu'une expression de fureur à peine contenue lui déformait les traits.

— Je n'ai jamais frappé une femme de ma vie, et je n'ai pas l'intention de commencer maintenant. Même si je suis sûr que, dans le cas présent, j'y prendrais un extrême plaisir.

Il se pencha plus près, et ajouta d'une voix sourde :

— Entre nous soit dit, je n'aime pas qu'on me résiste, justement. J'aime que le sexe soit tendre, lent et passionné. Et par-dessus tout, j'aime les femmes qui savent ce qu'elles veulent. Et si je décidais que tu corresponds à cette description, ce serait *toi* qu'on entendrait crier jusqu'à Bangkok.

Pam déglutit avec peine, ne doutant pas une seconde qu'il disait vrai.

— Maintenant, si tu arrêtais de raconter des conneries pendant cinq minutes et si tu m'avouais la véritable raison de ta présence ici ?

Elle ouvrit la bouche, mais aucun son n'en sortit. Comment trouver une explication qui n'aggrave pas la situation ? Elle était coincée. Il allait la découper en morceaux et l'enterrer sous la véranda, non parce que c'était un tueur en série, mais parce qu'elle l'agaçait prodigieusement.

— C'était une erreur, confessa-t-elle. N'en parlons plus, d'accord ?

Elle fit mine de se lever, espérant que son demi-aveu de culpabilité suffirait à le satisfaire. Il la retint.

À cet instant précis, l'inspiration surgit. Le parfait mensonge à la recherche duquel elle se creusait les méninges. Simple. Brillant. Évident. Comment n'y avait-elle pas songé plus tôt ?

Elle se frotta le bras là où il l'avait serrée si fort, puis baissa la tête.

— C'était à cause de mon copain, murmura-t-elle.

Il lui lança un regard sceptique.

— Ton copain ?

— C'est pour cela que j'ai dû me sauver.

— Te sauver ?

— Oui. Pour lui échapper, fit-elle avec un soupir, les yeux fixés sur ses mains. On était partis faire un tour en voiture, et on s'est disputés. Il était vraiment furieux. Encore plus que d'habitude. Il s'est arrêté au passage à niveau, et je me suis enfuie. Il m'a poursuivie.

Elle cligna des paupières comme pour refouler ses larmes.

— Il m'a rattrapée et je suis tombée.

Et elle avait des preuves, songea-t-elle soudain. Elle retroussa son pantalon, révélant la chair tuméfiée qui s'étendait autour d'une vilaine plaie au genou. Et quand elle le vit plisser les yeux, visiblement inquiet, elle sut qu'elle avait retourné la situation à son avantage.

Gagnée par l'espoir, Pam enchaîna :

— J'ai réussi à m'enfuir en traversant les voies juste avant l'arrivée du train. Comme le convoi avançait très lentement, il s'est retrouvé bloqué et ça m'a donné le temps de gagner le restaurant.

John se laissa aller contre le dossier du canapé, tandis qu'un long soupir las lui échappait. Puis il porta la main à son front, et ferma les paupières comme s'il souffrait d'une migraine carabinée.

Pam jubilait. Il avait mordu à l'hameçon !

— Et alors, tu m'as fait du gringue ? Pourquoi ?

Elle haussa les épaules faiblement.

— J'ai pensé que c'était la façon la plus rapide de te convaincre de m'emmener avant qu'il arrive.

John la dévisagea d'un air incrédule.

— Tu te rends compte que c'était stupide ? Que tu aurais pu tomber sur un barjo ? Tu as une idée ce qui aurait pu se passer quand tu aurais refusé de tenir ta promesse ?

Une vague de soulagement submergea Pam. Malgré son air fâché et le regard perçant de ses yeux sombres, il était en train de lui affirmer qu'il n'était pas ce genre d'homme. Qu'il n'allait pas la forcer à se livrer à ces actes sexuels scandaleux dont elle s'était vantée.

— Il t'a déjà frappée ?

Son expression demeurait sévère, mais la compassion qu'elle percevait dans sa voix la rendit un peu moins fière du mensonge qu'elle venait de concocter. Elle soupira.

— Oui.

— Il t'a envoyée à l'hôpital ?

Elle réfléchit. Mieux valait ne pas en faire trop.

— Une fois.

— Bon Dieu ! Pourquoi ne m'as-tu pas raconté ce qui se passait quand tu es entrée dans ce restaurant ? J'aurais pu...

— Non. Mon copain est un grand costaud. Il a le crâne rasé, des tatouages hideux, et il est méchant. *Vraiment* méchant. Un seul coup d'œil et personne ne m'aurait proposé son aide – ce que je comprends parfaitement.

John fit une grimace.

— Et ce type est ton copain ?

Elle dut admettre que cela semblait incroyablement stupide. Elle haussa vaguement les épaules.

— Quelquefois, il peut se montrer gentil. Quand il est d'humeur.

— Gentil ? *Gentil ?*

John s'assit au bord du sofa, avec l'expression d'un type sur le point de s'arracher les cheveux.

— Qu'est-ce qui cloche chez vous, les femmes ? Tu laisses un mec te taper dessus, et tu vas clamer qu'il est gentil ! Je te jure que...

Il s'interrompit, puis eut un geste d'agacement.

— Peu importe. Cela ne me regarde pas.

Il se leva et s'empara de son blouson.

— Je te ramène chez toi. Où habites-tu ?

Elle soupira, tritura un fil décousu du canapé.

— Chez mon copain.

Il la fixa sans mot dire pendant un instant.

— Tu as des amis chez qui tu peux aller ? Des parents ?

— Euh... nous venons de déménager. Je ne connais personne.

— Génial.

Dégoûté, il jeta son blouson sur le sofa. Elle leva les yeux vers lui.

— Je ne peux pas rester ici ce soir ?

— Non. Pas question.

— Mais...

— J'ai dit non. Je ne veux pas me mêler de cette histoire.

— Tu n'es mêlé à rien. Mon copain ne sait pas où je suis. Laisse-moi rester. Je t'en prie.

Elle se tut et lui adressa un regard désespéré en priant pour qu'il se laisse fléchir.

— Je n'ai nulle part où aller.

Il l'observa quelques instants, les lèvres pincées, puis secoua la tête, résigné.

— Oh, et puis merde ! Si tu veux. C'est complètement insensé, mais je me suis comporté comme un idiot toute la soirée, alors...

Elle baissa la tête d'un air soumis. « Mission accomplie », se félicita-t-elle.

— Tu peux passer la nuit ici. Mais demain matin, je t'emmène au commissariat.

Elle se redressa brusquement.

— Quoi ?

— Tu vas porter plainte.

Une bouffée de la panique l'envahit.

— Non, s'écria-t-elle. Tu ne comprends pas. Je ne peux pas porter plainte. Il me tuera si je vais à la police.

— Il te tuera si tu ne le fais pas. C'est le marché, mon chou. À prendre ou à laisser.

Bon. Le meilleur mensonge du monde présentait toujours une faille ou deux.

Pam décida qu'elle n'avait pas le choix, même si elle n'avait aucune intention de se rendre au commissariat. Pour l'heure, elle était en sécurité. Elle s'inquiéterait du lendemain... demain. Après tout, si elle refusait catégoriquement d'y aller, que pourrait-il faire ? L'y traîner ?

— D'accord, répondit-elle. J'irai.

John hocha brièvement la tête.

— Je vais faire du feu, marmonna-t-il en attrapant son blouson.

Il sortit sans rien ajouter. Elle s'adossa au sofa, soulagée. Elle avait raconté le pire mensonge de sa vie, mais sa bonne étoile était avec elle. Et son nez ne s'était pas allongé.

La perspective de passer la nuit seule avec John la rendait encore un peu nerveuse, mais, à présent, elle commençait à avoir une idée du genre d'homme auquel elle avait affaire. À plusieurs reprises au cours de sa performance de tragédienne, elle avait décelé une trace de compassion sous son allure de dur à cuire, et elle sentait instinctivement qu'elle n'avait rien à craindre de lui.

Sauf s'il découvrait qu'elle avait menti.

4

L'air vif de la nuit fit à John l'effet d'une gifle. D'une gifle dont il avait grand besoin. Peut-être l'aiderait-elle à s'éclaircir les idées, à considérer la situation avec plus de lucidité. Il se dirigea vers le tas de bois, songeant qu'une heure avec cette fille équivalait à une éternité sur les montagnes russes.

Il jeta un coup d'œil en arrière, à travers la fenêtre. Elle était toujours sur le canapé, les bras entourant ses jambes repliées contre sa poitrine, le menton reposant sur ses genoux, le regard absent. John fut soudain saisi d'un désir irrépressible de la protéger, aussitôt suivi d'une vague de colère. S'il avait tenu entre ses mains la brute qui lui servait de petit ami, il aurait été tenté de lui fracasser le crâne. Histoire de lui apprendre à réfléchir à deux fois avant de frapper une femme sans défense. De lui ôter l'envie de lever la main sur…

Hé, une minute! D'où lui venait cette réaction émotive de débile ?

Il laissa échapper un soupir de dégoût. S'il lui suffisait de la regarder pour perdre son sang-froid…

Un flic qui se laisse diriger par ses sentiments ne vaut rien.

Bien sûr, il n'était pas en service, mais l'avertissement n'en était pas moins valable. Il se détourna et fonça vers le tas de bois en se maudissant d'avoir failli péter un plomb pour une affaire aussi banale. Comme s'il n'avait pas été confronté à des dizaines de cas de violence conjugale auparavant ! Pourquoi cette affaire-là le rendait-elle fou ?

Parce qu'il savait comment elle embrassait.

La pensée qu'un homme pouvait préférer brutaliser cette superbe créature plutôt que de lui procurer du plaisir le dépassait totalement. Il éprouva soudain l'irrésistible désir de retourner au chalet, de la prendre dans ses bras et de consacrer la nuit à lui montrer comment un homme est censé traiter une femme. Pour lui donner matière à réflexion la prochaine fois qu'un salaud comme son copain déciderait de passer ses nerfs sur elle. Pour qu'elle sache qu'il y avait une foule d'hommes prêts à satisfaire ses fantasmes au lieu de lui filer des cauchemars...

Il tira quelques bûches à lui en se traitant de tous les noms. Incroyable ! Il continuait à la désirer. Après tout ce qu'elle lui avait raconté, il la désirait. Mais pour qui se prenait-il ? Une sorte d'assistant social du sexe ?

Il aurait voulu pouvoir rejeter tout le blâme sur elle, mais il savait qu'il avait joué avec le feu au restaurant. Il ne lui restait plus qu'à éteindre l'incendie. C'était là l'exemple parfait de ce qui se passait chaque fois qu'il ignorait son instinct de flic. Il cessait d'analyser les choses de façon rationnelle.

Et se mettait à tabasser des distributeurs de serviettes.

Il repartit vers le chalet, empli d'une détermination nouvelle. Il la laisserait rester cette nuit, parce qu'il était trop tard pour trouver une autre solution. Dès le lendemain matin, il l'accompagnerait au poste et l'encouragerait à porter plainte. Comme la plupart des femmes battues, elle refuserait sans doute, mais ce n'était pas son problème. Ensuite, il irait déjeuner au *Red Oak* et taillerait la bavette avec Harley.

Et si une belle fille se pointait, prête à se payer du bon temps, il lui brandirait son insigne sous le nez telle une croix devant un vampire et lui suggérerait d'aller assouvir ailleurs ses appétits sexuels.

Pam regarda John préparer le feu. À la façon dont il avait jeté les bûches dans l'âtre, elle devinait qu'il était en colère. Enfin, peut-être pas en colère, mais agacé, voire exaspéré. Il était évident qu'il voulait se débarrasser d'elle le plus vite possible, et elle ne pouvait le lui reprocher. Ses efforts désespérés pour éviter Leandro l'avaient conduite à se ficher de lui du début à la fin, comme il le lui avait d'ailleurs fait remarquer. Fort heureusement, il ne soupçonnait pas qu'elle continuait, et elle priait ardemment pour qu'il ne l'apprenne jamais.

— Tu as faim ? demanda-t-il froidement.

Faim ! Le mot était faible. Elle était au bord de l'inanition.

— Euh… un peu.

Il alla jusqu'au frigo, y jeta un coup d'œil, puis farfouilla dans les placards. Il revint avec un sachet de biscuits salés et une canette de coca.

— J'ai dîné au restaurant ces jours derniers. Je n'ai pas grand-chose à te proposer.

— Ça ira très bien, merci.

Pam était si affamée qu'elle aurait englouti la bourre des coussins s'il lui avait tourné le dos assez longtemps. Il lui tendit les provisions, puis marmonna qu'il allait prendre une douche et disparut dans la salle de bains.

Elle grignota les biscuits en rêvant d'une escalope de veau accompagnée de pâtes fraîches, ce qui lui rappela le restaurant où elle travaillait. Elle pouvait tirer un trait sur sa carrière dans la restauration, songea-t-elle avec désespoir. Dire que si quelqu'un n'avait pas abandonné le butin et l'arme d'un vol à main armée sur le siège arrière de sa voiture, à l'heure qu'il était, son plus grand souci serait une erreur de réservation ou une bouteille de chianti médiocre.

Elle s'efforça de chasser ces pensées de son esprit de crainte de devenir folle.

Après avoir englouti presque tous les biscuits, elle referma le sachet et alla le poser sur le plan de travail, avec la canette de coca vide. Puis elle retourna s'écrouler sur le canapé, et contempla les flammes, bercée par le chuintement de la douche qui lui parvenait à travers la porte de la salle de bains.

Une douce torpeur l'envahit. Le souvenir des baisers de John s'insinua dans son esprit, mêlé à d'autres pensées, plus érotiques, qu'elle aurait immédiatement repoussées si elle n'avait été aussi épuisée, et si elles n'avaient été aussi excitantes.

Elle l'imagina debout sous la douche, son corps d'athlète enveloppé d'une brume de vapeur. Elle suivit du regard le trajet du savon qu'il passait sur un bras, sur l'autre, sur son torse puissant. Elle le vit pivoter, laisser l'eau couler le long de son dos en faisant jouer les muscles de ses épaules pour en soulager la tension. Puis elle ferma les paupières et pénétra en territoire inconnu.

Elle entrait dans la salle de bains, écartait doucement le rideau, et rencontrait son regard stupéfait. D'un mouvement souple, il l'attirait dans la douche, la plaquait contre le carrelage et l'embrassait à perdre haleine, avant de lui arracher ses vêtements trempés. Dans ce fantasme-là, l'eau chaude ne venait jamais à manquer. Ils restaient sous la douche toute la nuit, à faire l'amour avec l'émerveillement de ceux qui sont follement attirés l'un par l'autre.

D'après ce qu'elle avait entendu dire.

Elle entendit le couinement des robinets, puis le cliquetis des anneaux coulissant sur la barre. Quelques minutes plus tard, la porte s'ouvrit et John émergea dans un nuage de vapeur. Elle le fixa bouche bée, éprouvant une difficulté soudaine à respirer. En ce qui concernait son physique, les rêveries de Pam avaient été prémonitoires.

Il portait un jean. Rien qu'un jean. Son torse et ses pieds étaient nus. Il se séchait les cheveux avec une serviette. Et à la surprise de Pam, il s'était rasé. Elle l'avait trouvé séduisant avant, mais son visage rasé de frais et sa demi-nudité captèrent franchement son attention. Elle ne put s'empêcher d'inspecter chaque centimètre carré de son corps, depuis son torse musclé jusqu'à ses bras solides, qui l'avaient enlacée moins d'une demi-heure plus tôt, en passant par ses pieds nus, qu'elle trouva inexplicablement attirants. Avait-elle perdu l'esprit ? Pour la première fois de sa vie, elle trouvait les pieds d'un homme sexy !

Lorsqu'elle releva la tête, il avait cessé de se sécher les cheveux et la regardait. Elle comprit soudain que l'examen visuel auquel elle s'était livrée avait pris un certain temps. Détournant le regard, elle se passa une main nerveuse dans les cheveux. Ses joues la brûlaient, et elle espéra qu'elle n'était pas devenue écarlate.

John sortit une chemise usée d'un placard et l'enfila. Il jeta la serviette dans la salle de bains, puis boutonna sa chemise en s'approchant de Pam.

— C'est un canapé-lit, annonça-t-il. Le seul lit.

Pam s'en était doutée, étant donné qu'il n'y avait pas de chambre, mais elle avait préféré ne pas creuser la question.

— Et je ne crois pas que tu aies plus envie que moi de coucher par terre.

— Tu veux dire que… nous allons dormir là tous les deux ?

— Écoute, si j'avais voulu profiter de toi, je l'aurais déjà fait, il me semble. Tu restes de ton côté, moi du mien, et tout se passera très bien. Ça te pose un problème ?

« Oui, songea-t-elle. Un gros problème. » Quelques minutes auparavant, elle l'admirait avec la minutie d'un astronome qui vient de découvrir un nouveau corps céleste, et voilà qu'elle était censée partager son lit ? Elle se croyait capable de maîtriser ses pensées érotiques tant qu'ils demeuraient debout, mais une fois allongés, c'était une autre affaire.

— Non. Pas du tout, fit-elle en se levant.

Il ôta les coussins et déplia le lit, puis il sortit deux oreillers d'un placard. Si le canapé avait paru grand à Pam, le lit, en revanche, lui semblait minuscule.

John souleva drap et couverture de son côté, s'allongea, et ramena le tout sur lui. Pam s'approcha timidement du lit, se débarrassa de ses chaussures et s'étendit de l'autre côté. Puisqu'il était sous la couverture, elle avait peut-être intérêt à rester dessus.

— Le feu ne durera pas toute la nuit, l'avertit-il. Tu auras froid au réveil.

Elle hésita un instant, puis décida qu'après tout ce qui s'était passé, ce serait ingrat de sa part de sous-entendre qu'elle ne lui faisait pas confiance. Elle se glissa entre les draps à son tour. Il éteignit la lampe qui se trouvait sur la table près du canapé, et se recoucha sur le dos. À la lueur du feu, la pièce prit une douce teinte dorée. Et bien qu'ils soient séparés par une trentaine de centimètres, la chaleur du corps de John ne tarda pas à se mêler à celle de Pam.

— Alice ?

La voix grave et bien timbrée de John rompit le silence. Il fallut quelques secondes à Pam pour se rappeler qu'elle lui avait donné un faux nom.

— Oui ?

— Pourquoi ne m'as-tu pas parlé de ton ami plus tôt ?

« Parce que je ne l'avais pas encore inventé », faillit-elle répondre.

— Je ne sais pas. Je suppose que j'avais peur.

— Peur ? Pourquoi ?

Il y eut une pause.

— Après ce que je t'avais dit au restaurant, j'avais peur de ta réaction si je t'avouais que je ne voulais pas... tenir mes promesses.

— Et comment croyais-tu que je réagirais ?

Silence.

— Tu pensais que j'allais te frapper ? C'est ça ?

Elle haussa les épaules.

— Tu as pas mal crié...

— C'est vrai. J'ai crié. Parce que tu me rendais dingue. Parce que tu ne voulais pas m'avouer la vérité. Mais je n'ai fait que crier.

Il s'interrompit un instant.

— Je n'aurais *jamais* rien fait d'autre.

Il paraissait froissé, et elle comprit qu'en dépit de sa colère, il ne se serait jamais conduit comme son petit ami imaginaire. Elle se remémora la façon dont il l'avait embrassée, et elle sut qu'il ne mentait pas.

— Et quoi que tu aies pu me promettre au restaurant, ajouta-t-il, je ne t'aurais jamais forcée à le faire alors que tu n'en avais pas envie.

Et si j'en ai envie à présent ?

La phrase résonna si clairement dans sa tête que Pam craignit de l'avoir formulée à voix haute. C'était insensé, mais à présent qu'elle savait que ce n'était pas un maniaque sexuel, elle semblait incapable de penser à rien d'autre qu'à faire l'amour avec lui.

Enfin, pas vraiment. Pas jusqu'au bout, en tout cas. Mais si elle s'approchait de lui, lui caressait la joue et lui donnait un baiser, un seul, pour raviver le souvenir des précédents... comment réagirait-il ?

Vu la manière dont elle l'avait repoussé un peu plus tôt, il l'emmènerait sûrement droit à l'hôpital psychiatrique, le lendemain matin, sans passer par le commissariat.

— Ne permets pas aux hommes de te faire du mal, reprit-il. Tu n'as pas à supporter ça.

La sollicitude qui perçait sous la brusquerie du ton ne fit qu'accroître le sentiment de culpabilité de Pam.

— Je sais, répondit-elle doucement. Je ne le ferai plus. Plus maintenant.

Un soupir s'échappa des lèvres de John, comme s'il ne se faisait aucune illusion à ce sujet.

— Bonne nuit, Alice, murmura-t-il.

Puis il ferma les yeux et ne bougea plus. Quelques minutes plus tard, sa respiration régulière indiqua à la jeune femme qu'il s'était endormi.

Elle se tourna de côté, profitant de ce qu'il dormait pour l'étudier à son aise. Son visage apparaissait serein à la lueur des flammes, et farouchement séduisant. Elle l'admira sans retenue. Après avoir eu si peur qu'il la touche une heure auparavant, elle mourait d'envie qu'il le fasse, à présent.

En fait d'intimité sexuelle, elle ne connaissait que les expériences partagées avec quelques adolescents maladroits qui ignoraient tout du sexe. Ce qui n'était pas le cas de John, si elle se fiait à la façon merveilleuse dont il embrassait. Elle laissa son esprit vagabonder un long moment, essayant d'imaginer ce qu'elle éprouverait en faisant l'amour avec un homme. Non pas avec un gamin inexpérimenté et trop pressé, qui en avait terminé avant même d'avoir commencé.

Un homme.

Une bouffée de désir la submergea, si violente que c'en était presque douloureux. Elle n'avait pas manqué de petits amis au fil des ans, mais dès qu'ils comprenaient qu'elle ne voulait pas coucher avec eux, ils ne s'attardaient pas.

Ce n'était pas le sexe qu'elle refusait. C'étaient ses conséquences. Pas seulement la peur d'une grossesse non désirée, ou celle du sida. Elle se rappelait les rares fois où elle s'était donnée à des adolescents qui ne lui avaient rien offert en retour, la honte et la solitude qu'elle avait éprouvées alors. Elle s'était juré de ne jamais revivre cela. Durant l'été fatidique de ses dix-huit ans, alors qu'elle entamait le voyage qui devait la conduire à retrouver le respect d'elle-même, elle avait décidé que la prochaine fois qu'elle se donnerait à un homme, ce serait quelqu'un en qui elle aurait confiance. Qu'elle aimerait.

Et qui l'aimerait.

Elle poussa un soupir de regret. Même si elle avait la chance de rencontrer l'homme de ses rêves, comment pourrait-elle le laisser l'aimer alors qu'elle était condamnée à fuir jusqu'à la fin de ses jours ?

Elle roula de l'autre côté et s'efforça de ne pas penser au lendemain. Qu'elle profite au moins de cette nuit pour se reposer avant de devoir tromper John de nouveau. Soudain, l'éclat argenté d'un objet métallique sur le plan de travail attira son attention.

Des clés de voiture.

Pam se figea. Les rouages de son cerveau se mirent en branle. Elle tenait là une occasion en or de s'enfuir. Presque aussitôt, elle s'en voulut de ne pas y avoir songé à un moment plus opportun. Quand John était sous la douche, par exemple. Voler une voiture était un peu plus facile quand le propriétaire était occupé. Ou nu. Ou les deux.

Non. Elle ne pouvait pas voler la voiture de John.

Mais était-ce vraiment un vol ? Pas vraiment, si elle ne gardait le véhicule que pour une courte durée, et qu'elle téléphonait ensuite à John pour lui expliquer où il se trouvait. Le vol impliquait faire des dégâts, bricoler avec les fils, et généralement bousiller la voiture, qui finissait à la casse, en pièces détachées impossibles à identifier. Ce qu'elle comptait faire ressemblait plutôt à... un emprunt.

D'ailleurs, il lui faudrait sans doute se débarrasser du véhicule assez rapidement, car si John se réveillait et s'apercevait de sa disparition, il signalerait le vol à la police. Elle se ferait épingler avant d'avoir compris ce qui lui arrivait.

Sauf que... il ne pourrait appeler personne, comprit-elle soudain. Le chalet n'était visiblement pas équipé d'un téléphone. Le seul appareil qu'elle ait vu se trouvait dans la voiture. Voiture qu'elle conduirait.

Ce qui signifiait qu'elle abandonnerait John en pleine campagne, sans téléphone ni moyen de transport. Pendant un instant, elle lutta avec sa conscience. Puis elle examina leurs situations respectives. Si elle lui empruntait sa voiture, il devrait faire dix ou quinze kilomètres à pied pour retrouver la civilisation. Si elle y renonçait, elle atterrirait probablement en prison pour dix ou quinze ans.

Elle fit taire sa conscience.

Elle resta absolument immobile pendant un long moment, se forçant à garder les yeux ouverts. Au bout d'un quart d'heure environ, John n'ayant toujours pas bougé, elle souleva lentement le drap et la couverture, et, centimètre par centimètre, se redressa en position assise. Le lit grinça, et le cœur de Pam fit un bond dans sa poitrine. John remua dans son sommeil.

Elle attendit une minute, ramassa ses chaussures et gagna le plan de travail sur la pointe des pieds.

Sans quitter John des yeux, elle saisit les clés avec précaution pour éviter qu'elles ne tintent les unes contre les autres. Un portefeuille était posé juste à côté. Et elle avait besoin d'argent. Vraiment besoin.

Elle soupira intérieurement. Encore un vol.

Mais si elle lui renvoyait l'argent plus tard, assorti d'intérêts, ce n'était pas exactement un vol. Plutôt une sorte de... placement. Si elle lui donnait, disons, quinze ou vingt-cinq pour cent d'intérêts, il n'aurait aucune raison de se plaindre ?

Elle ouvrit le portefeuille pour y prendre les billets qui s'y trouvaient. Et faillit crier à la vue de ce qu'elle découvrit.

Un insigne !

Elle l'inclina légèrement vers le feu, de façon à lire le nom de son propriétaire. *John DeMarco. Police de Tolosa.*

Dieu tout-puissant ! John était flic !

Une horrible nausée lui retourna l'estomac, et elle crut que ses jambes allaient se dérober sous elle. Elle avait séduit un flic ! Elle était entrée dans ce restaurant, et son instinct infaillible l'avait menée droit vers le seul homme susceptible de l'envoyer derrière les barreaux pour le restant de ses jours.

Elle devait se tirer d'ici. Immédiatement.

Elle sortit les billets du portefeuille, les fourra dans sa poche, et se faufila jusqu'à la porte, le cœur cognant dans la poitrine. Elle actionna le verrou jusqu'à ce qu'il y ait un léger déclic. Lorsqu'elle ouvrit la porte, celle-ci grinça légèrement sur ses gonds. John s'agita. Retenant son souffle, elle se retourna. Il changea de position, puis redevint immobile.

Pam se glissa dehors et referma la porte derrière elle. Ses chaussures serrées contre sa poitrine, elle suivit le sentier en direction de l'Explorer en s'efforçant d'éviter les tas d'aiguilles de pin qui risquaient de crisser sous ses pas. De la buée s'échappait de ses lèvres dans l'air froid de la nuit. Elle jeta un coup d'œil par-dessus son épaule. Tout était calme.

L'entendrait-il démarrer ?

Aucune importance, songea-t-elle. La seule chose qui comptait, c'était de monter dans la voiture et de verrouiller les portières avant qu'il sorte. Il n'aurait aucun moyen de l'arrêter.

Elle atteignit le véhicule et inséra la clé dans la serrure, claquant des dents. Des bribes de prières lui traversèrent l'esprit, des promesses à Dieu concernant toutes les bonnes actions qu'elle accomplirait si seulement il l'aidait à se sortir de ce guêpier. Si seulement il faisait en sorte que John dorme jusqu'à 10 heures du matin. Si seulement la personne qui avait vraiment commis ce hold-up se dénonçait à la police. Si seulement...

Comme elle tournait la clé, elle entendit un craquement sur le chemin, derrière elle. Elle fit volte-face, et réalisa en un éclair que le flic endormi à moins de trente mètres de là était le cadet de ses soucis. Car son problème principal, c'était l'horrible montagne de muscles tatouée et ricanante qui se dressait devant elle, son unique boucle d'oreille en or étincelant au clair de lune.

— Hé, là ! Ma belle. Alors comme ça, on va faire un tour ?

5

Pam arracha la clé et se rua à l'intérieur. Elle bondit sur le siège et claqua la portière, mais avant qu'elle ait le temps de la verrouiller, Leandro la rouvrit brutalement. Elle plongea vers la portière passager. La poigne de fer de Leandro se referma sur sa jambe, ses doigts s'enfonçant dans sa chair telles des griffes. Elle donna des coups de pied à l'aveuglette et comprit, en entendant une plainte étouffée, qu'elle avait dû lui faire mal. Ce qui ne l'empêcha pas de l'agripper par la ceinture de son jean et de la tirer en arrière.

Pam se cramponna furieusement au volant.

— Lâchez-moi !

— Pas cette fois, aboya Leandro en la traînant hors de la voiture. Toi et moi, on a un compte à régler.

Pam se tordit en tous sens, hurlant et se débattant. Elle lui flanqua son coude dans les côtes, lui écrasa les orteils. En vain. C'était comme de frapper un éléphant avec une tapette à mouches. Elle continua à lutter, lui griffant les bras, sans cesser de crier, sachant que s'il parvenait à la faire monter dans sa voiture, elle était perdue.

Et soudain, il la lâcha.

Libre et stupéfaite, Pam pivota sur ses talons et découvrit que ce n'était pas la générosité qui avait motivé le geste de Leandro. Un bras l'étranglait. Un bras appartenant à un certain policier qui ne dormait plus comme un bébé.

L'expression ahurie de Leandro se transforma bien vite en l'une de ces affreuses grimaces généralement réservées aux catcheurs. Il enfonça son coude dans l'estomac de John. Le souffle coupé, celui-ci desserra son étreinte. La brute en profita pour se retourner et lui envoyer un direct en pleine figure. John recula, puis riposta par un crochet du droit qui écrasa le nez de son adversaire, lequel tournoya sur lui-même avant d'aller mordre la poussière. Lorsqu'il atterrit sur le sol avec un hurlement de douleur suivi d'une bordée d'injures, Pam décida qu'elle en avait assez vu. Il était temps de s'éclipser.

Dieu merci, elle n'avait pas lâché les clés! Elle sauta dans la voiture, lança ses chaussures sur le siège passager, verrouilla les portières et démarra dans la foulée. Jetant un dernier coup d'œil en arrière, elle vit que John, le genou appuyé entre les omoplates de Leandro, la main pressée contre sa nuque, enfonçait le nez déjà sérieusement amoché de ce dernier dans la boue. Le chasseur de primes s'agitait sous lui comme un insecte écrasé. Le spectacle était magnifique, et, en d'autres circonstances, elle aurait payé cher pour avoir une place au premier rang. Malheureusement, elle avait d'autres chats à fouetter.

Elle fit marche arrière, ignorant sa conscience qui criait à tue-tête que si John avait volé à son secours, c'était parce qu'il était convaincu que Leandro était son petit ami. Alors qu'il essayait de la protéger, elle le remerciait en lui volant sa voiture.

Non, pas un vol. Un emprunt.

Le pied au plancher, elle fila sur l'obscur chemin forestier, avec l'intention de mettre le plus de kilomètres que possible entre le chalet et elle. Tôt ou tard, le chasseur de primes cinglé et le flic enragé arrêteraient de se rosser pour comparer leurs notes, et dans la minute qui suivrait ils se lanceraient à sa poursuite.

John avait beau être en position de supériorité, il s'estimait loin d'avoir maîtrisé King Kong. Le type sous lui rugissait comme un volcan au bord de l'éruption.

— Lâche-moi, espèce de salaud !

John remonta le genou plus haut sur le dos du type.

— Police, cria-t-il. Ne bouge pas !

L'autre s'immobilisa sous lui.

— Police ? Tu es flic ?

John éprouva une bouffée de satisfaction. De toute évidence, la brute ne s'était pas attendue à avoir affaire à la police.

— Tu es *flic*, et tu l'as laissée s'enfuir ?

John se figea. De qui parlait-il ?

— Je suis chasseur de primes, imbécile ! Elle vaut un paquet de fric, et t'as tout foutu en l'air !

Les paroles du type lui parvenaient quelque peu étouffées, vu qu'il avait toujours le nez dans la poussière, mais John aurait juré l'entendre affirmer qu'il était chasseur de primes. S'il disait la vérité, cela signifiait que…

— Alice est en fuite ?

— Alice, mon cul ! Elle s'appelle Pam Esterhaus. Recherchée pour vol à main armée. Et je serais en train de la ramener à Tolosa si t'avais pas décidé de faire le malin !

Vol à main armée ? Cette jolie petite blonde aux grands yeux bleus ? John était paralysé par l'incrédulité. Il en avait vu de toutes les couleurs au cours de sa carrière, mais là, c'était le bouquet !

— C'est impossible !

— Elle a été arrêtée en possession du butin et de l'arme du crime, et l'employé du magasin, que, soit dit en passant, elle a blessé d'un coup de feu, l'a formellement identifiée.

— Elle a tiré sur quelqu'un ?

— La blessure était superficielle. Mais elle n'a pas hésité à appuyer sur la détente.

John se souleva juste assez pour extraire le portefeuille du type de sa poche. Il l'ouvrit.

Max Leandro. Officier chargé de l'application de la loi sur les mises en liberté sous caution.

— Là. Satisfait ? Bon, alors, tu me lâches ?

John se releva, péniblement imité par Leandro, dont la main protégeait le nez ensanglanté. Celui-ci lui arracha son portefeuille des mains et le glissa dans sa poche.

— Beau boulot. Pendant que tu me tabassais, elle s'est tirée avec ta bagnole.

John se retourna d'un bond. Sa voiture avait disparu. Consterné, il fixa le chemin désert. Pendant qu'il jouait les preux chevaliers et flanquait une raclée à un chasseur de primes minable qu'il avait pris pour un autre, Alice-Pam avait déguerpi avec sa voiture.

Au choc initial succéda la colère, qui se mua bientôt en un désir féroce de mettre le grappin sur cette femme qui lui avait menti sur toute la ligne. Qui, non contente d'avoir cambriolé un magasin, agressé un vendeur, ignoré sa convocation au tribunal, avait en plus manipulé un flic et un gorille pour qu'ils se tapent dessus.

Et l'avait ridiculisé, lui, le flic.

— Attends, ordonna John, avant de foncer au chalet pour y chercher son arme et son portefeuille.

Il rejoignit Leandro.
— File-moi tes clés.
— Mes clés ? Je ne...
— Je vais récupérer ma voiture. Où sont tes clés ?
— Pas question ! Si c'est toi qui la ramènes, je perds la prime.
— Tu peux la ramener. Tout ce que je veux, c'est ma voiture.
Leandro lui lança un regard méfiant.
— Donne-moi tes clés ! C'est un ordre !
À regret, Leandro obtempéra. John se précipita vers la voiture, suivi du chasseur de primes. Comme il se glissait au volant, une odeur âcre le prit à la gorge. Il se tourna et jeta un coup d'œil au siège arrière. On aurait dit l'intérieur d'un incinérateur à ordures.
— Nom de... !
— Elle est cinglée.
Leandro claqua la portière passager, puis se pencha en avant, ramassa un paquet de serviettes en papier sur le plancher et les pressa contre son nez en bouillie.
— Complètement cinglée.
Tout à coup, la lumière se fit dans l'esprit de John.
— Elle a mis le feu à ta bagnole ?
— La ferme, marmonna son compagnon.
Soudain, John se souvint de la voiture en feu qu'ils avaient croisée alors qu'ils quittaient le parking d'Harley. C'était donc là le moyen que Pam avait trouvé pour fausser compagnie à Leandro ? Bon sang, elle ne reculait vraiment devant rien !
Il démarra, écrasa l'accélérateur, et s'engagea sur le chemin, pleins phares. Il conduisait aussi vite que possible sur le sentier sinueux, scrutant l'obscurité à la recherche de la lueur rouge de feux arrière. Après tout, elle n'avait que quelques minutes d'avance.

— Merde, fit Leandro. Où elle est passée ?
— Aucune idée. On aurait déjà dû la rattraper.
— Mets la gomme, putain !
— Tu veux qu'on termine contre un arbre ?
— Je veux retrouver ma fugitive.
— Je fais ce que je peux.
Leandro émit un ricanement, puis remplaça la serviette par une autre.
— Raconte voir, lança-t-il d'un ton moqueur. À l'évidence, elle ne t'a pas dit qui elle était dans ce restau. Alors, comment est-ce qu'elle a réussi à te convaincre de l'emmener ? Elle t'a fait une offre impossible à refuser ?
Devant le mutisme de John, Leandro grimaça.
— Le coup de la baise, je parie. Hein ?
John fulminait en silence, conscient d'avoir mérité l'accusation de naïveté. Elle n'était pas la première femme à lui offrir son corps pour éviter la prison. Mais c'était la première fois qu'il mordait à l'hameçon.
— Remarque, je ne te blâme pas d'avoir accepté, continua Leandro. Elle est plutôt canon, hein ?
Il sembla réfléchir un instant.
— Tu sais, c'est rare d'attraper des filles en cavale. Je parie que la plupart feraient n'importe quoi pour échapper à la taule.
John imagina le genre de marché révoltant qu'un type comme Leandro pourrait proposer en échange d'une telle faveur, et ses mains se crispèrent sur le volant.
— Au fond, elle est tout à fait mon genre. Blonde, les yeux bleus, beau petit cul... Sans parler de la bouche...
Il émit un sifflement.
— J'ai connu une fille dans le temps, avec des lèvres comme les siennes. Je te jure qu'elle pouvait décapsuler une bouteille de bière en la suçant.

Ouais... ça vaudrait peut-être le coup de laisser tomber la prime pour voir cette jolie petite bouche autour de ma...

John pila. Leandro, précipité en avant, faillit traverser le pare-brise et s'éclater le nez pour de bon. Lorsque la voiture s'immobilisa, il fut projeté non moins brutalement en arrière, et rebondit contre l'appuie-tête. La seconde d'après, John l'agrippait par le col de sa chemise sale et le tirait d'un geste sec vers lui. À la pensée que Leandro pouvait seulement poser les yeux sur Pam, son sang bouillonnait dans ses veines.

— Si tu touches à un seul de ses cheveux, je te ferai arrêter pour viol. Compris ?

Un sourire arrogant éclaira les traits de Leandro.

— Ouais, mon lieutenant. Compris. Les flics ont le droit de se payer les jolies petites fugitives, mais pas les chasseurs de prime. C'est ça ?

— Je ne savais pas qu'elle était en cavale. Et je ne l'ai *pas* touchée. Et tu ne feras rien non plus !

Leandro roula les yeux d'un air dégoûté.

— Merde ! Si on ne peut même plus rêver tout haut... Tu ne penses quand même pas que je sacrifierais tout ce fric pour me la faire une seule fois ?

John repoussa Leandro avec mépris, mais il n'était pas fier de lui. Qu'est-ce qui lui avait pris ? Pourquoi se souciait-il de Pam Esterhaus ? Elle n'avait rien d'une victime, et il ferait bien de se fourrer ça dans la tête. Elle avait peut-être l'air doux et innocent, mais elle n'avait pas hésité à loger une balle dans le corps d'un vendeur. Et elle avait volé sa voiture. C'était une délinquante, une criminelle. Si elle n'avait pas cambriolé un magasin, elle ne serait pas en fuite à présent et Leandro ne songerait pas à se procurer quelques distractions illicites. Elle était seule responsable de ce qui lui arrivait, et il était temps qu'elle en subisse les conséquences.

John enfonça de nouveau l'accélérateur, et quelques minutes plus tard ils rejoignaient la route à deux voies à quelques kilomètres du restaurant d'Harley. Il n'y avait pas un chat. Aucune trace de Pam.

Où diable avait-elle pu passer ? Ils étaient dans une impasse, songea John. Ils pouvaient très bien la chercher d'un côté pendant qu'elle s'enfuyait de l'autre. Il aurait de loin préféré la retrouver lui-même et ramener sa voiture plutôt que d'avoir à porter plainte pour vol, mais les chances d'y parvenir paraissaient plutôt minces.

— Merde, marmonna-t-il. Elle pourrait être n'importe où à l'heure qu'il est. Tu as une idée de l'endroit où elle se rendait quand tu l'as attrapée ?

— À La Nouvelle-Orléans.

— Elle a sûrement pris cette direction. Je vais prévenir les flics du coin et la police de la route. Avec une description de ma voiture, ils l'intercepteront facilement.

— Super, ton plan. Tu récupères ta bagnole, mais moi, je perds la prime, parce que les flics vont l'épingler à ma place.

— C'est la vie, mon vieux.

— C'est ta faute ! On l'aurait déjà coincée si tu ne t'étais pas traîné dans les bois.

— Je roulais à 80 à l'heure sur un chemin de terre !

— Ouais, ben, elle devait rouler à 100, parce que je la vois nulle part. Et toi, champion, tu la vois ? ricana Leandro. Je suppose qu'à l'école de police, tu ne t'es jamais donné la peine d'assister aux cours de poursuite, hein ?

Une multitude de réponses cinglantes affluèrent à l'esprit de John, qui se mordit la langue pour garder son sang-froid. À quoi bon perdre son temps à se chicaner avec ce type alors que c'était à Pam qu'il en voulait vraiment ? Au fond, c'était sans doute une bonne chose qu'il ne l'ait pas rattrapée. Si on l'avait exilé au fin fond du Texas pour avoir massacré un distributeur de serviettes, il imaginait aisément la réaction de Daniels s'il apprenait qu'il s'était jeté à la gorge d'une fille, aussi fourbe et coupable qu'elle puisse être.

Leandro regarda les serviettes tachées qu'il tenait à la main, et, constatant que le sang continuait à couler abondamment, alluma la veilleuse et rabattit le pare-soleil. Il jeta un coup d'œil au miroir, et une expression horrifiée lui tordit les traits tandis qu'il laissait échapper un grognement angoissé.

— Espèce d'enfoiré ! Tu m'as cassé le nez !

John se demanda pourquoi Leandro était si bouleversé. Sur un visage aussi repoussant, un nez tordu ne dépareillerait pas.

— Ça se remettra.

— Comment ? Tu m'as complètement défiguré ! Je vais porter plainte, enchaîna Leandro. Pour violences policières. Quand le jury verra dans quel état je suis, tu pourras dire adieu à ta carrière !

Cet abruti ne se rendait même pas compte que c'était contre Mère Nature qu'il aurait dû porter plainte, songea John, que les jérémiades de Leandro agaçaient d'autant plus qu'il sentait son propre visage enfler dans des proportions inquiétantes.

— Il y a un hôpital à Winslow, reprit Leandro. Emmène-moi là-bas.

— Oh ! Pour l'amour du ciel !

— Moi, je vais voir un docteur ; toi, tu préviens les flics.

John prit une profonde inspiration, essayant de comprendre comment diable il en était arrivé là. En l'espace de quelques heures, il était passé de la perspective d'une nuit de plaisir avec une fille superbe à un échange d'insultes avec le type le plus laid de la planète. Avec un soupir de résignation, il enclencha une vitesse et prit la direction de Winslow.

Le cœur battant toujours follement, Pam se gara sur le parking du McDonald's, à Winslow. Durant tout le trajet, elle n'avait cessé de jeter des regards affolés dans le rétroviseur, s'attendant à y voir apparaître des phares à chaque seconde. Cela ne s'étant pas produit, elle reprit un peu espoir.

Elle lâcha le volant, glissa la cassette de jazz dans le lecteur, comptant sur la musique pour se calmer. Elle semblait avoir gagné un peu de temps, certes, mais que faire à présent ?

Bon. Première chose : abandonner la voiture de John. Elle était convaincue que s'il ne la retrouvait pas, il en informerait la police. Mais auparavant, elle devait échafauder un plan, trouver un endroit où passer la nuit, ou un autre moyen de transport pour quitter cette ville le plus vite possible.

L'idéal aurait été de regagner le motel où Leandro l'avait arrêtée et d'attendre le matin pour récupérer sa voiture au garage. Non. Trop risqué.

Peut-être devrait-elle se rendre à la gare routière et acheter un billet pour La Nouvelle-Orléans. Seulement, elle n'avait aucun moyen de changer d'apparence, et John ne manquerait pas de faire sa petite enquête là-bas. Il la ferait arrêter par la police de la route avant qu'elle parvienne à la frontière de l'État.

Bien entendu, pas question d'emprunter l'autoroute. Elle serait beaucoup trop facile à repérer. Elle ferma les yeux, au bord des larmes. Elle était effrayée, épuisée, et à demi morte de faim…

Tout à coup, une odeur de hamburgers et de frites lui titilla les narines.

Elle eut aussitôt l'eau à la bouche, et il ne fallut pas longtemps à son cerveau affamé pour se convaincre qu'elle réfléchirait aussi bien en faisant la queue. Elle démarra et alla se placer derrière un minibus rouge plein à craquer d'adolescents.

Tandis qu'elle patientait, son regard se posa sur le téléphone portable de John. Elle pensa à son amie Paula, sans doute la seule personne sur terre qui croyait à son innocence, et elle se sentit soudain si seule qu'elle eut envie de pleurer.

Cédant à une impulsion subite, elle s'empara de l'appareil et composa le numéro de Paula. Au bout de deux sonneries, celle-ci décrocha. Lorsqu'elle entendit la voix de son amie, Pam ferma les yeux de soulagement.

— Paula. C'est moi.

— Pam ! Mon Dieu ! Où es-tu ? Toujours dans ce motel ? Ta voiture est réparée ?

— Non. Il s'est passé quelque chose d'horrible. Un chasseur de primes a tenté de me ramener à Tolosa. Un type énorme, monstrueux...

— Il t'a retrouvée ? l'interrompit Paula.

Pam se pétrifia.

— Hein ?

— Un gros chauve, couvert de tatouages, qui ressemble à un champion de catch ?

— Oui...

— Il est venu ici. Chez moi. Il te cherchait.

— Comment savait-il que tu me connaissais ?

— Je n'en sais rien. Je crois qu'il est venu fouiner autour de l'immeuble. Quelqu'un a dû lui raconter que nous étions amies.

— Et tu lui as dit que j'étais dans ce motel ?

— Non ! Bien sûr que non ! J'ignore comment il t'a retrouvée !

— As-tu révélé à quiconque où j'étais ?

Paula hésita.

— Seulement à Tom...

— Tom ?! Tu l'as dit à *Tom* ?

— Il n'a pas parlé à ce type ! Je te le jure ! Il ne ferait rien qui puisse te nuire !

Pam réprima une envie de hurler. Paula était dingue de Tom et de son physique de surfeur, et ne paraissait pas remarquer qu'il consommait les femmes comme d'autres consomment de la bière. Elle n'avait pas remarqué non plus qu'il n'avait pas cherché à lui rembourser les deux mille dollars qu'elle lui avait prêtés l'été précédent.

Contrairement à Tom, Paula était relativement banale. Cheveux châtains, visage mutin, quelques kilos superflus, bref, une de ces filles dont tout le monde vantait la personnalité parce que, physiquement, elle laissait un peu à désirer. Mais elle était sympathique, possédait un tas de qualités, et n'importe quel type bien se serait estimé heureux de tomber sur elle. Seulement, elle n'avait aucune confiance en elle, et elle finissait toujours par se dégoter un raté. Il se trouvait simplement que Tom était un raté séduisant, doublé d'un menteur surdoué. Et que tôt au tard, il lui briserait le cœur.

— Tom t'aime beaucoup, continua Paula. Il ne comprend pas pourquoi tu ne l'apprécies pas. Moi non plus, d'ailleurs.

— Parce qu'il te trompe, Paula. Réveille-toi, enfin !

— Tom assure qu'il doit y avoir un malentendu, que peut-être tu...

— Un malentendu ? Les femmes que j'ai vues entrer et sortir de son appartement en pleine nuit, je les ai inventées, peut-être ? Paula, je te jure que...

Pam prit une profonde inspiration. Bon sang ! Ce n'était guère le moment de discuter de la vie sentimentale de son amie.

— Je suis désolée, Paula. Je n'ai pas le droit de te parler de cette façon.

— Ce n'est rien. Tu es trop tendue, c'est tout. Tom n'a pas dit à ce type où tu étais. Fais-moi confiance.

Après tout, peut-être que Leandro possédait un sixième sens, songea Pam, accablée.

— Comment as-tu réussi à lui échapper ? demanda Paula.

— Peu importe. J'y suis parvenue, et maintenant, j'ai la voiture d'un flic…

— Tu conduis une voiture de police ?

— Non. Sa voiture personnelle. Il ne sait pas que je la lui ai empruntée, alors, il faut que je m'en débarrasse rapidement, au cas où…

— Attends une minute ! Parle-moi de ce flic.

Pam soupira. Elle ne pouvait pas dire à son amie qu'il était beau à en mourir et qu'il embrassait comme un dieu. Ni qu'il la tuerait s'il la retrouvait.

— Plus tard. Je voulais juste…

Ses yeux s'emplirent de larmes.

— … je suppose que je voulais juste entendre une voix amie.

— Mais où vas-tu maintenant ? Toujours à La…

Paula s'interrompit brusquement.

— Non, ne me dis rien. Mon téléphone est peut-être sur écoute. C'est peut-être comme cela que ce type t'a retrouvée. Tu m'as appelée de ce motel, souviens-toi.

Pam n'y avait pas songé.

— Tu crois ? Ô mon Dieu ! Quelqu'un pourrait-il localiser cet appel ?

— Je ne sais pas. Tu ferais mieux de raccrocher. Rappelle-moi quand tu seras en sécurité, d'accord ? Donne-moi de tes nouvelles, surtout.

— Oui, ne t'inquiète pas.

Paula raccrocha. Pam garda le récepteur à l'oreille un instant, écoutant la tonalité. Puis elle reposa le téléphone, et ses yeux s'embuèrent de nouveau. Même si elle réussissait à gagner La Nouvelle-Orléans, même si elle adoptait une nouvelle identité, rencontrait un homme gentil, se mariait, sa vie ne serait jamais qu'un mensonge.

Et elle ne serait jamais qu'une fugitive.

Elle ressentit un grand vide qui n'avait rien à voir avec la faim au creux de l'estomac. Elle avait eu tellement de mal à se convaincre qu'elle était devenue quelqu'un de bien... Après avoir subi dès son plus jeune âge les insultes et les humiliations que lui infligeait sa mère alcoolique, elle avait cru, des années durant, n'être qu'une nullité, une bonne à rien. Et elle s'était comportée comme telle pendant si longtemps que tourner la page avait été un combat infernal.

Mais, lentement, petit à petit, elle s'était construit une vie à Tolosa, une vie dont elle n'aurait jamais osé rêver enfant, une vie confortable, respectable, avec un emploi sérieux, des amis fiables, un appartement correct, le droit de regarder les gens en face sans redouter leur jugement.

Et maintenant, c'était fini.

Paula Merani reposa le téléphone sur la table et s'adossa au canapé. Elle n'avait aucune idée de ce qui passait avec Pam, mais la voix émue de son amie lui laissait craindre le pire. Elle se sentait si impuissante, si incapable de lui venir en aide.

— C'était Pam, n'est-ce pas ?

Paula tourna la tête. Tom se tenait sur le seuil, appuyé contre l'encadrement de la porte. Il portait en tout et pour tout un jean usé qui lui tombait bas sur les hanches, et il aurait pu y avoir une alerte nucléaire à cet instant précis que Paula aurait quand même pris le temps de l'admirer. Il était grand, musclé sans excès, ses yeux étaient d'un vert lumineux et ses cheveux de lin scintillaient comme de l'or.

— Oh ! Tom, Pam a eu des ennuis avec cet affreux bonhomme qui est venu hier soir.

— Le chasseur de primes ?

— Oui. Je ne sais pas comment il l'a retrouvée. Enfin, elle a réussi à lui échapper, mais je ne suis pas sûre de ce qui se passe maintenant.

Elle soupira.

— Si seulement il y avait un moyen de mettre la main sur celui qui a vraiment commis ce hold-up, elle pourrait revenir...

— Je ne pense pas que cela ait beaucoup de chances de se produire.

— Tu crois qu'elle est innocente, n'est-ce pas ?

— Bien sûr. Mais il y a des preuves accablantes contre elle.

Paula savait qu'il avait raison. Devant un jury, Pam n'aurait aucune chance. Mais elle refusait d'y penser. Elle préférait feindre de croire que les choses finiraient par s'arranger miraculeusement.

— Où est-elle à présent ? Toujours dans ce motel ?

— Non. Je ne sais pas grand-chose, sinon qu'elle paraissait bouleversée.

Tom vint la rejoindre sur le canapé et l'attira contre lui. Chaque jour, elle devait se pincer pour se convaincre qu'un homme aussi séduisant que Tom s'intéressait à elle. Au lycée, elle avait toujours été la meilleure copine de tout le monde et la petite copine de personne.

Paula ne parvenait pas à comprendre pourquoi Pam ne l'aimait pas, en dehors du fait qu'elle s'imaginait qu'il avait des aventures. Il était pourtant si différent de Steve, son cousin...

Neuf mois auparavant, Tom et Steve avaient emménagé dans un appartement voisin de celui de Pam. Avant cela, ils jouaient ensemble dans un groupe qui avait fini par se dissoudre. Tom avait trouvé du travail et s'était inscrit à l'université, quant à Steve, il travaillait comme DJ, et gaspillait l'essentiel de son salaire au jeu.

Puis Pam les avait invités tous deux à une soirée. Ce jour-là, la moitié des femmes dans la pièce avaient des vues sur Tom, mais c'était Paula qu'il avait invitée chez lui. Il lui avait joué de la guitare en fredonnant des chansons idiotes de son incroyable voix. Si elle n'était pas déjà tombée amoureuse de lui, cela aurait suffi à la faire craquer.

Pam et Steve avaient commencé à sortir ensemble vers la même époque. Ils avaient rompu au bout de quelque temps, tandis que la relation entre Paula et Tom s'approfondissait. Pendant longtemps, elle avait attendu que le couperet tombe, que Tom se rende compte qu'il sortait avec une femme ordinaire. Mais cela ne s'était pas produit. Et maintenant, elle commençait vraiment à croire qu'il l'aimait.

Au contraire de Steve, Tom aspirait à une vie meilleure. Et lorsqu'il avait traversé une mauvaise passe, c'était tout naturellement que Paula l'avait aidé financièrement. Après tout, ils s'aimaient, non ?

— Tom ?

— Oui ?

— As-tu réfléchi à ma proposition ? Si tu quittais ton appartement pour venir vivre ici, tu économiserais des centaines de dollars par mois. Tu peines à payer le loyer depuis le départ de Steve.

— Je sais que ce serait un meilleur calcul de renoncer à cet appartement, mais je ne peux pas.

Il secoua la tête.

— Bon Dieu ! Je déteste te devoir de l'argent. C'est juste que… que j'ai un peu de mal à m'en sortir en ce moment, c'est tout.

— Ce n'est pas grave. Tu me rembourseras quand tu pourras.

— Je crois que je vais toucher un peu d'argent dans quelque temps. Alors…

— Je t'ai dit de ne pas t'inquiéter. Je t'aiderai aussi longtemps qu'il le faudra.

Tom resserra son étreinte et lui embrassa les cheveux.

— Paula ?

— Oui ?

— Tu m'aimes ?

Elle s'écarta et le regarda avec de grands yeux.

— Quelle question ! Bien sûr que je t'aime !

— Pam ne m'aime pas. J'ai peur que tu finisses par l'écouter…

— Elle ne te connaît pas aussi bien que moi. C'est tout.

— Mais tu ne sais pas tout de moi, objecta-t-il, une expression étrange, lointaine, dans le regard. Tu ne m'aimerais peut-être pas si c'était le cas.

— Rien ne pourrait changer mes sentiments pour toi.

— Je sais que tu le penses sincèrement en ce moment, mais…

Tom eut un soupir nerveux.

— Il y a quelque chose que je devrais te dire.

Paula eut un mauvais pressentiment. Ça y était. Elle en était sûre. Il allait lui dire qu'il avait été heureux, mais que tout était fini entre eux. Elle ne s'attendait tout de même pas que cela dure pour toujours, n'est-ce pas ?

— Tom, dis-moi la vérité. Je t'en prie. Il y a une autre femme ?

— Bien sûr que non !

Il lui prit le visage entre les mains et plongea son regard dans le sien.

— Pam se trompe à mon sujet. Je te le jure. Il n'y a personne d'autre que toi, Paula. *Personne.*

— Alors qu'y a-t-il ?

Il la fixa longuement.

— Rien, murmura-t-il finalement. Rien d'important.

Il l'embrassa. Un baiser plein de douceur et de tendresse, qui se fit peu à peu plus profond, plus intime. Tandis qu'il la renversait sur le canapé, elle noua les bras autour de son cou, étonnée d'être toujours aussi troublée à son contact après tous ces mois.

C'était vrai qu'il lui avait emprunté beaucoup d'argent, mais il avait promis de le lui rembourser. Pam avait beau dire et répéter qu'il se servait d'elle, Paula savait qu'il n'en avait aucunement l'intention, et que si jamais elle l'en soupçonnait un jour, ce ne serait qu'un symptôme de son propre sentiment d'insécurité. Tom ne ferait jamais rien qui puisse la blesser.

Jamais.

Tandis qu'il se garait sur le parking du centre hospitalier de Winslow, John se demanda comment un établissement aussi minuscule pouvait bien mériter une telle appellation. Ce genre d'endroit était d'ordinaire spécialisé dans le traitement de la grippe et des entorses. Ça tombait bien pour Leandro. Un nez cassé présentait sans doute un défi exceptionnellement motivant.

À peine entré, John se dirigea vers une cabine téléphonique. Tout en fouillant dans ses poches à la recherche de monnaie, il suivit du regard Leandro qui s'approchait du bureau d'accueil. La réceptionniste leva les yeux, s'attendant de toute évidence à voir un gosse enrhumé, ou un gros monsieur essoufflé. Pas un monstre chauve mesurant plus de deux mètres, avec une tête à faire frémir le diable en personne.

Leandro se pencha vers elle et lui dit quelques mots. À en juger par sa mine défaite et ses yeux écarquillés, il avait dû lui décrire le genre de torture qu'il lui réservait si elle osait lui demander de patienter dans la salle d'attente.

Elle se retourna et cria quelque chose. Une femme de type hispanique, la quarantaine, émergea d'un bureau. Elle arborait l'expression désabusée du médecin capable de déjeuner à côté d'une jambe en charpie et de réclamer un dessert. Pourtant, lorsque son regard se posa sur le visage ravagé de Leandro, même elle parut perturbée.

John introduisit quelques pièces dans la fente, tandis que Leandro était immédiatement conduit en salle d'examen. Curieusement, personne dans la salle d'attente ne se risqua à émettre une protestation contre cet évident passe-droit.

John commença à composer un numéro, puis se ravisa. C'était sans doute une idée un peu folle, mais peut-être y avait-il un moyen de localiser Pam sans mêler les flics du coin à cette histoire. En tout cas, cela valait la peine d'essayer.

Il composa le numéro de son portable, qui était resté dans sa voiture.

Une sonnerie. Deux. Trois. C'était ridicule, évidemment. Pam ne serait pas assez stupide pour...

Clic.

— Allô ?

Il n'en croyait pas ses oreilles. Elle avait décroché ! Il se ressaisit, se prépara mentalement à la jouer flic impitoyable, et passa à l'attaque :

— Écoute-moi bien, ma petite. J'ai signalé le vol de ma voiture. Tous les flics de la région ont déjà la main sur la détente. Ils savent que tu es en cavale, ils n'hésiteront pas à tirer. Tu as déjà vu un flic en colère, Pam ? *Vraiment* en colère ? C'est pas beau à voir. Surtout ici, en pleine cambrousse, où il n'y a pas de caméras vidéo dans leurs voitures pour enregistrer leurs moindres gestes comme à la télé. Qui pourra affirmer que tu n'as pas résisté, hein ? Tu me suis, Pam ?

Il s'interrompit, et attendit sa réaction. Il l'entendait haleter comme une adolescente terrifiée.

— J'ai déjà abandonné la voiture, dit-elle enfin d'une voix étranglée.

— Mais tu as gardé le téléphone ?

Silence.

— Tu mens, Pam.

— Non ! C'est vrai ! Je ne suis pas dans ta voiture. Je peux même te dire où je l'ai laissée. Vérifie par toi-même. Elle est à environ deux kilomètres du restaurant où nous étions, sur le bord de la route, dans la direction opposée à celle de Winslow. J'ai laissé les clés derrière la roue avant gauche. Je ne suis plus ici. Je suis... quelque part ailleurs !

— Sans blague !

— Et comme je n'ai gardé ta voiture qu'une demi-heure et que je te l'ai rendue, tu ne vas sûrement pas...

— C'est du *vol* ! En plus de l'accusation d'attaque à main armée...

— Non ! Je n'ai fait que te l'emprunter !

— L'emprunter ?

— Oui ! Tu m'as pratiquement donné les clés !

— Donné... ?

John allait et venait comme un fauve en cage, aussi loin que le fil du téléphone le lui permettait.

— Je ne t'ai rien *donné* du tout !

— Bon, d'accord, pas exactement, mais elles étaient là, au beau milieu du plan de travail !

— Et ça te donne le droit de voler ma voiture ?

— De t'emprunter ta voiture, corrigea-t-elle.

La logique de Pam était si tortueuse que John eut envie de se cogner la tête contre les murs. Quand il la dénicherait, se promit-il, il rendrait service à l'humanité. Il lui mettrait les mains autour du cou et il serrerait lentement...

— Dis-moi où tu es, Pam. Tout de suite. Dis-moi où tu es, sinon je lance tous les flics de l'État à tes trousses, commandos et chiens compris. Pigé ?

Soudain, John perçut un crachotement indistinct, suivi par une voix de femme qui semblait sortir d'un haut-parleur :

— Bienvenue à McDonald's. Puis-je prendre votre commande ?

Une exclamation étouffée.

Clic.

John éloigna le récepteur de son oreille, et le fixa avec stupeur. Avait-il vraiment entendu ce qu'il croyait avoir entendu ? Quel genre de fugitif s'arrête pour manger un Big Mac ?

Il raccrocha brutalement, réfléchissant à toute allure. Pam n'avait pas eu le temps d'aller plus loin que Winslow. Et dans une ville de cette taille, il ne pouvait y avoir plus d'un McDonald's. S'il appelait les flics tout de suite, ils pourraient lui mettre le grappin dessus avant qu'elle ait eu le temps de commander les frites. Il s'emparait de nouveau de l'appareil lorsqu'il aperçut quelque chose du coin de l'œil, à un demi-bloc de l'hôpital.

Un M jaune sur fond rouge.

6

Le haut-parleur beugla de nouveau tandis que l'employée répétait sa question. Mais la faim de Pam s'était envolée, remplacée par une bouffée de pure panique. Où était John ? À trente kilomètres ? À deux ? Juste derrière elle ?

Si elle avait décroché ce maudit téléphone, c'était uniquement parce qu'elle avait cru que Paula avait obtenu le numéro et la rappelait pour une raison quelconque. Elle était restée interdite en reconnaissant la voix de John.

Elle devait fuir. Et il n'y avait pas une seconde à perdre.

Malheureusement, le minibus lui bloquait le passage, trois voitures au moins la suivaient, et une haie de houx la séparait du parking. Son affolement grimpa d'un cran. Comment diable allait-elle sortir de là ?

Le minibus arriva à hauteur de la cabine et Pam se crut sauvée. L'angoisse la reprit lorsqu'elle vit le serveur procéder tranquillement à la livraison des marchandises commandées. Des sacs et des sacs de burgers. Des Coca. Des glaces. Des cookies. En l'espace de deux minutes, elle jugea que le minibus avait emmagasiné assez de provisions pour nourrir une nation entière d'affamés.

Le conducteur rendit une barquette en carton ; de toute évidence, il y avait erreur sur le produit. Pam réprima un hurlement de frustration. Elle serrait le volant si fort que ses phalanges avaient blanchi. Elle devait avoir perdu la notion du temps, se dit-elle. Ce transfert de hamburgers ne pouvait pas être aussi long qu'elle se l'imaginait.

Elle ferma les yeux, s'exhortant au calme. Il n'y avait qu'une chance sur un million pour que John soit dans les parages. Elle ne risquait rien. Elle n'avait qu'à suivre le minibus et, à l'instant où il sortirait, elle l'imiterait. Tout allait bien se passer. Elle prit une profonde inspiration, et rouvrit les yeux.

John traversait la rue.

Pendant quelques secondes, elle demeura paralysée par l'incrédulité, comme le jour où elle s'était écrasé le doigt avec un marteau. Puis un signal marqué *Danger* se mit à clignoter dans sa tête, et sa main s'abattit sur le klaxon. Elle appuyait sans discontinuer pour inciter le gamin à démarrer.

Il passa la tête par la vitre et lui jeta un regard mauvais.

— Oh, ça va ! T'es pressée ou quoi ?

Au même moment, trois individus hirsutes de sexe indéterminé vinrent coller le nez à la vitre arrière du minibus, la fixant, comme si elle était une nouvelle sorte de jeu vidéo.

John se rapprochait inexorablement.

Pam descendit sa vitre, et cria à l'intention de l'adolescent.

— Dépêchez-vous ! S'il vous plaît ! Vite !

Il l'ignora, continuant à bloquer tranquillement le passage, comme s'il avait tout son temps, comme si la femme au volant de l'Explorer derrière lui n'était pas sur le point de se faire massacrer par un flic à bout de nerfs.

Les traits déformés par la rage, John franchit d'un bond la petite haie qui longeait le parking et se dirigea vers Pam. Au bord de l'hystérie, celle-ci mit la main sur la poignée de la portière, envisageant de s'enfuir à toutes jambes. Puis elle réfléchit. John était plus grand qu'elle, et sans doute plus rapide. Elle n'avait aucune chance de lui échapper.

Elle pressa le bouton de fermeture de la vitre, puis verrouilla les portières. John contourna le minibus et vint droit vers elle, les dents serrées, visiblement sur le point d'exploser. Son œil gauche était tuméfié, et entouré d'un hématome multicolore.

Ses paroles lui revinrent brusquement en mémoire : *Tu as déjà vu un flic en colère ?*

C'était désormais chose faite.

John tira sur la poignée de la portière. Lorsqu'il comprit qu'elle était verrouillée, il sortit un revolver de son jean, et le braqua sur Pam.

— Police ! Arrête le moteur !

Le souffle coupé, Pam fixait le revolver. Elle haïssait les armes à feu.

— Je vais tirer dans la vitre !

À en juger par son expression, il ne plaisantait pas. En fait, elle était convaincue qu'il arracherait la portière à mains nues si nécessaire.

Si seulement les jeunes garés devant elle avaient la bonne idée de démarrer ! Mais non ! Ils restaient plantés là, les yeux écarquillés, comme s'ils assistaient au remake de *Deux flics à Miami*.

— C'est ta dernière chance, Pam !

Elle était coincée. Il valait mieux obtempérer que de le laisser déchiqueter le véhicule. Il allait la réduire en bouillie, ça ne faisait aucun doute, mais peut-être lui laisserait-il la vie sauve. Elle passa au point mort.

— Ouvre la portière !

Le doigt de Pam se rapprocha du bouton.

— Tu es en état d'arrestation ! Ouvre immédiatement ou je brise la vitre !

La mort dans l'âme, Pam s'exécuta. Les quatre boutons se relevèrent d'un coup. John remit le revolver dans sa ceinture et ouvrit brutalement la portière. Il referma le poignet sur son bras, la tira hors de la voiture et la fit pivoter.

— Les mains en l'air !

— John, s'il te plaît...

— Silence ! Les mains en l'air !

Elle posa les mains à plat sur le capot comme une vulgaire délinquante, songeant que c'était exactement ainsi qu'il la voyait. Il opéra une fouille rapide, palpant sa taille, ses hanches, ses jambes. Lorsqu'elle fantasmait à son sujet, moins d'une heure auparavant, elle n'imaginait pas ce genre de contact.

— Je ne suis pas armée, déclara-t-elle. Je déteste les armes. Je ne supporte même pas d'en parler...

— Sans blague ? J'ai pourtant entendu dire que tu avais tiré sur un vendeur...

— Ce n'était pas moi !

Il la retourna sans ménagement, lui saisit les bras et la plaqua contre la voiture en la toisant d'un air glacial.

— Tu n'es qu'une voleuse de voitures, une menteuse pyromane et en cavale par-dessus le marché, marmonna-t-il. Je devrais...

— Je suis innocente ! Je ne suis pas coupable de ce dont on m'accuse !

— Les innocents ne prennent pas la fuite ! Et je suis certain qu'ils ne volent pas les voitures !

— C'était un emprunt. Je t'assure. Je...

— Tu as un problème de vocabulaire, Pam. *Emprunter* n'est pas *voler*. Si je te prête quelque chose, c'est un emprunt. Si tu prends mes clés pendant que je dors, c'est du vol. Maintenant, monte dans la voiture !

Il la poussa à l'intérieur, et prit place au volant. Le minibus n'avait pas bougé, ses occupants semblaient attendre la fin du spot publicitaire et la reprise de l'action.

John appuya sur le klaxon. Le jeune conducteur écarquilla les yeux. Il rentra la tête dans la voiture, et quitta le parking en trombe, ayant apparemment décidé que la possession d'une arme à feu était un argument indiscutable.

— Tu aurais dû me dire que tu étais flic, murmura Pam.

— Tu aurais dû me dire que tu étais en cavale.

— Je ne le suis pas ! Ou plutôt si, mais seulement parce que...

— Laisse tomber. Je m'en fiche éperdument.

— Où allons-nous ?

— Je te ramène à Leandro.

Pam retint une exclamation d'horreur. Avait-il vraiment l'intention de la remettre entre les mains de cette brute ?

— Mais tu es flic ! Tu dois être son supérieur, non ? Tu dois avoir priorité sur lui ?

— Seulement si je le souhaite. En ne te présentant pas à l'audience, tu as perdu tous tes droits. Leandro est parfaitement habilité à t'arrêter, et comme j'ai assez rigolé pour ce soir, je pense que je vais le laisser s'en charger.

— John ! Je t'en prie, ne me force pas à rentrer avec lui. Il est tellement furieux...

— Pourquoi ? Parce que tu as mis le feu à sa bagnole ? J'ai du mal à croire qu'il se fâcherait pour si peu, ironisa John.

— Tu le connais. Il me tuera. Je te jure !

— On n'est pas dans un western, Pam. De nos jours, on ramène les fugitifs vivants.

— S'il te plaît. Je veux que ce soit toi qui me ramènes. Je t'en supplie !

— J'ai dit qu'il ne te tuerait pas. Moi, en revanche...

Pam fut à deux doigts de le croire. Jamais personne ne l'avait regardée d'un air aussi dur, aussi terrifiant.

— John, je t'en prie, écoute...

— Non. Fini. Je n'écoute plus. Surtout quand on ne me raconte que des mensonges.

— Je suis désolée. Mais...

— Désolée ? *Désolée ?* Tu me mènes en bateau, tu me voles ma voiture, je me bats avec une espèce de gorille à cause de toi, et c'est tout ce que tu trouves à dire ? !

À cet instant, Pam comprit que la colère de John dépassait le cadre normal de l'hostilité d'un flic envers un fugitif. Il en faisait une affaire personnelle. Très personnelle. Elle l'avait ridiculisé, et il n'était pas question qu'il le lui pardonne.

Quelques instants plus tard, il ralentit et s'engagea sur le parking de l'hôpital, puis s'arrêta près de l'entrée des urgences. Pam regarda autour d'elle d'un air perplexe.

— Que faisons-nous ici ?

— Je te l'ai dit. Je te ramène à Leandro.

— Il est ici ?

— Seulement jusqu'à ce qu'on lui remette le nez en place.

— Tu lui as cassé le nez ?

— Ouais. C'est la procédure habituelle quand on protège des jeunes femmes innocentes de leurs partenaires violents.

Elle tressaillit. S'il avait voulu qu'elle ait des remords, c'était réussi.

John descendit de voiture, fit le tour et traîna Pam dehors.

— Tu as intérêt à te tenir tranquille, ordonna-t-il en la poussant vers la porte. La moindre incartade, et Leandro te paraîtra un enfant de chœur à côté de moi.

Sur ces paroles menaçantes, il l'entraîna sans ménagement vers la réception. Une femme d'une quarantaine d'années vêtue d'un tee-shirt à l'effigie de Snoopy, un stéthoscope autour du cou, se tenait derrière le bureau, et consultait une feuille de températures.

John ouvrit bruyamment la porte vitrée et brandit son insigne.

— Où est le type qui est arrivé tout à l'heure ? Le grand, avec un nez en compote, laid comme un pou ?

La femme jeta un coup d'œil à l'insigne.

— Il est là derrière.

— Qu'il vienne ici. Tout de suite.

— Désolée. Il est drogué.

— Quoi ?

— Il se plaignait de la douleur, alors je lui ai fait une piqûre de Domerol. Un chirurgien est en route.

— Un chirurgien ? répéta John, incrédule. On va l'opérer ?

— Oui. Celui qui l'a frappé ne l'a pas raté.

— Quand pourra-t-il sortir ?

— Demain dans la journée.

John ferma les yeux et marmonna un juron. Pam sentit déferler en elle une vague de soulagement, émotion que John était évidemment loin de partager. Il fourra son insigne dans sa poche avec un soupir de frustration.

— Génial !

Le médecin se pencha vers lui et chuchota :

— Il n'est pas recherché, au moins ? Entre nous, il a une vraie tête d'assassin !

— Non, répondit John d'une voix lasse. Il n'est pas recherché.

Puis il décocha un regard accusateur à Pam, comme si c'était sa faute que Leandro soit hors course.

— C'est un vilain hématome que vous avez là, observa la doctoresse. Ça n'aurait pas un lien avec le nez cassé de ce type, par hasard ?

— On peut le dire.

— Voulez-vous que je jette un coup d'œil ? Vous pourriez avoir une fracture...

— Non, merci. Vous avez du sparadrap ?

— Bien sûr.

La femme alla dans la réserve et revint avec un rouleau de sparadrap qu'elle tendit à John.

— Je peux l'emporter ?

— Pas de problème.

John attrapa Pam par le bras, et ils retournèrent à la voiture.

— Alors, fit-elle, feignant un détachement qu'elle était loin d'éprouver, je suppose que tu me ramènes à Tolosa ?

Il ne répondit pas, et elle en conclut qu'elle avait vu juste.

Lorsqu'ils atteignirent la voiture, John ramena les bras de Pam devant elle, et avant qu'elle ait le temps de dire ouf ! enroula la bande adhésive plusieurs fois autour de ses poignets croisés.

— Que fais-tu ? demanda-t-elle, horrifiée.

— Je n'ai pas de menottes. Et je ne veux prendre aucun risque.

Elle baissa les yeux sur ses poignets ligotés, et mesura en un éclair l'horreur de sa situation. Comment une chose pareille avait-elle pu lui arriver ? se demanda-t-elle pour la énième fois. Comment s'était-elle débrouillée pour se retrouver hors-la-loi, après avoir tant lutté pour devenir le genre de personne qui n'aurait jamais à craindre d'être arrêtée ?

Adolescente, elle ne s'était pas sentie humiliée quand on l'avait jetée en prison. Elle avait adopté une attitude provocatrice, mêlée d'un je-m'en-foutisme qui n'était que le reflet de l'indifférence des autres. Mais les choses avaient changé. Au fil du temps, elle était parvenue à regagner l'estime d'elle-même… et l'humiliation qu'elle éprouvait à présent n'en était que plus vive.

Elle aurait voulu se confier à John, lui raconter son combat pour se délivrer de son passé. Lui parler de ces emplois dégradants, sans avenir, qu'elle avait acceptés afin de payer ses factures. De la vie qu'elle avait enfin réussi à se construire, dont elle commençait à être fière, et qui était sur le point d'être réduite à néant.

Elle avait vu l'homme qui se cachait derrière l'insigne. Un homme généreux. Un homme qui lui avait montré de la compassion, et n'avait pas hésité à se battre pour la protéger. C'était à cet homme-là qu'elle souhaitait s'adresser.

Elle releva lentement la tête. John affichait une expression de marbre : mâchoire serrée, regard froid et indéchiffrable. Elle comprit. Désormais, il se comporterait en flic avec elle. Point final.

Elle tendit les poignets.

— Je t'en prie. Ne fais pas cela. Je me tiendrai tranquille. C'est promis.

— Encore des mensonges !

— Mais, John…

— Tu veux aussi que je te colle un bout de sparadrap sur la bouche ?

— Non, mais…

— Bon, alors je te conseille de la boucler.

Il ouvrit la portière et la poussa à l'intérieur en lui appuyant sur la tête comme elle l'avait vu faire dans les séries policières à la télé. Elle se laissa aller contre le siège, le cœur tambourinant dans la poitrine.

— Je passe au chalet récupérer mes affaires, annonça John. Ensuite, direction Tolosa.

Ses paroles firent à Pam l'effet d'un verdict déchirant. Et elle sut, à son expression dure, intransigeante, qu'elle ne le ferait pas changer d'avis. Il la livrerait aux autorités, et tournerait les talons, convaincu d'avoir fait son devoir en arrêtant une criminelle endurcie. Elle serait jugée à la hâte, et condamnée à une vie de désespoir et de solitude pour un crime qu'elle n'avait pas commis.

C'était officiel. Sa vie était fichue.

Vingt minutes plus tard, John se garait près du chalet, et une impression de déjà-vu le submergea telle une vague à marée haute. Quelques heures auparavant, il se trouvait au même endroit, prêt à s'embarquer pour une nuit de passion avec une fille superbe. À présent, il emmenait ladite fille superbe en prison.

Bon sang ! Quelle nuit !

En fait, plus il y réfléchissait, plus il lui apparaissait que le tour pris par les événements pourrait bien l'arranger. Il avait désormais une excuse pour rentrer à Tolosa. Daniels n'y trouverait rien à redire quand il lui expliquerait qu'il avait dû écourter ses vacances pour ramener une fugitive.

Heureusement pour elle, Pam avait eu le bon sens de ne pas ouvrir la bouche durant le trajet – si ç'avait été le cas, il l'aurait sans doute bâillonnée et attachée sur la galerie. Elle s'était contentée de promener inlassablement son ongle d'avant en arrière sur la couture de son jean. Elle le faisait encore à présent, les yeux baissés, une mèche de cheveux tombant négligemment sur sa joue. Elle avait l'air si incroyablement innocent que s'il n'avait pas su la vérité, il aurait pensé...

John tira le frein à main d'un geste rageur, maudissant sa naïveté. Nom de nom! Elle l'avait berné du début à la fin, et il se laissait encore embobiner même quand elle se taisait!

Il arracha la clé, descendit de voiture et vint ouvrir la portière de Pam. Il la prit par le bras et la fit descendre. La lanterne fixée au-dessus de la porte du chalet baignait son visage d'une lumière douce, et lorsqu'elle tourna les yeux vers lui, il eut l'impression soudaine de brutaliser un chaton abandonné.

« Elle n'est pas innocente, se rappela-t-il. Loin de là. »

Il verrouilla les portières, puis guida la jeune femme sur le sentier sinueux qui menait au chalet. Elle laissa échapper un soupir saccadé qui le mit affreusement mal à l'aise. Bon Dieu! Cette femme le rendait dingue. Il lui tardait de regagner Tolosa, de la remettre entre les mains de la police. Plus vite il oublierait son existence, mieux cela vaudrait.

Elle s'immobilisa brusquement.

— Qu'est-ce que c'est?

— Quoi?

Elle se figea, l'oreille tendue.

— Ce bruit.

— Arrête, Pam.

— C'est vrai! chuchota-t-elle en se rapprochant de John tout en scrutant la forêt. Il y a quelqu'un là-bas!

John s'arrêta et écouta, mais à son air sceptique, Pam comprit qu'il ne la croyait pas. Pourtant, elle était certaine d'avoir entendu craquer des aiguilles de pin à peu de distance.

John secoua la tête et fit mine de repartir vers le chalet lorsque le même son leur parvint, plus distinctement cette fois. Il fit volte-face, fouillant l'ombre du regard, puis dégaina lentement son revolver.

— Qui est-ce ? souffla-t-elle.

— Je ne sais pas. Il ne devrait pas y avoir âme qui vive dans un rayon de quinze kilomètres.

Pam avait l'impression que son cœur allait éclater. Elle avait la certitude que quelqu'un – ou quelque chose – se déplaçait dans la forêt.

Sans la lâcher, John se dirigea vers l'endroit d'où provenait le bruit, enjambant çà et là une bûche à demi enfouie sous les aiguilles de pin, évitant un buisson. L'instinct de Pam lui hurlait de ne pas entrer dans la forêt, mais elle se persuada que coller aux basques d'un homme armé était sans doute le meilleur des choix étant donné les circonstances.

— On dirait que quelqu'un marche dans les broussailles, murmura-t-elle.

— Chut !

— Tu es sûr que Leandro est toujours à Winslow ?

— Tu vas la boucler, à la fin ?

John s'immobilisa, l'oreille aux aguets. Quelques secondes s'écoulèrent. Un silence total régnait.

— Hé ! cria-t-il, qui est là ?

Pam entendit une série de craquements pratiquement à ses pieds. Baissant la tête, elle découvrit une paire d'yeux rouges fixés sur elle, qui semblaient tout droit sortis des profondeurs de l'enfer.

Avec un cri étranglé, elle s'arracha à John, se retourna d'un bond et prit la fuite.

— Pam ! Arrête !

Mais son instinct lui ordonnait de continuer à courir. Soudain, sa cheville heurta un objet dur. Elle fit un vol plané et atterrit à plat ventre sur le sol, le souffle coupé.

— Pam ! Ce n'est qu'un armadi...

John ne termina pas sa phrase. La bûche traîtresse qui avait causé la chute de Pam provoqua la sienne. Il s'écroula à ses côtés en lâchant un gémissement étouffé.

En un éclair, Pam parvint à deux conclusions importantes : un, elle avait paniqué devant un animal parfaitement inoffensif ; deux, le moyen d'échapper à la prison reposait à cinquante centimètres de sa main.

Le revolver de John.

Sans prendre le temps de la réflexion, elle sauta sur ses pieds et se rua sur l'arme. Elle l'agrippa maladroitement, puis roula sur elle-même et s'accroupit. John était déjà à genoux, mais elle avait été plus rapide. Le revolver lui parut lourd et dangereux, cependant, en dépit de la position inconfortable de ses mains, elle s'y cramponna fermement, déterminée à ne pas céder à l'envie qui la tenaillait de le lâcher et de s'en éloigner à toutes jambes.

John s'assit sur ses talons, haletant.

— Donne-moi ce revolver, Pam.

— Pas question !

Elle se mit debout sans le quitter des yeux.

— Tuer un flic coûte très cher, la prévint-il en l'imitant.

— Je n'ai pas l'intention de te faire du mal. Je ne veux que ta voiture.

À supposer, bien sûr, qu'elle soit capable de conduire avec les mains liées.

— Donne-moi tes clés.

Il hésita un instant, puis fouilla méthodiquement dans sa poche et les en sortit.

— Jette-les par terre et recule !

Il obéit, mais l'expression froide et calculatrice de son visage, visible malgré la pénombre, troubla Pam. Elle le devinait en train d'échafauder un plan qui lui permettrait de reprendre le dessus. Il fit deux pas en arrière, puis trois.

— Continue.

Elle attendit qu'il soit assez loin puis, une fois certaine qu'il ne constituait plus une menace immédiate, elle s'agenouilla et saisit les clés de la main gauche.

Elle commença à reculer entre les pins, en direction de l'Explorer, le revolver toujours braqué sur lui. Mais, à sa grande consternation, il se mit à avancer vers elle.

— Non, cria-t-elle. Reste où tu es !

Il continua à marcher, lentement, posément.

— Combien de délits comptes-tu commettre ce soir, Pam ?

— Je n'ai rien...

Il avait raison, songea-t-elle brusquement. Tenir un flic en joue était certainement un délit, sans doute aggravé par le fait que le revolver en question lui appartenait. Si elle ajoutait à cela la non-présentation au tribunal, l'incendie volontaire, le vol de voiture... Mon Dieu ! Quel incroyable gâchis pour quelqu'un qui ne voulait plus jamais enfreindre la loi...

— Écoute, fit John d'une voix calme. Pourquoi ne pas faire comme si rien de tout cela ne s'était passé ? Je te ramène à Tolosa, et s'il s'avère que tu es innocente, j'oublierai que tu m'as volé ma voiture. J'oublierai que tu m'as pris mon revolver. Mais je te préviens : si tu me tires dessus, je crains de ne pas pouvoir l'oublier.

L'offre était tentante. Mais, aussi raisonnable que sa suggestion puisse paraître, elle savait qu'avec toutes les preuves accumulées contre elle, elle finirait tôt ou tard par échouer en prison. Et cette pensée suffisait à la faire trembler comme une feuille. Elle inspira profondément, s'efforçant de se ressaisir. Ses yeux s'embuèrent, et son tremblement s'accentua.

Elle cligna en vain des paupières, incapable de retenir ses larmes, et s'essuya le visage d'un mouvement d'épaule. Elle n'allait quand même pas craquer maintenant. Alors que la liberté était à portée de main.

John leva la main, sans cesser d'avancer.

— Écoute, mon chou, si tu ne fais pas attention, tu vas appuyer sur la détente sans le faire exprès, et je pense que tu regretteras vraiment de m'avoir tiré dessus. Tu ne crois pas ?

Elle n'était plus qu'à cinq ou six mètres de la voiture, mais elle comprit tout à coup qu'elle ne s'en sortirait pas si John continuait d'avancer. Dès qu'elle abaisserait son arme pour ouvrir la portière, il fondrait sur elle.

— Arrête-toi, John ! Je parle sérieusement.

Il tendit la main.

— Donne-moi ce revolver. Donne-le moi, et j'oublie tout.

— Tu parles !

— Je te donne ma parole, Pam. Je ferai comme si cette soirée n'avait jamais eu lieu. Mais il faut que je te ramène à Tolosa. Si je prétendais le contraire, tu saurais que je mens, n'est-ce pas ?

Pam le dévisagea avec méfiance. Il avait sans doute appris une multitude de techniques de négociation à l'école des flics, visant toutes à lui éviter de se faire tuer tout en s'assurant qu'elle finirait derrière les barreaux. Comment distinguer le vrai du faux, dans ces conditions ?

— Du reste, poursuivit-il, tu affirmes que tu es innocente. Si c'est le cas, tu n'as rien à craindre.

— Je t'en prie, John ! Avec toutes les preuves qu'ils ont contre moi, ce ne sera qu'une parodie de justice ! Ils me jetteront en prison pour le reste de mes jours !

— Tu auras un procès équitable.

— Oh, arrête ! Ne me dis pas que tu le crois vraiment ?

— Je suis flic, Pam. Que suis-je censé croire ?

— Tu n'as pas répondu à ma question !

John la dévisagea. De petits nuages de buée s'échappaient de sa bouche dans l'air froid de la nuit.

— Bien sûr que je pense que tu auras un procès équitable, lâcha-t-il enfin, un poil trop tard pour qu'elle le croie.

Elle détestait son air condescendant. Sa certitude d'avoir affaire à une criminelle. Et surtout, la façon dont il essayait de la convaincre qu'il se souciait de son intérêt alors qu'il n'avait qu'une idée en tête : la voir sous les verrous.

Il tendit la main de nouveau.

— Le revolver, Pam.

— Non ! Je n'irai pas en prison pour un crime que je n'ai pas commis !

En prison...

Les souvenirs l'assaillirent.

Tu vas aimer la bouffe, ici, ma petite ; on a des asticots à tous les repas !

Regarde-moi cette cicatrice ! C'est dangereux les couteaux. J'ai rien vu venir...

Pourquoi tu chiales ? T'auras plein de copines, ici. On te présentera à la grosse Maude, elle raffole des jolies petites blondes dans ton genre.

Une brusque nausée lui retourna l'estomac. Les images de ces heures terrifiantes défilaient dans sa tête telles des scènes tirées d'un film d'horreur. Si elle retournait à Tolosa, sa vie ne serait plus qu'un long cauchemar.

Le revolver semblait soudain peser une tonne dans sa main, et elle mourait d'envie de le lâcher. Mais elle ne le ferait pas. Parce que lui seul se dressait entre elle et la détention. Elle prit une profonde inspiration et replia le doigt sur la détente.

— Je ne peux pas te laisser me ramener en prison, reprit-elle d'une voix si tremblante qu'elle arrivait à peine à parler. Il... faut que je t'en empêche. Il le faut.

Elle releva le canon du revolver d'un cran. John écarquilla les yeux et leva les mains, paumes en avant.

— Allons, Pam...

Elle n'avait jamais tiré de sa vie, et elle ne savait pas à quoi s'attendre. Il y aurait un grand bruit, et sans doute serait-elle ébranlée par le choc, songea-t-elle, se préparant au pire. Un éclair d'appréhension traversa le regard de John.

— Du calme, Pam. Réfléchis à ce que tu es en train de faire.

Mais elle avait assez réfléchi. Il était temps de passer à l'action.

— Je suis désolée, John.

Elle inspira à fond, visa sa cible, ferma les yeux... et appuya sur la détente.

7

— Ma voiture ? Tu as tiré sur ma voiture ?

Abasourdi, John regardait le liquide antigel s'écouler d'un trou dans le radiateur.

— *Tu as tiré sur ma voiture !*

Pam baissa les yeux sur le revolver.

— Euh... oui. On dirait.

Débordant de colère et de frustration, John fit ce qu'il aurait dû faire depuis le début : il se rua sur elle et lui arracha son arme.

— Tu as une dent contre les bagnoles ? hurla-t-il en coinçant le revolver dans sa ceinture. Tu y mets le feu, tu tires dessus ! C'est quoi, la suite ?

Pam avança d'un pas hésitant, le regard fixé sur le trou.

— J'ai touché le radiateur ? Une voiture peut rouler sans radiateur ?

— Ben voyons ! Si on n'a pas peur de griller le moteur !

— Et ça coûte cher ?

— La bagatelle de deux mille dollars !

— Donc, ce ne serait pas une bonne idée de conduire avec un radiateur euh... fichu ?

La lumière se fit dans l'esprit de John. Voilà pourquoi elle avait choisi cette cible. Au lieu de paralyser le flic, elle avait paralysé sa voiture.

Il faillit craquer. Il lui restait cinq balles dans le chargeur, mais une seule suffirait. Après s'être débarrassé de son corps dans le lac, il s'offrirait une bonne nuit de sommeil, et appellerait un garage à la première heure pour faire réparer son radiateur. Puis il reprendrait le cours de sa vie comme s'il n'avait jamais posé les yeux sur Pam Esterhaus. Et elle passerait le reste de l'éternité à faire regretter à Satan de lui avoir acheté son âme.

Bon, d'accord, ce n'était qu'un rêve. Mais il pouvait au moins appeler le garage. Il prit les clés des mains de Pam, et alla chercher le portable dans la voiture. Il l'alluma.

Rien.

Pendant quelques secondes, il contempla l'appareil sans comprendre, puis se tourna vers Pam, l'air accusateur.

— J'ai passé un coup de fil, reconnut-elle aussitôt.

— Je me moque de ton coup de fil ! Tu as laissé l'appareil allumé, et la batterie est à plat !

Un éclair de compréhension traversa son visage, et elle lui lança un regard interrogateur.

— Tu peux le recharger, non ? Tu as ton chargeur ?

Il continua à la fixer, notant la discrète mais néanmoins distincte expression de soulagement qui envahissait ses traits, révélant ses pensées. Elle avait endommagé sa voiture, et son seul moyen de communication était hors service. Ils n'iraient nulle part ce soir.

John jeta le téléphone sur le siège et claqua la portière, furieux contre Pam, et plus encore contre lui-même. Il était flic, bon sang ! Il avait arrêté des criminels dangereux, des individus de la pire espèce, et il n'était pas fichu de damer le pion à une femme haute comme trois pommes à qui il manquait visiblement un boulon.

— Tu te crois maligne, hein ? Eh bien, tu ne l'es pas ! Tu n'as fait que retarder l'inéluctable. Nous partirons demain, à l'aube. À pied !

Il fit quelques pas menaçants dans sa direction, la coinçant contre la voiture.

— Et tu as intérêt à te tenir à carreau, sinon je te le ferai regretter.

Ses paroles avaient pour but de lui inspirer la peur et le respect. Au lieu de quoi elle le gratifia d'un regard dont Méduse aurait été jalouse.

— C'est ce que nous verrons.

Elle le défiait ! Il en demeura un instant sans voix. Elle se conduisait comme si c'était elle la victime ! Comme si sa place n'était pas en prison. Comme s'il était une véritable ordure pour avoir osé suggérer qu'elle se rende sans résistance.

— Ne me cherche pas, grommela-t-il d'un ton menaçant.

Elle se redressa et s'écarta de la voiture, le bousculant au passage et le forçant à reculer.

— Je ne suis *pas* une braqueuse ni une voleuse. Et je ferai tout pour ne *pas* aller en prison !

Son regard se vrilla au sien, ses yeux bleus lançant des éclairs. Bizarrement, John éprouva un léger picotement à la nuque et ce tressaillement familier au niveau du cœur qui l'avertissait de surveiller ses arrières.

« Elle ment », se dit-il presque aussitôt, furieux de s'être laissé troubler, même l'espace d'un instant.

— Tu iras en prison, crois-moi, même si je dois me battre jusqu'à mon dernier souffle pour t'y envoyer !

— Alors, prépare ton dernier souffle, mon pote. Tu vas en avoir besoin !

Elle le poussa et s'engagea sur le sentier. Il dut lutter contre l'envie instinctive qu'il avait de la rattraper et de la forcer à se retourner. À quoi bon ? S'imaginait-il vraiment qu'il parviendrait à lui rabaisser son caquet ?

Elle atteignit le chalet, tâtonna pour ouvrir la porte, entra et la claqua derrière elle. Le bruit résonna dans la nuit, attisant de nouveau la colère de John, qui cracha une bordée de jurons épouvantables. Mais qu'est-ce qu'il avait fait au bon Dicu pour mériter ça ?

Il regarda son radiateur percé. La réparation allait coûter une fortune, et il lui faudrait attendre des siècles avant de se faire rembourser. Puis il leva les yeux vers le ciel, obscurci par les nuages, et songea à la longue marche qui les attendait, et aux autres charmantes surprises, propres à lui faire regretter d'être né, que Pam lui avait sans doute gardées en réserve.

Il soupira. La journée du lendemain s'annonçait particulièrement difficile.

Pam n'aurait jamais imaginé qu'une simple marche en forêt puisse constituer une épreuve aussi pénible.

À la lumière du jour, l'endroit était pourtant joli, et même franchement pittoresque. Le soleil brillait entre les pins, les oiseaux gazouillaient timidement, comme s'ils hésitaient à se risquer dehors après la pluie de la nuit. C'était une forêt digne d'un conte de fées. Une forêt idéale pour un week-end d'amoureux.

Sauf que la pluie avait transformé le chemin en un amas boueux, et que Pam faisait route vers la prison en compagnie d'un individu renfrogné et hostile, ce qui n'était pas vraiment propice à s'extasier devant les beautés de la nature.

La veille au soir, il s'était endormi avant elle, la laissant frissonner dans le noir, les mains attachées à l'armature du canapé. Elle l'avait observé à la lueur du feu, partagée entre la rage et la fascination. L'espace d'un moment, elle s'était laissée aller à rêver que ce n'était pas un flic mais un séduisant inconnu rencontré au restaurant.

Hélas ! Elle avait dû se rendre à l'évidence. Ce n'était qu'un flic impitoyable et rancunier, qui se moquait pas mal de jeter une innocente en prison. Ce qui ne l'avait pas empêchée de le trouver beau, étendu sur ce lit. Dommage qu'il se soit réveillé, et transformé illico en sale flic. Il ne lui avait même pas retiré ses liens pour lui permettre d'aller satisfaire ses besoins les plus élémentaires. Elle avait dû jouer les contorsionnistes, ce qui l'avait contrainte à remettre en question l'hypothèse selon laquelle tout être humain, y compris un flic exaspéré, possédait un cœur.

Ensuite, il avait piqué une crise parce qu'elle avait utilisé sa brosse à dents. Non mais ! Il l'avait embrassée la veille, et elle n'avait pas le droit de se servir de sa brosse à dents ce matin ? Si elle avait su à quel point cette invasion de son espace personnel l'irriterait, elle aurait frotté son stick de déodorant masculin ultrapuissant contre la cuvette des toilettes.

Tandis qu'ils marchaient le long du chemin détrempé, elle se tourna vers lui pour le supplier à nouveau.

— John, s'il te plaît, peux-tu ôter ce sparadrap de mes poignets ?

— Je t'ai déjà dit trois fois de te taire.

Elle le foudroya du regard.

— On s'est levé du pied gauche, ce matin ?

— Tu as déjà prouvé que tu ferais n'importe quoi pour échapper à la prison. Pourquoi devrais-je prendre le moindre risque ?

— Par gentillesse, peut-être ?

— Mon boulot ne consiste pas à être gentil.

— En tant que contribuable, permets-moi de ne pas être d'accord.

— C'est l'avantage de la prison, Pam. Tu ne paieras plus d'impôts pendant un certain temps.

Elle prit un air dégoûté.

— Ça ne te tuera pas de faire en sorte que je sois un peu plus à l'aise, quand même !

— La dernière fois que tu as été à l'aise, tu m'as piqué ma bagnole.

— Je t'ai déjà dit que j'avais l'intention de te la rendre !

— Tu avais aussi l'intention de rendre l'argent que tu as volé au magasin ? Et de retirer la balle du corps de l'employé sur qui tu as tiré ? Hein ?

— Je n'ai tiré sur personne ! Et je n'ai volé personne ! Combien de fois faudra-t-il te le répéter, à la fin ?

— Répète-le tant que tu veux, je n'en ai strictement rien à faire. Tu vas aller en prison, un point c'est tout.

C'était à désespérer.

Elle n'avait sans doute pas l'ombre d'une chance d'échapper à la détention. Pas tant que John aurait son mot à dire. Mais cela ne l'empêcherait pas de se battre jusqu'au bout. Jusqu'à ce que la porte de la cellule se referme sur elle.

— John ? À ton avis, combien de personnes as-tu conduites en prison ?

— Je n'ai pas fait le compte.

— En gros. Cent ? Deux cents ?

— Sans doute. Et d'ici ce soir, il y en aura une de plus sur la liste.

Elle réprima l'envie de répliquer vertement, et s'efforça de garder son calme.

— Ça fait beaucoup de coupables. Ou peut-être, hasarda-t-elle, quelques innocents.

— Ils étaient tous innocents.

— Quoi ?

— Demande-le-leur. Ils te le diront.

Une fois de plus, Pam dut se retenir pour ne pas lui balancer une réponse cinglante. Les flics n'aimaient pas qu'on les insulte. Elle en avait fait l'expérience lors d'un concert de *Black Sabbath* au Texas Stadium alors qu'elle n'avait que seize ans. Avec son arrogance coutumière, elle avait ordonné à un flic de service de se bouger le derrière parce qu'il lui bloquait la vue. Résultat des courses : elle avait fini avec une vue encore moins bonne – sur le parking.

Elle avait presque oublié cet épisode, mais ce qu'elle avait éprouvé alors, elle l'éprouva de nouveau, avec la même intensité qu'à l'époque. Le flic était l'ennemi à abattre. Oh ! Bien sûr, en théorie, elle savait qu'elle avait tort. Tant qu'on n'enfreignait pas la loi, on n'avait rien à craindre. Elle avait réussi à s'en persuader au cours des années qui avaient suivi. Mais elle s'était trompée ! Elle avait respecté la loi, et voilà où ça l'avait menée !

Malheureusement, il s'avérait que John ressemblait à tous les flics qu'elle avait rencontrés par le passé. Dur, cynique, indifférent. Les crétins entraient-ils tout naturellement dans la police ou était-ce la police qui les transformait en crétins ?

— Combien de fois t'es-tu trompé sur la culpabilité de quelqu'un ?

— Laisse tomber, tu veux, Pam ?

— Mais il serait logique que…

Il s'immobilisa brusquement et lui fit face.

— Si tu ne te la fermes pas…

— Eh bien ?

Il s'avança vers elle d'un pas menaçant, le regard assombri par la colère, une expression inquiétante sur le visage. Provoquer cet homme revenait à agiter du poisson frais au-dessus d'un bassin plein de requins, songea-t-elle. Mais au lieu de la réduire en bouillie, comme il semblait l'envisager, il se contenta de secouer la tête d'un air dégoûté, avant de tourner les talons et de s'éloigner à grands pas.

Pam éprouva un élan de joie à la pensée qu'elle avait gagné le premier round. Le grand méchant flic n'était peut-être pas si grand ni si méchant que ça, après tout.

Elle trottina derrière lui pour le rattraper.

— John, attends !

Il accéléra l'allure, et la distance se creusa entre eux. Elle le rejoignit, essaya de se maintenir à sa hauteur.

— Ça t'ennuierait de ralentir un peu et de m'écouter ?

— Inutile, Pam. J'ai saisi. C'est une injustice. Tu n'as rien fait. Et je suis un salaud parce que je fais mon boulot et que je te livre aux flics. Ça te va comme résumé ?

Non, ça ne lui allait pas. Ce qu'elle voulait, c'était l'attraper par le col, le forcer à s'arrêter et à écouter toute l'histoire, autrement... Autrement, rien du tout ! Elle n'avait aucun moyen de pression sur lui. En revanche, s'il continuait de marcher à cette allure, elle mourrait d'épuisement avant qu'ils sortent de la forêt.

Une minute !

Elle s'arrêta net au milieu de la route. Quelle imbécile ! Pourquoi diable se dépêcher ? Elle se dirigea d'un pas nonchalant vers un petit talus herbeux au bord du chemin.

Et s'y laissa tomber.

John pila et se retourna.

— Qu'est-ce que tu fabriques ?

Elle fit mine de l'ignorer. Résistance passive. Cela avait marché pour Gandhi, pourquoi pas pour elle ?

— Lève-toi ! ordonna-t-il. *Tout de suite !*

Comme elle s'obstinait à l'ignorer, John revint vers elle au pas de charge. Il la transperça d'un regard plein de rage contenue – l'un de ces « regards qui tuent » qu'il avait sans doute passé des heures à perfectionner devant la glace de sa salle de bains.

— Lève-toi, répéta-t-il d'une voix glaciale.

— Et si tu t'asseyais à côté de moi, plutôt ? On pourrait avoir une agréable... conversation.

— Agréable, mon cul !

Avant qu'elle ait compris ce qui lui arrivait, il lui agrippa le bras et la releva brutalement. Les oiseaux s'éparpillèrent dans les airs en piaillant. Implacable, il se pencha sur elle et articula :

— Je te jure que si tu ne mets pas en marche sur-le-champ, je...

— Tu quoi ? Tu vas me porter peut-être ? Pendant encore dix ou quinze kilomètres ?

— Tu t'opposes à un représentant de la loi ?

Elle haussa les épaules avec indifférence.

— Comparé aux autres charges qui pèsent sur moi, je dirais que c'est une goutte d'eau dans la mer.

La fureur de John était presque palpable, mais Pam était lancée.

— Je n'irai nulle part. Pas avant que tu m'aies écoutée.

— Bien, fit-il en la lâchant. Parle tant que tu veux. En marchant.

Pam n'était pas spécialement pressée d'arriver à destination. Mais, au moins, il l'écouterait au lieu de filer devant elle. Et il n'avait pas précisé à quelle vitesse elle devait marcher...

— D'accord. Mais seulement si tu me détaches les poignets.

— Pas question.

— John…

Sa voix avait grimpé dans les aigus, l'avertissant de ne pas la contrarier.

— Non, répéta-t-il. Je refuse de…

Elle se laissa tomber au beau milieu du chemin.

— Pam, tu commences *vraiment* à me taper sur les nerfs !

John ne voulait pas perdre son sang-froid, mais il n'avait pas prévu que cette fille se montrerait aussi ridiculement têtue. Comment diable la situation avait-elle pu se retourner au point que c'était elle qui lui donnait des ordres ?

Elle tendit les poignets vers lui avec un regard signifiant que c'était cela ou rien. Il n'avait pas la moindre confiance en elle, mais il n'avait pas le choix non plus. Il pouvait la porter, mais mourrait probablement d'épuisement. Il pouvait aussi la menacer, mais n'avait aucun moyen de mettre ses menaces à exécution. S'il voulait sortir de cette forêt merdique et de cette histoire tout aussi merdique avant Noël, un compromis s'imposait.

Il émit un sifflement de dégoût, sortit son canif et trancha le sparadrap avec l'impression de libérer Godzilla, lui laissant tout le loisir d'aller ravager Tokyo. Dès qu'elle eut enlevé la bande, il la reprit par le bras et la releva.

— En route, ordonna-t-il en fourrant son canif dans sa poche. Et ne t'arrête pas avant qu'on soit sortis d'ici.

Elle se tourna et commença à marcher, avançant à peu près aussi vite qu'une tortue centenaire.

— Plus vite ! Ce n'est pas une promenade au parc !

Elle accéléra un peu, mais à cette allure, il leur faudrait un siècle pour rejoindre la route principale.

— Tu sais, fit Pam au bout d'un moment, à la place de ce flic, moi aussi, je me serais arrêtée, avec le revolver et l'argent dans ma voiture et tout.

Son revirement soudain alerta John.

— Hum. On devrait lui donner une médaille pour s'être montré si intuitif, ironisa-t-il.

— D'autant qu'apparemment, c'est une blonde qui a fait le coup.

— Il paraît.

— Et que je n'ai pas d'alibi.

— Hum, hum.

— Ce qui fait de moi un suspect idéal, non ?

— Idéale, en effet.

— Et le mobile ?

— Quoi, le mobile ?

— C'est la seule chose qui ne s'explique pas. Pourquoi quelqu'un comme moi braquerait-il un magasin ?

Pour des histoires de drogue. De mauvaises fréquentations. De petit ami brutal. De dettes. D'absence de conscience, tout simplement. Il y avait des dizaines de réponses possibles. Et aucune n'avait la moindre importance.

— Tu veux que je te dise un truc, Pam ? Si tu découvres un mec à côté d'un cadavre, un revolver encore fumant à la main, trouver le mobile du crime devient secondaire.

— Je sais que les apparences sont contre moi. Mais je n'avais aucune raison de faire ça. Aucune. J'ai un bon boulot. Pourquoi irais-je braquer un magasin ?

— Tu dois de l'argent ?

— Bien sûr. Comme tout le monde !

— Beaucoup ?

— Plus que je ne voudrais, mais rien d'excessif.

— Tu as un casier ?

Elle attendit une seconde avant de répondre :

— Bien sûr que non.

— Il a fallu que tu y réfléchisses ?

— Je n'ai pas l'habitude des interrogatoires, c'est tout.

— Tu te drogues ?

— Non ! Jamais ! Même quand je…

Elle s'interrompit, puis reprit :

— Je ne me suis jamais droguée. Point.

— Dans ce cas, je suppose que tu ne vois pas d'objection à relever tes manches ?

Elle s'arrêta net et pivota vers lui. Elle plissa les yeux avec colère, puis remonta ses manches jusqu'aux coudes, et tendit les bras.

— Des traces de piqûre ? C'est ce que tu cherches ?

Il inspecta ses avant-bras. Sa peau couleur ivoire était aussi lisse et fraîche que le reste, songea-t-il malgré lui. La plupart des délinquantes qu'il rencontrait étaient des prostituées et des crapules, ou de pauvres filles camées jusqu'aux yeux, usées par la vie, qui paraissaient avoir quarante-cinq ans quand elles en avaient vingt-cinq.

Pas celle-ci.

John nota les marques rouges que le sparadrap avait laissées sur ses poignets. Il éprouva un pincement de culpabilité, mais se ressaisit aussitôt. Pas question d'avoir pitié d'elle. Si elle en était là, c'est qu'elle avait bien cherché !

Pourtant, sans qu'il sache pourquoi, la remarque de Leandro lui revint à l'esprit. *Elle est drôlement canon…* Difficile de ne pas être d'accord avec lui. John était soudain captivé par son jean, qui la moulait parfaitement, et par les rondeurs appétissantes qui se dessinaient sous son sweat-shirt – des seins superbes, qu'il avait été à deux doigts de caresser la nuit précédente. Soudain, il se souvenait de tout : de leurs baisers sur le canapé, de sa main, à lui, qui s'insinuait sous son sweat-shirt, de sa peau douce à en mourir… Il avait agi ainsi dans la louable intention de la mettre au pied du mur, et de découvrir pourquoi elle lui avait fait des avances, mais quelque part dans le feu de l'action, il avait perdu de vue son objectif, ne désirant plus rien d'autre que de voir son délicieux petit corps étendu nu sur le canapé. Elle était si souple, si chaude. Si seulement elle avait voulu…

Stop! À quoi songeait-il? Il avait failli faire l'amour à une fille en cavale pour attaque à main armée. Si le lieutenant Daniels avait pu lire dans ses pensées à cet instant précis, il aurait eu un avertissement de plus à lui adresser.

Ne couche pas avec les femmes que tu emmènes en prison.

— Donc, tu ne te drogues pas, reprit John. Mais il y a quantité d'autres mauvaises habitudes qui coûtent cher.

Elle tira rageusement sur ses manches.

— Je ne prends rien. J'ai même arrêté de fumer. Si tu crois que je suis accro à la drogue, tu te plantes complètement.

— Alors, tu es une citoyenne modèle?

— Non. J'ai autant de défauts que n'importe qui. Mais cela ne signifie pas que j'aie commis un délit.

— Je suppose que tes empreintes n'étaient pas sur l'arme?

— Bien sûr que non.

— Tes mains ont été examinées, pour les traces de poudre?

— Oui. Sans résultat.

— Qu'a dit la victime? La voleuse portait des gants?

Pam hésita.

— Oui.

— Il ne semble pas y avoir beaucoup d'éléments en ta faveur, non?

— Je suis innocente!

— Alors pourquoi le butin et l'arme du crime se trouvaient-ils dans ta voiture ?

— Je ne sais pas, soupira-t-elle. Honnêtement, je ne comprends pas.

Elle baissa la tête, et ses épaules s'affaissèrent. Elle avait les yeux cernés, signe qu'elle avait peu dormi la nuit précédente, et il ne put s'empêcher de se demander si ses liens étaient trop serrés pour lui permettre de se reposer.

Il se secoua. Quelle importance ? L'essentiel, c'était qu'elle ait assez d'énergie pour sortir de cette forêt.

— Ce genre d'ignorance va te coûter la prison.

— Mais c'est la vérité ! Je ne sais pas comment ces trucs sont arrivés sur mon siège arrière. C'est une vieille voiture, les portières ne ferment pas. N'importe qui aurait pu les y abandonner !

— Ouais. N'importe quelle blonde qui venait d'attaquer un magasin et qui passait justement par là.

— Je sais que ça ne tient pas debout, mais...

— L'employée t'a reconnue.

— Je sais. Mais j'ignore comment...

— Pourquoi as-tu pris la fuite ?

— Parce que je suis innocente !

— Alors tu aurais dû rester pour le prouver.

— Même mon avocat me croyait coupable. Comment étais-je censée me défendre ?

Il haussa les épaules avec indifférence.

Pam serra les poings.

— Oh ! C'est facile pour toi, hein ? Tu es flic. Tu es de l'autre côté de la barrière. Tu n'as jamais eu à affronter la perspective de voir le monde de derrière les barreaux !

— Exact. Les citoyens respectueux de la loi n'ont pas à s'inquiéter de ce genre de choses.

— Je respecte la loi !

John eut un ricanement.

— Ah oui ? On verra ce qu'en pense le jury.

Pam écarta une mèche qui lui tombait dans les yeux et le fusilla du regard.

— Tu es vraiment un crétin, tu sais.

— Et toi une emmerdeuse. Tu le savais ?

À la stupéfaction de John, Pam lui décocha un coup de poing dans le bras. Il recula malgré lui, mais, lorsqu'elle revint à la charge, il lui attrapa les poignets et la plaqua contre un tronc d'arbre.

— Tu viens d'agresser un policier, déclara-t-il. Si on ajoute ça au reste, tu ne reverras jamais la lumière du jour !

— Dis-moi, John, t'es-tu jamais demandé si parmi les gens que tu enfermais, certains étaient innocents ? Ou est-ce que tu te contentes de prendre le premier suspect qui te tombe sous la main et de le coller en prison en te disant que tu as bien travaillé ? C'est ainsi que tu fais ?

— Je vais t'expliquer ce que je fais, mon chou. Je passe ma vie à ramasser des rebuts de l'humanité, des gens prêts à tuer leur mère pour un shoot, à planter un couteau dans le dos de n'importe qui pour obtenir ce qu'ils veulent. Voilà ce que je me coltine tous les jours !

— C'est ce que tu penses de moi ? s'écria-t-elle, tremblante de fureur. Que je suis comme eux ? Irrécupérable ?

— Peu importe ce que je pense. Si j'ai de bonnes raisons, j'arrête ces ordures. À d'autres d'en débarrasser la société.

— C'est ainsi que tu vois les choses ? Puisque ce n'est pas ton boulot, tu n'as pas à te soucier de ces pauvres innocents qui échouent en prison parce que tu t'es trompé ? Comment peux-tu vivre avec ça sur la conscience ?

— Parce qu'il y a plus de coupables que d'innocents, et que ce serait injuste qu'ils s'en tirent !

— Ah oui ! Et selon toi, c'est juste d'enfermer des innocents, au cas où ?

Son ton moqueur et condescendant exaspéra John. Elle avait le culot de porter un jugement sur lui, comme si elle avait la moindre idée de ce qu'était son travail. Comme si elle pensait que cela lui plaisait d'envoyer des innocents en prison. Comme s'il savait qui serait condamné malgré son innocence ou libéré en dépit de sa culpabilité. Les juges et les jurés étaient fous à lier la moitié du temps et prenaient des décisions qu'il ne comprendrait jamais, dût-il vivre jusqu'à cent ans.

— Comment peux-tu, John ? répéta-t-elle. Comment peux-tu regarder ces gens en face et...

— Je ne les regarde *pas* ! J'ai assez de mon boulot sans me farcir ce genre de complication !

— Complication ? Tu appelles ça une complication ? Regarder quelqu'un dans les yeux quand tu l'arrêtes, c'est compliqué ? Tu as trop peur de t'apercevoir que tu commets une erreur une fois de temps en temps, c'est ça ?

John tressaillit, consterné par les paroles qui venaient de jaillir de la bouche de Pam – et de la sienne. Jusqu'à présent, jamais il n'avait réalisé que regarder les gens dans les yeux lui faisait perdre tout recul. C'était le regard moqueur et triomphant du petit voyou qui l'avait mis hors de lui au tribunal, et poussé à se défouler sur ce maudit distributeur de serviettes en papier.

Et maintenant, il était confronté à la situation inverse. Les grands yeux de Pam clamaient son innocence. Il l'imagina en prison, accusée à tort, transformée en détenue anonyme ballottée par le système, sortant dix ans plus tard, dure, aigrie, l'ombre de la femme qu'elle avait été, une femme dont la vie lui avait été volée...

Non.

Il détourna les yeux. Elle lui tira sur le bras.

— Regarde-moi en face !

Il s'exécuta, la mâchoire si serrée qu'elle en tremblait.

— D'accord, Pam, je regarde. Et sais-tu ce que je vois ? Une criminelle qui veut sauver sa peau.

— Et sais-tu ce que je vois, moi ? Un homme si blasé qu'il serait incapable de reconnaître la vérité même s'il avait le nez dedans !

John sentit une colère sourde monter en lui.

— Tu ne sais rien de moi, bon Dieu !

— Oh, que si !

Elle parlait d'une voix basse, intense qui lui mettait les nerfs à vif.

— Tu es un homme qui aimerait avoir foi en l'humanité, mais qui ne peut pas parce qu'il a vu trop de trucs pourris pour croire encore en quoi que ce soit. Cela signifie que tu as perdu, John. Tu as perdu tout espoir de passer le reste de tes jours dans la peau d'un être humain. Je ne sais pas si ta vie est nulle en général, ou si c'est juste ton boulot qui te bousille complètement, mais...

— Boucle-la, Pam !

— ... tu te conduis salement. Et plutôt que d'arrêter maintenant et de réfléchir à ce que tu fais, tu continues à agir comme un robot, sans te soucier des conséquences de ton attitude. Et tu as sacrément peur de me regarder, parce que tu crains de t'apercevoir à quel point tu t'es trompé...

— Je t'ai dit de la boucler !

Elle leva les yeux vers lui, la respiration hachée, les joues empourprées par la colère. Il devait s'écarter d'elle, l'arracher à cet arbre, et reprendre la route. Mais elle avait touché un point sensible, et il la fixait malgré lui, se demandant comment elle avait pu l'exaspérer à ce point. Pourquoi il se tenait si près d'elle qu'on n'aurait à peine pu glisser une feuille de papier à cigarettes entre eux. Et pourquoi, alors qu'il luttait désespérément pour ne pas la regarder, il ne pouvait détacher ses yeux des siens.

Il détestait l'admettre, mais un doute avait commencé à s'insinuer en lui. Un doute qui l'ébranlait au plus profond de lui-même. Il desserra sa prise sur les poignets de Pam jusqu'à ce que l'étreinte ressemble presque à une caresse. Le temps parut se suspendre tandis qu'il demeurait là, hésitant, et, lentement, la fureur quitta le visage de Pam, laissant place à la supplication.

— Regarde-moi, John, dit-elle dans un souffle. Suis-je coupable ?

À cet instant, il sentit sa colère et son scepticisme – indispensables pour garder la tête froide face, par exemple, à une superbe blonde en cavale qui se prétend innocente – l'abandonner.

— L'enquête l'a prouvé.

— L'enquête se trompe !

Il la contempla longuement, tandis que la brise fraîche jouait dans sa chevelure.

— Peut-être.

Peut-être.

À la seconde où il prononça ces mots, il sut qu'il avait franchi une frontière dont il n'aurait jamais dû s'approcher. Il n'y avait pas de « peut-être » qui tienne, alors comment diable avait-il laissé ces mots sortir de sa bouche ? Il était temps pour lui de se ressaisir, de balayer ses doutes et de rentrer dans le rang. Mais il était toujours si proche d'elle qu'il sentait sa poitrine se soulever à chaque inspiration. Soit il se trouvait devant l'une des plus graves injustices qu'il ait jamais vues, soit Pam Esterhaus était l'une des meilleures actrices qu'il ait jamais rencontrées. Et l'incertitude le rongeait.

Son regard se posa sur la bouche de la jeune femme. Disait-elle la vérité ou mentait-elle ? La violente querelle qui les avait opposés un instant plus tôt n'était plus qu'un vague souvenir, et chaque seconde qui passait accentuait cette impression d'irréalité qui l'avait saisi.

— Je n'ai pas le choix, dit-il. Je vais te ramener.

— Je sais, murmura-t-elle.

Elle dégagea doucement ses poignets, et posa les paumes à plat sur son torse.

— Mais... pourrais-tu faire comme si ce n'était pas le cas ? Juste une minute ?

« Bon Dieu ! » jura-t-il silencieusement.

Elle s'appuya contre lui tandis que ses mains remontaient lentement jusqu'à son cou. Éberlué, il cligna des yeux, mais une force mystérieuse l'empêcha de s'écarter. Durant ce qui lui parut une éternité, il la fixa. Il savait exactement ce qu'elle voulait, et se sentait craquer rien que d'y penser. Elle s'approcha imperceptiblement, jusqu'à ce que ses seins frôlent son torse. Puis elle se passa la langue sur les lèvres, les laissant humides et brillantes.

Une seconde auparavant, il était le flic de choc à qui on ne la fait pas, et voilà qu'il regardait ses lèvres comme un type mourant de soif dans le désert dévore des yeux un grand verre d'eau fraîche. Il n'avait vraiment pas besoin d'une complication de ce genre. Si elle se laissait glisser sur le lit d'aiguilles de pin et l'attirait contre elle, il n'élèverait aucune objection, c'était certain.

Mais alors qu'il réfléchissait à l'exécution de la manœuvre, un souvenir qu'il avait choisi d'ignorer lui revint en mémoire, net et insistant.

Il était déjà passé par là.

Au restaurant. La veille.

Soudain, le souvenir se fit encore plus distinct. Au restaurant, la veille, les yeux de Pam brûlaient de désir, ses lèvres étaient exigeantes, ses caresses pleines de promesses, et son cerveau plein d'arrière-pensées. Tandis qu'il songeait *nuit de passion*, elle ruminait *projets d'évasion*.

Comme frappé par un éclair de lucidité, John se figea. Il avait failli se conduire en parfait imbécile.

L'heure était venue de faire comprendre à cette fille qu'en aucun cas il n'était prêt à répéter l'expérience du baiser dont elle l'avait gratifié au restaurant. Il était grand temps de lui montrer qui était le chef. Non seulement il n'était pas dupe, mais il ne la laisserait pas s'en tirer à aussi bon compte.

Le moment était venu de répondre à la provocation par la provocation.

D'un geste rapide et précis, il s'empara de ses poignets et la plaqua de nouveau contre l'arbre. Tout en lui maintenant fermement les bras le long du corps, il se colla contre elle et lui adressa un long regard langoureux.

— Sauf erreur de ma part, mon chou, j'ai l'impression que tu as envie que je t'embrasse.

Elle leva les yeux vers lui, surprise. Il approcha ses lèvres des siennes.

— Et je suis plutôt pour.

Pam se tortilla, mais il la tenait serrée.

— Il y a beaucoup d'autres choses qui me plairaient, en dehors de t'embrasser. Qu'en penserais-tu si j'exigeais que tu tiennes ta promesse d'hier soir ?

Il comprit à sa respiration saccadée et à son regard incrédule qu'elle n'avait pas prévu cela. Il retint un sourire. La veille, elle avait paniqué à la seule idée de coucher avec lui. Parfait. Il allait donner dans l'intimidation, pour qu'elle ne soit plus tentée de lui refaire le coup.

— Je veux ce que tu m'as promis, chuchota-t-il. Et cette fois, je ne m'arrêterai pas avant de l'avoir obtenu.

Il prononça ces mots d'une voix rauque, attendant qu'elle lui intime clairement l'ordre de la lâcher pour crier victoire. Mais elle se contenta de gigoter sous lui. Il resserra la pression sur ses poignets, puis s'inclina sur elle et déposa un léger baiser à la pointe de son menton. Elle prit une brève inspiration au contact de ses lèvres, comme s'il avait touché un endroit sensible, et il continua à l'embrasser ici et là, plaçant ses baisers là où ils semblaient provoquer la plus vive réaction.

— John... S'il te plaît...

Ah! Enfin, elle était troublée! Elle frémit contre lui, son souffle s'accéléra, mais, coincée comme elle l'était, elle ne risquait pas de lui échapper. Il déposa d'autres baisers sur son visage, son haleine chaude comme une caresse sur sa peau.

Malheureusement, lui aussi commençait à être troublé.

Chaque fois que ses lèvres effleuraient la joue ou le cou de Pam, des visions de ce qui se passerait s'il mettait sa menace à exécution surgissait dans son esprit. Et il ne fallut pas longtemps pour que le désir flambe dans ses veines. Le fait que son cerveau n'avait pas l'intention d'aller au bout ne signifiait pas pour autant que son corps avait compris le message, et s'il ne mettait pas fin à cette étreinte au plus vite, il allait perdre le contrôle de la situation.

Pourquoi ne le suppliait-elle pas d'arrêter, comme elle l'avait fait la veille? Il lui dirait alors que tout était sa faute, voilà à quoi ça menait d'essayer de se servir de son corps pour éviter la prison, et ils se remettraient en route.

Il lui mordilla le globe de l'oreille. Elle s'agita faiblement, il se pressa contre elle, et murmura d'une voix traînante, terriblement sensuelle:

— Tu ne vas nulle part, Pam. Tu as commencé, et je vais finir. Nous allons faire l'amour ici, maintenant. Sur le sol. Et si tu crois que tu vas y échapper cette fois…

— D'accord, souffla-t-elle.

Abasourdi, John recula et la regarda.

— *Quoi ?*

Elle se jeta en avant et plaqua ses lèvres contre les siennes en un baiser si passionné, si exigeant, qu'il en fut secoué jusqu'aux entrailles. Il lui lâcha les poignets et fit mine de s'écarter, mais elle en profita pour nouer les bras autour de son cou et l'attirer à elle.

Quelque part dans le cerveau de John, le mot *Stop* clignotait en lettres de néon rouges, mais les lèvres fougueuses de Pam avaient paralysé ses neurones. Il se doutait bien que ce mot voulait dire quelque chose, mais il était parfaitement incapable de se rappeler quoi.

Et avant d'avoir compris ce qui lui arrivait, il lui rendait son baiser.

8

John poussa Pam contre l'arbre, et s'arrêta un instant de l'embrasser pour reprendre son souffle. Puis il plongea les mains dans les boucles folles de la jeune femme et lui inclina la tête en arrière. Leurs regards se soudèrent, et il lut dans le sien un désir si intense, si passionné qu'il faillit exploser sur-le-champ.

Il reprit possession de ses lèvres, et elle les entrouvrit pour l'accueillir, sa langue se mêlant à la sienne et provoquant en lui une onde de pure extase. À la tenir ainsi frémissante entre ses bras, John se sentait déjà à mi-chemin du paradis, et il ne songeait plus qu'à parvenir à destination.

Elle gémit doucement tandis que ses mains descendaient le long du torse de John, suivaient les contours de ses hanches pour venir se glisser dans les poches arrière de son jean. Elle l'attira contre elle. Le sexe pressé contre son ventre, John songea vaguement que, pour une fille qui ne voulait pas de lui la veille, c'était un revirement plutôt radical, mais il ne s'attarda pas sur la question, pour la bonne raison qu'il la désirait comme un fou.

Il glissa la main sous le sweat-shirt de Pam, et alla droit à l'agrafe de son soutien-gorge. Depuis la veille, il avait dû penser au moins une centaine de fois à cette agrafe dont ses doigts avaient été si proches, et soudain, il n'avait plus qu'à la tenir ainsi, soulever légèrement, et elle s'ouvrirait. Juste... comme cela.

Il écarta le soutien-gorge et referma la main sur l'un de ses seins, qu'il pressa fermement. Elle interrompit leur baiser avec un gémissement étouffé, et appuya la tête contre l'arbre, les yeux clos, haletante, les doigts lui labourant les épaules. D'un geste, il remonta son sweat-shirt, exposant sa poitrine à l'air frais de l'automne, et prit ses seins à pleines mains. Puis il entreprit de les pétrir doucement, décrivant du pouce de légers cercles sur les pointes roses durcies par le désir.

— John... Ô mon Dieu !

La voix de Pam, rauque et profonde, lui fit l'effet d'une décharge électrique. Il comprit au ton de sa voix qu'elle ne lui demandait pas d'arrêter. Au contraire. Elle le suppliait de passer à la vitesse supérieure.

Il embrassa la colonne d'ivoire de sa gorge, puis lui titilla le lobe de l'oreille avec la langue, sans cesser de lui caresser les seins, s'appliquant à la rendre folle d'excitation, tandis que son propre sang bouillonnait dans ses veines. Tout, autour d'eux, était devenu curieusement irréel, et le cerveau enfiévré de John semblait flotter dans la brume, échappant totalement à son contrôle. Cette femme avait dû lui faire oublier qui il était et ce qu'il était censé faire, parce qu'à cet instant précis, il était certain qu'il était censé lui faire l'amour. Il sentait confusément que quelque chose ne collait pas dans le scénario, mais l'excitation avait chassé toute autre pensée de son esprit. Il la voulait, là, tout de suite, contre cet arbre, sur le sol. N'importe où.

Elle insinua les mains entre eux et agrippa la boucle de son ceinturon. Quelques secondes lui suffirent pour en venir à bout, et s'attaquer à son jean, ce dont il se félicita. Si elle ne l'en débarrassait pas sur-le-champ, il le ferait lui-même. Et puis il la déshabillerait à son tour.

Mais soudain, alors qu'elle tirait sur la fermeture de son jean, un fait troublant remonta lentement à la surface de sa conscience. Il était à deux doigts de se retrouver à demi nu au beau milieu d'une forêt.

Un flic à demi nu, qui n'allait pas tarder à l'être complètement, sur le point de faire l'amour à une fille accusée de vol à main armée...

Cette vision le frappa de plein fouet, et il se pétrifia. Pour la première fois, il réalisait qu'elle avait vraiment l'intention d'aller jusqu'au bout. Elle voulait faire l'amour là, par terre, comme il l'avait suggéré, comme il l'avait mille fois imaginé, comme il en rêvait. Il eut l'impression de recevoir une gifle monumentale.

De toutes les femmes disponibles sur cette terre, il s'apprêtait à faire l'amour à celle qui avait le plus de chances de finir en prison. Bon Dieu ! Il devait avoir perdu la tête !

Il se dégagea brusquement, la prit par les épaules, et la maintint à bout de bras, luttant pour contrôler sa respiration saccadée et abaisser la température de son corps. Les mains de Pam quittèrent sa fermeture et elle lui lança un regard interrogateur, sa chevelure d'or chahutée par la brise, ses pommettes rosies par le désir. Il parvint, Dieu sait comment, à prononcer les seuls mots qui lui permettraient de se sortir de ce guêpier dans lequel il avait foncé tête baissée.

— Eh bien, fit-il avec toute la nonchalance dont il était capable, apparemment, nous savons à présent jusqu'où tu es prête à aller pour éviter la prison.

Pam demeura parfaitement immobile un instant, tandis que ses paroles semblaient suspendues entre eux. Elle fit mine d'ouvrir la bouche pour parler. Puis elle la referma, et son expression se mua en un masque de furie. Ses paumes s'abattirent sur le torse de John, et elle le repoussa brutalement.

— Espèce de *salaud* !

Il trébucha en arrière. Elle baissa son sweat-shirt et passa devant John, lui flanquant un violent coup de coude. Elle fit quelques pas rageurs sur le chemin avant de se tourner vers lui, la colère flambant dans ses prunelles.

— Tu crois vraiment que c'était pour ça ? Pour éviter la prison ?

— Oh que oui ! répondit-il en bouclant sa ceinture. Et tu peux abandonner cette idée, mon chou. Je connais plein de flics qui se laisseraient acheter pour beaucoup moins qu'un joli corps de femme. Malheureusement pour toi, je n'en fais pas partie.

— Pardon, rétorqua Pam, mais je ne crois pas avoir été la seule à participer.

— Mais tu étais la seule à y gagner quelque chose.

— Tu veux dire que tu n'avais pas vraiment envie de moi, c'est ça ?

Il haussa les épaules d'un air indifférent. Le regard de Pam se posa sur son entrejambe.

— Excuse-moi, John, mais ton détecteur de mensonges intégré tendrait à prouver le contraire.

Il se dandina, mal à l'aise. L'argument était imparable.

— D'accord, Pam. Je suppose qu'il y a pas mal de choses en toi susceptibles d'intéresser un homme.

— Donc, c'était juste histoire de satisfaire un désir ?

Oh, oui ! Le désir avait joué un grand rôle. Et la stupidité aussi. Daniels avait raison : il avait perdu toute objectivité et avait sans doute besoin d'un mois de vacances plutôt que d'une semaine – seul dans le désert, à l'abri de toute tentation. Il avait réfléchi avec son sexe et non avec sa tête, ce qui était une erreur fatale.

— Plutôt de la curiosité, en fait, répondit-il. Tu m'avais promis toutes sortes de choses intéressantes pour échapper à Leandro, et je voulais voir jusqu'où tu irais. Pour être franc, tu es allée beaucoup plus loin que je ne m'y attendais.

— Je ne l'ai pas fait pour ça ! martela-t-elle.

— Admettons. Si tu me disais tes vraies raisons, alors ? Parce que ça m'a tout l'air d'une tentative de corruption, ni plus ni moins.

En dépit de sa pose agressive – poings sur les hanches, menton en avant –, Pam parut décontenancée. Elle battit des paupières plusieurs fois, et il constata avec surprise que ses yeux s'emplissaient de larmes.

— Très bien. Là voilà la vraie raison : là où je vais, je n'aurai pas l'occasion de faire l'amour avec un homme avant, disons, dix ans au moins. Et puisque t'embrasser... et le reste... n'était pas totalement déplaisant, bien que tu sois flic, je me suis dit pourquoi pas ?

Elle le faisait marcher. John s'exhorta à la méfiance.

— Un peu comme la dernière cigarette du condamné à mort ?

— Eh bien, tu aurais pu te dispenser de la comparaison, mais... oui, il y a de ça.

— Je vois... Je suppose que t'embrasser a ses avantages. Tant que ta jolie petite bouche est occupée, tu ne me racontes pas de mensonges.

— Je t'ai dit la vérité ! Sur tout !

— Tu rigoles ? Tu n'as pas dit un seul mot de vrai depuis que je t'ai rencontrée ! Tu m'as menti, tu as volé ma voiture et tu as tiré dessus...

— Tu es vraiment un crétin ! Ne me dis pas qu'on te *paie* pour résoudre des crimes !

Ses mots résonnèrent dans la forêt et revinrent aux oreilles de John, amplifiés par l'écho.

— Réfléchis un peu ! enchaîna-t-elle. Si c'était moi qui avais tiré sur cet employé, ce n'est pas ta voiture que j'aurais prise pour cible, c'est *toi* !

Sidéré, John se contenta de la fixer.

— Maintenant, fichons le camp, reprit-elle en s'essuyant les yeux sur sa manche. J'en ai par-dessus la tête de cette maudite forêt. Plus tôt j'en aurai fini avec les empreintes, la fouille corporelle et tout le reste, mieux ça vaudra.

Tournant les talons, elle se mit en marche sans un regard en arrière. John demeura cloué sur place, les yeux rivés sur elle.

Lorsqu'elle avait tiré sur sa voiture, la veille, il en avait immédiatement conclu qu'elle était cinglée. Il était si furieux qu'il n'avait pas pris la peine de se demander pourquoi elle avait choisi de dégommer son véhicule plutôt que lui. Il lui aurait suffi de lui loger une balle dans la jambe, pour le neutraliser. Elle n'aurait plus eu qu'à grimper dans sa voiture et à disparaître.

Mais elle ne l'avait pas fait.

Il se secoua et la suivit à distance, submergé par une avalanche de doutes. Il avait lu bien des choses dans ses yeux bleus, mais il devait s'avouer que le mensonge n'en faisait pas partie.

« Ce n'est qu'un stratagème, essaya-t-il de se convaincre. Livre-la aux autorités, et basta ! »

La décision d'emmener Pam en prison ne lui appartenait pas. Un autre flic l'avait déjà prise à sa place. Et à en juger par les preuves accumulées contre elle, il avait eu raison. Lui-même n'était là que pour la ramener là où elle aurait dû se trouver. C'était simple, clair, sans équivoque. Alors pourquoi, lorsqu'il regardait Pam, tout lui paraissait-il si confus ?

Peut-être parce que, tout à coup, il commençait vraiment à se demander si elle ne disait pas la vérité.

Jamais, de toute sa vie, Pam n'avait éprouvé une telle gêne. Jamais elle ne s'était jetée à la tête d'un homme comme elle venait de le faire avec John. Et qu'il la repousse et se moque d'elle en suggérant qu'elle tentait de le soudoyer avait été le comble de l'humiliation.

Non. Le comble de l'humiliation, ç'avait été cet aveu pathétique des raisons qui l'avaient poussée à se conduire ainsi.

Il se tenait là, son corps musclé pressé contre le sien, et soudain elle avait éprouvé un besoin irrésistible de chaleur, de sexe, de passion, parce qu'elle savait qu'elle allait en être privée pendant de longues années. Elle rougit au souvenir de sa bouche sur la sienne, de ses mains sur ses seins, des sensations inouïes que ses caresses avaient fait naître en elle.

Le fait de se remémorer ces instants la troublait et la mortifiait à la fois, à présent qu'elle savait qu'il n'était pas sincère. Mais même s'il avait voulu faire l'amour avec elle, ç'aurait été une erreur idiote. Elle n'avait évidemment pas de préservatifs sur elle, et lui non plus sans doute. Serait-elle allée jusqu'au bout, de toute façon ? Aurait-elle brisé le serment qu'elle s'était fait à elle-même concernant le sexe ?

Ils marchèrent en silence pendant une heure et demie avant d'atteindre la route. À un moment, ils croisèrent une camionnette rouillée, mais John eut beau agiter les bras et se jeter pratiquement sous ses roues, le chauffeur refusa de s'arrêter. L'incident déclencha chez lui un accès de rage agrémenté d'une avalanche impressionnante de jurons.

L'après-midi était bien avancé lorsqu'ils émergèrent sur la nationale. Sans un mot, John prit la direction du restaurant minable où elle l'avait séduit la veille.

Ils atteignirent bientôt le sommet de la colline et le *Red Oak Diner* apparut. Pam, soudain prise de vertige et d'angoisse, crut qu'elle allait s'évanouir là, au bord de la route. John, elle le savait, s'arrêterait à la première cabine téléphonique, appellerait des renforts, et son destin serait scellé.

Elle avait envie de pleurer. De s'enfuir. De le supplier de ne pas la livrer à ses collègues, mais de l'aider, pour l'amour du ciel, parce qu'elle ne connaissait absolument personne d'autre au monde vers qui se tourner. Elle lui coula un regard. Il marchait, stoïque, le visage empreint d'une détermination toute policière, comme s'ils n'avaient pas partagé des moments d'intimité intense quelques heures plus tôt. Il était flic jusqu'au bout des ongles, comprit-elle, et il n'allait pas annuler son aller simple pour la prison juste parce qu'elle se tuait à lui répéter qu'elle était innocente.

Ou parce qu'elle voulait qu'il lui fasse l'amour.

Ils arrivèrent au parking, et elle ne put supporter le silence plus longtemps. Vu les circonstances, le sarcasme n'était sans doute pas la meilleure des tactiques, mais c'était ça ou éclater en sanglots...

— Alors, John, quel est le programme, à présent ? Tu vas te mettre à la recherche de corde ou de ruban adhésif pour réduire à l'impuissance la dangereuse fugitive ?

Il la prit par le bras et la força à s'arrêter.

— Quand nous entrerons dans ce restaurant, tu t'assois au comptoir et tu te tais. Tu saisis ? Tu ne dis *rien*. Pas un mot. Compris ?

Elle ouvrait la bouche pour rétorquer lorsqu'elle réalisa que quelque chose avait changé. Sa voix.

Elle était grave et tendue, mais dépourvue de la colère et de l'animosité qu'il lui avait témoignées jusque-là.

Il ouvrit la porte et lui fit signe d'entrer, puis il lui désigna un tabouret en vinyle déchiré. Ils furent accueillis par le type de la veille – un homme joufflu, au crâne dégarni et à la panse rebondie.

— Hé ! Salut, John !

Le visage de ce dernier s'éclaira d'un grand sourire amical.

— Salut, Harley.

Pam cligna des yeux, stupéfaite. John souriait ? Elle aurait pourtant juré qu'il souffrait d'une paralysie faciale qui l'en empêchait. Mais elle devait se rendre à l'évidence : il affichait un sourire superbe, éblouissant, irrésistible, si sexy et attachant qu'elle ne pouvait en détacher son regard. Il prit place sur le tabouret à côté d'elle avec une grâce nonchalante, comme s'il était passé boire un café.

Harley les regarda tour à tour, jovial.

— Alooors... vous avez passé une bonne soirée ?

La question flotta dans l'air pendant ce qui sembla une éternité à Pam. Elle attendit que le couperet s'abatte, que John explique qui elle était et où il l'emmenait. Au lieu de cela, il se tourna vers elle, la gratifiant de son fabuleux sourire, cette fois si plein de sous-entendus brûlants qu'elle se sentit fondre sous sa chaleur. Puis il lança à Harley un regard complice.

— Une bonne soirée ? répéta-t-il en glissant le bras autour des épaules de Pam. À ton avis, Harley... ?

Abasourdie, Pam demeura immobile, les yeux écarquillés, songeant qu'elle devait donner l'impression d'être ce pour quoi John souhaitait la faire passer, à savoir, une blonde sans cervelle, mais douée au lit.

— À mon avis, tu as drôlement de la chance, répondit Harley.

Il se pencha vers John et ajouta, un ton plus bas :

— On dirait qu'elle aime se faire chahuter, hein ?

John le regarda sans comprendre. Harley pointa le doigt sur son œil enflé, tandis qu'une lueur égrillarde s'allumait dans ses prunelles.

— Euh… ouais, dit John, adressant à Pam un regard éloquent. Disons que ç'a été un peu agité…

C'était le moins qu'on puisse dire.

Harley pianotait sur le comptoir.

— Hé, ma chérie. T'as jamais pensé à fréquenter un homme plus âgé ? Je ne suis peut-être pas aussi beau que John, mais pour ce qui est de l'expérience, c'est autre chose. Toi et moi, on pourrait…

Il ne termina pas sa phrase, à demi assommé par le coup que Marva venait de lui assener sur le crâne à l'aide de son carnet de commandes.

— Je t'en ficherais, de l'expérience, vieux dégoûtant !

Il se frotta la tête.

— Marva, espèce de vieille sorcière ! Je devrais te…

— Tu devrais filer dans la cuisine et me réparer ce maudit lave-vaisselle qui est encore en panne ! Voilà ce que tu devrais faire !

Harley marmonna une insulte et obtempéra, tandis que sa femme se tournait vers Pam avec un sourire charmant.

— Ne faites pas attention à mon mari, trésor. Il aboie mais ne mord pas.

Pam n'en revenait toujours pas. Pourquoi John n'avait-il rien dit ?

— Nous avons eu des ennuis de voiture au chalet, expliqua-t-il. On est venus à pied. J'aurais besoin d'appeler un dépanneur. Je peux téléphoner d'ici ?

— Mais bien sûr! répondit Marva, désignant l'appareil posé à l'autre bout du comptoir. Appelle Stan, à Winslow. Il va te réparer ça en deux coups de cuillère à pot.

— Merci, Marva. Hum, ça sent bon. Qu'est-ce que tu as préparé?

— Une daube.

— Parfait. Tu peux nous en apporter deux assiettes?

Il jeta un regard à Pam et lui fit un clin d'œil.

— Alice et moi avons oublié de dîner hier soir...

Alice?

Pam haussa les sourcils. Qui était...? Bon sang, à quel jeu John jouait-il donc?

Marva donna à John le numéro du garage. Il se dirigea vers l'appareil pendant que cette dernière regagnait la cuisine. Elle revint aussitôt avec deux assiettes fumantes, et Pam dut se retenir pour ne pas se jeter dessus.

— Alors, trésor? chuchota Marva. C'était bien?

Pam la considéra un instant, avant de saisir à quoi elle faisait allusion. Elle jeta un coup d'œil à John, qui discutait au téléphone, mais ne la quittait pas des yeux. Il lui avait recommandé de ne pas parler. Tant qu'elle n'était pas sûre d'avoir bien compris la situation, mieux valait suivre son conseil.

Elle se tourna vers Marva, et se contenta de lui adresser un sourire radieux en arquant les sourcils d'un air suggestif.

Marva sourit à son tour jusqu'aux oreilles.

— Je le savais! À la minute où il est entré ici...

Elle agita son carnet tel un éventail, comme si sa température venait de grimper en flèche.

— Franchement, si j'avais vingt ans de moins, je dirais à Harley d'aller se faire cuire un œuf et je suivrais cet homme-là au bout du monde!

Pam jugea inutile de lui faire remarquer qu'elle avait tapé sur la tête de celui-ci pour avoir fait précisément le même genre de remarque. Au bout de quelques minutes, John revint s'asseoir près d'elle. Elle lui lança quelques regards interrogateurs, qu'il prit soin d'ignorer. Y avait-il un espoir ? S'il avait raconté la vérité à ces gens, il n'aurait pas d'autre choix, à présent, que de la livrer. En l'état actuel des choses, cependant, personne ne savait qu'elle était en fuite. Elle n'était pas même certaine qu'ils sachent que John était flic.

Cela signifiait-il qu'il hésitait ?

Ils venaient de terminer leur repas lorsque Stan arriva avec la dépanneuse. John régla l'addition et ils sortirent du restaurant.

— Pourquoi tu ne leur as rien dit, murmura-t-elle dès qu'ils eurent franchi la porte.

— On n'est pas à la télé. Je ne vois aucune raison de perturber la bonne marche d'un commerce si je peux l'éviter.

Il parlait avec conviction, mais son argument ne tenait pas la route. Ils étaient les seuls clients, par conséquent, ils n'auraient pas vraiment « perturbé » la bonne marche du commerce. De plus, il y avait fort à parier que si Harvey avait su qu'elle était en cavale, il aurait ouvert deux bières pour Marva et lui, se régalant à l'avance du succès qui serait le leur quand ils raconteraient cette histoire à tous les ploucs de la région.

Alors, pourquoi John s'était-il tu ?

— Vous êtes Stan ? demanda ce dernier au type en salopette tachée de graisse qui descendait du camion.

— Ouais. Où est votre voiture ?

— Au bord du lac Shelton.

— Montez.

Stan se retourna vers le camion. John prit le bras de Pam et ils contournèrent le véhicule.

— Mon conseil tient toujours, souffla-t-il. Pas un mot.

Elle grimpa dans la cabine et s'installa sur la banquette en skaï défoncée.

Soudain, une pensée affreuse lui vint à l'esprit. Et si John lui donnait de faux espoirs pour qu'elle se tienne tranquille ?

Non. Cela n'avait aucun sens, raisonna-t-elle. À présent qu'ils avaient rejoint la civilisation, il pouvait la ligoter et la bâillonner, si ça lui chantait, et la déposer comme un sac de linge sale sur les marches du commissariat de Tolosa.

Mais telle ne paraissait pas être son intention.

— Vous avez quoi comme problème avec votre voiture ? s'enquit Stan en démarrant.

— Alice s'entraînait un peu au tir. Elle a perdu le contrôle de la situation.

Stan sourit.

— Elle a touché la voiture ?

— J'en ai peur.

— Un pneu ?

— Le radiateur.

— Pas malin de mettre une arme entre les mains d'une femme, observa Stan. J'en ai jamais rencontré une seule capable d'atteindre le mur d'une écurie !

« Encore un sexiste abruti », songea Pam tout en lui décochant un sourire charmant.

— En fait, Stan, je tire très bien.

— Vous rigolez ? s'esclaffa-t-il avec un rire d'hyène. Vous avez touché le radiateur de la voiture !

— C'était le radiateur que je visais.

John posa la main sur la cuisse de Pam et la pressa fermement.

— Alice...

— Parce que je ne pouvais pas supporter l'idée de tirer sur… la cible.

John lui lança un bref coup d'œil, puis se détourna. Il relâcha la pression sur sa cuisse, mais sa main s'y attarda.

La voix de Pam devint un murmure.

— Et je crois que la cible sait pourquoi.

Il fléchit légèrement les doigts, presque comme une caresse, refusant toujours de la regarder.

— Même si c'est le cas, dit-il doucement, cela ne la libère pas de ses responsabilités.

Pendant un instant Pam se demanda ce qu'il voulait dire. Lorsqu'elle comprit enfin, une horrible angoisse lui broya la poitrine. Il ne suffisait pas que John la croie. Il devait aussi faire un choix entre protéger sa carrière et sa réputation ou la protéger, elle. Et ce n'était pas elle qu'il choisirait.

Elle aurait beau essayer de gagner du temps, le supplier, prier le ciel, elle n'avait aucune chance. Il n'avait pas révélé qu'elle était en fuite, certes, mais cela ne signifiait pas qu'il avait l'intention de la laisser partir. Peut-être était-ce sa façon à lui de lui permettre d'avoir un semblant de vie normale jusqu'au dernier moment.

Elle résolut soudain de ne pas contraindre John à la traîner de force au commissariat. Il lui offrait la seule chose qu'il ait à lui offrir, un peu de dignité, et elle allait l'accepter.

— Je ne te causerai plus d'ennuis, murmura-t-elle. Fais ce que tu dois faire.

Puis elle tourna la tête et regarda les pins à travers la vitre, songeant qu'elle aurait peut-être quarante ans avant d'en voir à nouveau. Bientôt la main de John quitta sa cuisse, emportant avec elle le dernier vestige d'espoir qui lui restait.

Il fallut près de trois heures à Stan et à ses employés pour dénicher le radiateur adéquat et l'installer. John et Pam passèrent donc le plus clair de l'après-midi sur les chaises en plastique du garage, à inhaler des gaz d'échappement et de la fumée de cigarettes sans échanger plus de deux mots.

À 6 h 30, ils avaient repris la route, et il était près de 9 heures lorsque John s'engagea sur la bretelle de sortie menant à Tolosa. Le cœur de Pam battait si douloureusement qu'elle se demanda si elle n'allait pas avoir une crise cardiaque.

John était visiblement tendu à craquer. Éprouvait-il une quelconque compassion envers elle ? Depuis une heure, il gardait les yeux fixés droit devant lui sur la route, le visage fermé.

Il tourna à gauche et prit la direction du commissariat central. La nuit était tombée sur la ville. Pam posa les mains sur ses genoux, et s'aperçut qu'elle tremblait. Elle avait peur. Elle était même terrorisée. Elle glissa les mains sous ses cuisses pour faire cesser le tremblement, et prit une profonde inspiration, qui ne l'apaisa absolument pas. Elle savait ce qui l'attendait au commissariat, parce qu'elle était déjà passée par là. Bien sûr, elle ne connaissait pas le dernier flic qui l'avait arrêtée, un type anonyme, au visage de marbre. Elle ne l'avait pas embrassé, ne l'avait pas désiré si fort qu'elle avait failli s'évanouir. C'était un inconnu sans nom qu'il lui avait été facile de haïr. Rien à voir avec John, ni avec les sentiments confus qu'il éveillait en elle.

Devant eux, le feu passa au rouge, et John ralentit, puis s'immobilisa. Pam aperçut au loin le petit bâtiment de brique rouge du commissariat. Ses yeux s'embuèrent.

Non, elle ne pleurerait pas. Elle ne le supplierait pas. En revanche, elle allait peut-être vomir. C'était même probable. Elle renifla un peu et s'essuya furtivement les yeux. En vain. Les larmes commencèrent à ruisseler sur ses joues.

John regardait toujours droit devant lui, impassible, mais ses doigts, crispés sur le volant, étaient devenus blancs.

— Ne pleure pas.

Il avait prononcé ces paroles avec dureté, entre ses dents serrées, et les larmes de Pam coulèrent de plus belle. Elle sentait la colère de John, et voulait lui obéir, mais elle en était incapable.

Le feu passa au vert, et le cœur de Pam bondit.

Une seconde s'écoula. Puis une autre.

John ne bougea pas.

Le conducteur derrière lui se mit à klaxonner, mais John demeura immobile, le regard fixe, les doigts serrant le volant, puis le relâchant légèrement, avant de le serrer de nouveau. Il avait remonté ses manches jusqu'au coude, et les muscles de ses avant-bras saillaient à chaque contraction de ses mains.

Derrière lui, le conducteur s'acharnait sur son klaxon. Mais John semblait ne pas l'entendre.

Il jeta un coup d'œil à droite, vers Wilmont Street, puis se tourna vers Pam, et plongea son regard sombre dans le sien. Elle battit des paupières. Une larme roula le long de sa joue, qu'elle arrêta du bout du doigt avant qu'elle ne tombe.

Le concert d'avertisseurs reprit derrière eux. John lâcha un juron, écrasa l'accélérateur, et bifurqua brutalement dans Wilmont Street. Pam se cramponna à la portière. En quelques secondes, il avait atteint la vitesse limite, et il continuait à foncer.

Dans la direction *opposée* à celle du commissariat.

— John ?

— Pas un mot.

— Mais...

— Tu veux aller en prison ?

— Bien sûr que non, mais...

— Alors pas un mot !

Pas de problème, songea Pam, qui aurait volontiers accepté une ablation des cordes vocales si cela pouvait lui éviter d'aller en prison.

John conduisit pendant un bon moment, et finit par pénétrer dans Tolosa Heights, un quartier tranquille. Puis il tourna dans James Street, une rue bordée de maisons en brique construites dans les années cinquante. Il ralentit, leva la main et attrapa un boîtier de télécommande coincé sur le pare-soleil. Il engagea la voiture dans l'allée du numéro 150, une charmante maisonnette en brique avec des volets noirs et une haie de myrtes le long du trottoir.

Il appuya sur le bouton de la télécommande et la porte du garage s'éleva lentement. Il pénétra à l'intérieur, actionna la fermeture de la porte, coupa le contact. Le silence était total.

— Où sommes-nous ?

— À la maison.

— De qui ?

— La mienne.

Pam en resta sans voix. John l'avait conduite chez lui ?

— Pourquoi ?

Sans répondre, il la fit descendre de voiture, ouvrit la porte de derrière et la mena à la cuisine. La pièce était équipée des placards d'origine, jaune pâle. Il lui ordonna de retirer ses chaussures boueuses, et l'imita. À peine s'était-elle exécutée qu'il la prit par le bras et l'entraîna à travers le salon. Elle eut le temps de remarquer quelques aménagements récents – des parquets vitrifiés, des stores et quelques tapis – avant qu'il la pousse dans le couloir, puis la fasse entrer dans une chambre. La sienne, apparemment, meublée seulement d'une commode, d'une armoire et d'un lit recouvert d'un couvre-lit bleu marine.

Il s'empara d'un objet placé sur la commode. Le cœur de Pam bondit dans sa poitrine.

Des menottes.

Avant qu'elle ait eu le temps de réagir, il referma l'un des cercles de métal autour de son poignet gauche.

— John. S'il te plaît... Je te promets que je n'essaierai pas de m'enfuir !

— Si, tu le feras. À la première occasion.

Il la conduisit vers le lit, la força à s'asseoir, puis glissa l'autre menotte autour d'un des barreaux de la tête de lit.

— Je t'en prie, John. J'ai déjà passé toute la nuit dernière attachée !

— Bien. Je t'emmène en prison. Il y a un charmant petit coin qui t'attend. Tu n'auras pas besoin de porter de menottes !

— Non ! Je ne sais pas où j'avais la tête... Ces menottes sont très jolies.

— Je savais que tu comprendrais, dit-il en se dirigeant vers la porte.

— Hé ! une seconde ! Où vas-tu ? Tu ne peux pas m'abandonner comme ça !

Il quitta la pièce en claquant la porte.

— John !

Le bruit de ses pas décrut peu à peu, laissant place au silence.

Pam baissa les yeux sur son poignet menotté, puis regarda la porte.

Elle n'y comprenait plus rien.

9

John fonça à la cuisine, fouilla dans le placard voisin du réfrigérateur, et finit par localiser le flacon d'aspirine. Il en avala trois cachets avec un grand verre d'eau dans l'espoir de se débarrasser de la migraine qui lui martelait les tempes depuis leur départ de Winslow.

Il s'écroula sur le canapé du salon, s'efforçant de se rappeler précisément quelle peine il encourait pour abriter une personne recherchée. Quelle qu'elle soit, elle risquait d'être méchamment aggravée si le coupable était un flic. Et il avait beau essayer de toutes ses forces de se persuader qu'il ne venait pas de commettre une bêtise monumentale, c'était peine perdue.

Sa première erreur de jugement avait été de ne pas attacher Pam lorsqu'il en avait eu la possibilité, chez Harley. La seconde, de l'appeler par son faux nom. La dernière – et la pire –, de tourner à droite dans Wilmont Street.

Il n'avait aucune idée de ce qu'il allait faire à présent. Si une personne, une seule, découvrait qu'il cachait une fugitive, sa carrière était fichue. Et pourtant, en cet instant, alors qu'il n'aurait dû songer qu'à la ramener au poste, il ne pouvait détacher ses pensées de ce qui s'était passé entre eux dans la forêt. L'expérience avait été si intense, si passionnée, si inoubliable qu'il ne doutait pas de s'en souvenir jusqu'aux premiers assauts de la sénilité.

Puis il pensa à son père.

Joseph DeMarco l'observait sans doute de là où il se trouvait, regrettant que la frontière entre la vie et la mort l'empêche d'attraper son rebelle de fils par la peau du cou pour lui flanquer une rossée, histoire de lui remettre les idées en place. D'abord, il avait pété un plomb quand ce petit voyou avait été déclaré innocent, et maintenant, il gardait une fille soupçonnée de braquage menottée à son lit. Dans un cas comme dans l'autre, les circonstances atténuantes n'auraient pas pesé lourd aux yeux de son père.

Il l'entendait encore : *Il n'y a pas d'explication qui tienne. Il y a le bien et il y a le mal, point final.*

Son père ne s'était jamais embarrassé de paroles : il allait droit au but, puis droit au ceinturon. John se souvint qu'une nuit, à seize ans, il était rentré en retard après avoir aidé un copain à démarrer sa voiture dont la batterie était à plat. Un retard est un retard, avait décrété son père, et une pluie de coups s'était abattue sur John.

Ses frères, Alex et Dave, s'accommodaient chacun à leur façon de cette définition étroite du bien et du mal. Dave avait recours à la résistance passive, et subissait stoïquement les punitions, tandis qu'Alex était devenu si semblable à son père qu'il était rarement puni. John, quant à lui, n'était jamais parvenu à les imiter et avait passé son adolescence à osciller entre l'amour et la haine, se demandant s'il réussirait un jour à lui donner satisfaction.

Jusqu'ici, la réponse était négative.

Plusieurs fois, John fut tenté d'aller chercher Pam, pour la remettre sans tarder à ses collègues. Mais une question l'assaillait aussitôt : et si elle était innocente ? Il tentait de contrer l'argument en se rappelant que la décision ne lui appartenait pas, mais il finit par aboutir à la conclusion qu'il ne pourrait la livrer la conscience tranquille qu'à une seule condition : qu'il soit convaincu de sa culpabilité.

Dans la forêt, elle avait voulu parler. Raconter son histoire. Plaider sa cause.

Peut-être le moment était-il venu de l'écouter.

Pam essaya de faire le point sur la situation, de donner un sens à tout cela, puis y renonça. Peu importait John ce que mijotait. L'important était qu'il y avait une petite lueur d'espoir. Il devait la croire, du moins un peu, sinon elle serait déjà derrière les barreaux.

Elle promena le regard autour de la pièce. Une chambre de célibataire typique, jonchée de vêtements abandonnés au hasard, le lit défait, des meubles qui paraissaient provenir des puces. À en juger par la couche de poussière qui recouvrait la commode, le ménage n'était pas vraiment une priorité.

Plusieurs cadres contenant des photos y étaient posés. L'une représentait un couple âgé, la deuxième une jolie brune d'environ trente-cinq ans, la dernière une photo de groupe sur laquelle John figurait – avec dix ans de moins –, entouré de gens souriants.

Des photos de famille.

Une sensation étrange envahit Pam. L'homme avec qui elle était en conflit depuis vingt-quatre heures avait une vie personnelle. Une famille. Un passé. Il n'avait pas débarqué sur la planète Terre en uniforme de flic pour sauver Tolosa des méchants.

Elle contempla longuement les photos, et se demanda s'il en gardait aussi dans son portefeuille. Puis elle pensa au contenu du sien, sans doute aux mains du gérant du *Flamingo Motel*. Il avait dû y trouver huit cent cinquante dollars et une photo idiote prise avec Paula à la fête foraine, deux ou trois ans plus tôt. Sinon, rien. Sa famille se limitait à une mère alcoolique dont elle ne tenait pas à se souvenir.

Elle se laissa aller contre l'un des oreillers, et poussa un soupir las. Cette marche forcée à travers la forêt l'avait épuisée.

Dormir. Elle avait besoin de dormir.

Elle sommeillait à demi lorsque la porte de la chambre s'ouvrit en grinçant. Elle se redressa brusquement, John se tenait dans l'encadrement.

— Tu as faim ?

L'estomac de Pam gronda, lui fournissant la réponse.

— Euh… oui. Un peu.

Il lui ôta la menotte.

— J'ai fait réchauffer de la soupe. Viens manger.

Elle se leva péniblement, les jambes flageolantes, les muscles douloureux.

— Mais d'abord, reprit John, voici les règles. Quand tu n'es pas attachée, tu ne t'éloignes pas de moi. Sinon, je te livre à la police. Si quelqu'un sonne à la porte, je t'enferme dans cette chambre. Si tu fais le moindre bruit, je te livre. Si tu essayes le même genre de truc que dans la forêt, je te livre. En deux mots, si quelqu'un s'aperçoit que tu es ici, je risque mon boulot, sans parler d'une condamnation pour avoir hébergé une fugitive. Je ferai tout pour que cela ne se produise pas. *Tout*, tu m'entends ?

Pam déglutit avec peine et hocha la tête.

— Et si je te livre, et que tu mentionnes quoi que ce soit, je nierai en bloc, et ferai tout ce qui est humainement possible pour que tu sois condamnée. Compris ?

Le ton de John était sans réplique de John, et Pam sentit son cœur battre à coups redoublés. Mais elle comprenait. Elle pouvait se plier aux règles. Accepter d'être captive. Et même manger des vers de terre et faire le poirier dans un coin si cela lui permettait d'échapper à la prison.

— Oui. Je comprends.

John fit un bref signe de tête, puis la conduisit à la cuisine. Avec sa permission, elle alla se laver les mains avant qu'ils prennent place à table, devant deux bols de soupe chinoise au poulet. Ils mangèrent en silence puis, quand ils eurent terminé, il déposa la vaisselle dans l'évier. Il revint s'asseoir près d'elle, et posa le pied sur l'un des barreaux de la chaise en face. Cette fois, il s'était muni d'un bloc et d'un stylo.

— Bon. La nuit du braquage… Je veux que tu me racontes ta version de l'histoire.

Pam le considéra avec surprise.

— Tu veux… tu veux vraiment entendre ce que j'ai à dire ?

Il fronça les sourcils.

— C'est ce que je viens de dire, non ?

— Oui, mais…

— Ce matin dans la pinède, tu voulais parler, il y a un problème maintenant ?

— Non ! Pas de problème ! Aucun !

Elle prit une profonde inspiration, posa les coudes sur la table et s'éclaircit la voix.

— Bon. Ce soir-là, j'avais appris que j'avais obtenu une promotion. Le propriétaire du restaurant où je travaille m'avait nommée directrice adjointe. Il y avait tellement longtemps que je désirais ce poste que j'ai eu envie de fêter l'événement. Alors, je suis rentrée chez moi un peu plus tôt que d'habitude et j'ai appelé mon amie Paula. Et puis je me suis souvenue qu'elle passait le week-end au Hilton avec son petit ami, Tom. Donc, j'étais seule pour fêter ça.

— À quelle heure le vol a-t-il eu lieu ?

t vers 10 h 15. Je ne l'ai rencontré que vers heures.

— Combien de temps lui as-tu parlé ?

— Quelques minutes seulement.

— Tu dis qu'il habite dans un autre bâtiment. -il traversé le parking où se trouvait ta voiture ur entrer dans ton immeuble ?

Pam réfléchit un instant.

— Oui.

— Bon. S'il a fait quelques allées et venues dans n immeuble ce soir-là, il est possible qu'il ait marqué quelque chose. Quelqu'un dans le parking. rès de ta voiture. Il a été interrogé ?

— Pas à ma connaissance.

— Tu ne leur as pas parlé de lui ?

— Si, mais personne n'a voulu m'écouter. Ils vaient déjà leur suspect, ajouta-t-elle avec amerıme. Et mon avocat a dit que c'était sans imporınce puisque les heures ne correspondaient pas de ute façon.

— Si Steve savait quelque chose, serait-il assez ncunier pour ne rien dire ?

Pam secoua la tête.

— Je ne sais pas. Nous avons eu des désaccords, ais je ne crois pas qu'il soit capable de me nuire ibérément.

— Malgré le coup de genou ?

— Il l'avait mérité.

— Là n'est pas la question, Pam. Il se tairait, oui non ?

am poussa un soupir, regrettant à présent de ne avoir eu recours à une méthode un peu plus ce pour expliquer son point de vue à Steve.

Je n'en sais rien.

Bon. Et toi, comment crois-tu que le tout ait ri dans ta voiture ?

— Vers 10 h 15, paraît-il.

— Dans quel magasin ?

— Le *Handi-Mart* dans Griffin Street. C'est à quelques minutes de chez moi.

John prit quelques notes.

— Où étais-tu à cette heure-là ?

— Chez moi.

— Tu as vu quelqu'un ? Passé un coup de téléphone ?

— Non. J'ai regardé un vieux film nul à la télé.

— Et puis tu es sortie ?

— Oui.

— À quelle heure le flic t'a-t-il arrêtée ?

— Un peu après 11 heures.

John nota l'information.

— Que faisais-tu dehors à cette heure-là ?

Pam soupira.

— J'allais acheter de la glace.

— De la glace ? répéta John, perplexe.

— Oui. Je sais que cela paraît idiot, mais c'est vrai. Je n'avais que *Ben & Jerry* avec qui fêter l'événement.

— Donc, tu n'as vu personne entre le moment où tu es rentrée du travail et celui où tu es ressortie.

— Non. Enfin, à part Steve Garroway.

— Qui est-ce ?

— Mon ex-petit ami. Nous avons rompu il y a quelques mois.

— Il est venu chez toi ?

— Non. Je l'ai croisé dans le couloir.

— Vers quelle heure ?

— Il était presque 11 heures.

— Quarante-cinq minutes après le braquage.

— Oui. Il sortait de l'appartement de Tom…

— Tom ?

— L'ami de Paula. Celui dont je t'ai parlé. Tom habite au même étage que moi.

— Steve aussi ?

— Non. Il a déménagé il y a quelques mois. Il habite toujours la même résidence, mais un autre immeuble. Tom et lui sont cousins.

— Alors que faisait-il chez Tom ?

— Il s'occupait de son chat en son absence. Ça lui arrive de temps en temps.

— Tu as parlé à Steve ?

— Oui, répondit Pam en baissant les yeux. Ou plutôt, c'est lui qui m'a parlé.

— De quoi ?

— On est vraiment obligés d'entrer dans ces détails ?

— Non, Pam. On n'est pas obligés. Je peux t'emmener au poste, et tu répondras à leurs questions à la place.

À la simple mention du poste, elle se sentit soudain prête à lui raconter sa vie.

— Je suis désolée, murmura-t-elle. Steve est un garçon plein de charme, intelligent, séduisant, mais il a un ou deux défauts que je trouve insupportables.

— Exemple ?

— Il n'a aucune ambition. Il travaille comme DJ dans différentes boîtes de Colfax Street. Il a toujours prétendu que c'était temporaire, mais j'ai vite compris qu'il n'avait pas l'intention de faire autre chose. En plus de cela, c'est un joueur. Tout son argent y passe.

— C'est pour cela que vous avez rompu ? À cause de son boulot ?

— On en serait venu là de toute façon.

— Mais ce n'était pas la vraie raison ?

Pam hésita, se demandant si tout cela avait de l'importance.

— Non. La vraie raison, c'est qu'au bout de deux mois, il pensait que nous devrions coucher ensemble.

J'ai refusé. Quand il a compris que je n
pas, il est parti.

John prit des notes et Pam se demar
avait jugé important. Le fait qu'elle ne c
avec n'importe qui ? Étant donné les a
qu'il lui avait lancées dans la forêt, il a
doute du mal à la croire.

— Que s'est-il passé entre vous cette n

— Steve a suggéré que nous sortions
de nouveau. Je n'en croyais pas mes oreill
qu'il avait été stupide, qu'il n'avait jamais
fille comme moi... Je savais qu'il mentai
paraissait si sincère que j'ai failli le croire.

— Failli ?

— Jusqu'au moment où il a proposé q
allions chez moi pour... discuter.

Pam prononça ce dernier mot sur le ton
tif que Steve avait employé tandis qu'il la
contre le mur et la dévorait des yeux. Elle
déduit que Rhonda, sa nouvelle amie, l'avait
balader ce soir-là.

— Il n'avait pas l'intention de discuter,
continua Pam. Il avait le culot de s'imag
j'allais coucher avec lui !

— Qu'as-tu fait ?

— Disons que la nature n'a pas donné d
aux femmes pour rien. Il était toujours pl
quand je suis entrée dans l'ascenseur.

— Donc, vous ne vous êtes pas vraim
en bons termes.

— Pas vraiment. Pourquoi me poses-t
questions ? Ça n'a rien à voir avec le br

— Non, avec ton alibi seulement. Je
dais si Steve serait prêt à témoigner
Mais, après ton geste, j'en doute.

— Peu importe. Mon avocat m'a
Steve ne pouvait me servir d'alibi. Le

— Je te l'ai déjà dit. Les portières ne ferment pas. N'importe qui aurait pu le laisser là. Et puis, réfléchis ! Il faudrait vraiment que je sois complètement idiote pour me promener avec un revolver et tout cet argent à la vue de tous ! Si j'avais fait le coup, tu ne crois pas que je me serais montrée un peu plus maligne ?

John ne réagit pas. Il n'exprimait aucune opinion. Il se contentait de la cuisiner, nota Pam, exaspérée.

— Y a-t-il des femmes qui auraient pu t'en vouloir ? Des blondes ?

— M'en vouloir ?

— En d'autres termes, Pam, as-tu des ennemies ?

Elle songea à Rhonda. Une blonde décolorée et siliconée, doublée d'une vraie garce. Rhonda ne comprenait pas comment Steve avait pu lui préférer Pam, et elle n'avait cessé de considérer celle-ci comme une menace. Sa jalousie était certes légendaire. Mais de là à commettre un vol et à en faire accuser Pam...

— Il y a Rhonda, la nouvelle amie de Steve. Elle ne m'aime pas. Elle a toujours peur que je ne le lui reprenne ! Mais je ne l'imagine pas vraiment faire une chose pareille.

— Tu en es sûre ?

— Euh... oui. C'est un moyen plutôt radical de se débarrasser d'une rivale, non ?

— Il y a des gens qui vont jusqu'au meurtre. Elle est blonde ?

— Elle change de couleur toutes les semaines !

— Aurait-elle un autre mobile pour commettre un vol ?

— Tu veux dire, en dehors du fait qu'elle prend de la coke et qu'elle est fauchée en permanence ?

— Elle en prend de temps en temps ou elle est accro ?

— Elle ne sort jamais sans sa dose.

John prit encore quelques notes, puis leva les yeux sur Pam.

— Réfléchis. Y a-t-il d'autres blondes dans l'immeuble qui te ressemblent assez pour qu'on vous confonde ?

— Les seules qui me viennent à l'esprit sont les prostituées du troisième.

John haussa un sourcil.

— Du moins, je suppose que ce sont des prostituées. Beaucoup d'hommes vont et viennent, et ils partent toujours le sourire aux lèvres !

— Quel est le numéro de l'appartement ?

— Trois cent dix-sept. Penses-tu qu'elles aient à voir avec cette histoire ?

— Je ne sais pas.

— Tu sembles penser que c'est quelqu'un de la résidence qui a commis le braquage.

— Vous êtes à quelques centaines de mètres du magasin. En général, les vols sont commis par des gens qui habitent le quartier. Si tout s'est passé comme tu le décris, et que le butin et l'arme ont été déposés dans ta voiture là-bas, il est possible que le coupable habite là.

Après une pause, John poursuivit.

— Comme il est possible qu'il habite à cent miles d'ici.

Ou que ce soit elle. Il ne prononça pas la phrase, mais les mots restèrent néanmoins en suspens entre eux.

John se concentra un instant sur ses notes, comme s'il était placé devant une énigme qu'il ne pouvait résoudre. Enfin, il demanda d'une voix lasse :

— Il y a autre chose ?

Elle comprit ce qu'il voulait vraiment demander. Pouvait-elle lui donner une raison de ne pas l'emmener sur-le-champ au commissariat ? Une raison de la croire ?

Et elle ne trouvait rien.

— Je... je ne sais pas quoi dire, murmura-t-elle.

Il pianota sur la table avec son stylo. Un long moment passa, pendant lequel elle n'entendit que ce bruit dans la pièce, à l'exception possible de son cœur qui battait la chamade dans sa poitrine.

— Je vais te poser une dernière question, Pam. Et je veux la vérité.

Elle attendit, les battements de son cœur atteignant 8,5 sur l'échelle de Richter. Il pianota encore un peu avec son stylo.

— Au chalet. Pourquoi n'as-tu pas tiré sur moi quand tu en as eu la possibilité ?

Parce qu'elle haïssait les armes à feu. Parce que tenir un revolver la terrorisait. Parce qu'elle n'aurait pas pu faire de mal à John, quelles que soient les circonstances.

Parce qu'elle était innocente.

— John, si tu ne connaissais pas la réponse à cette question, fit-elle, je ne pense pas que je serais ici maintenant.

Il la regarda longuement, l'air sévère. Elle pensa immédiatement qu'elle avait fait une erreur. La réponse ne lui suffisait pas, songea-t-elle, et pendant quelques secondes terribles, effrayantes, elle eut la vision de ce qui l'attendait : il allait bondir sur ses pieds et la traîner au commissariat.

Mais il lança négligemment son stylo sur la table et se leva.

— Bon. Ça suffit pour ce soir. Si tu veux prendre une douche, va dans la salle de bains attenante à ma chambre.

Une vague de soulagement envahit Pam.

— Alors... je... je reste ici ce soir ?

— Oui. Ce soir.

Il n'offrit pas davantage, et elle ne demanda pas davantage non plus.

— Ne te fais pas d'illusions. La fenêtre de la salle de bains n'ouvre pas. Et briser du verre fait beaucoup de bruit. Je l'entendrais par-dessus la douche. Ne ferme pas la porte à clé, sinon je l'enfonce.

— D'accord.

Elle aurait acquiescé à tous ses désirs. Après tout, elle n'aurait jamais rêvé d'avoir ce qu'il lui proposait ce soir : un endroit dépourvu de barreaux et une salle de bains privée.

— John ? demanda-t-elle prudemment. Que va-t-il m'arriver maintenant ?

— Nous parlerons de cela demain.

— Mais...

— Demain.

Pam n'insista pas, consciente qu'elle avait intérêt à ne pas abuser.

Il la mena à la salle de bains. Elle passa rapidement ses vêtements en revue : jean maculé de boue, aiguilles de pin collées sur le sweat-shirt.

— Tu as un lave-linge ?

— Ouais. Pourquoi ?

— Je n'ai pas d'autres vêtements. Cela t'ennuierait de les passer à la machine ?

Il lui décocha un regard stupéfait.

— Ce n'est pas un quatre-étoiles, ici, Pam.

— Enfin, John ! Regarde-moi !

Il ferma les yeux avec résignation.

— Bon, d'accord.

— Je vais avoir besoin de quelque chose à mettre en sortant de la douche.

En soupirant, John alla fouiller dans sa commode et revint avec une chemise en coton usagée. Pam s'enferma dans la salle de bains, et il patienta devant la porte, se demandant à quel moment il était devenu son domestique personnel. L'amener ici avait été suffisamment insensé. Voilà maintenant qu'il faisait sa lessive...

Un instant plus tard, la porte s'entrouvrit. Elle lui tendit son jean et son sweat-shirt par l'ouverture. Il les prit et fit mine de s'éloigner.

— John, attends !

Il pivota. Une petite culotte en satin rose et un soutien-gorge assorti se balançaient au bout des doigts de Pam. Il resta immobile, interdit.

— John ?

Elle agita les sous-vêtements. Durant quelques secondes, il regarda danser le satin, puis il s'en empara, essayant d'oublier qu'elle était nue derrière la porte.

Elle glissa un œil par la porte entrebâillée.

— Ne mélange pas le clair et le foncé. Ne lave pas le jean à l'eau chaude, sinon il va rétrécir et je ne rentrerai plus dedans. Et lave les sous-vêtements à l'eau froide. Si tu mets un peu d'adoucissant...

— Je n'ai pas d'adoucissant. Et je ne vais rien séparer du tout. Tes fringues se débrouilleront toutes seules.

— Vraiment, John ! C'est si difficile de... ?

Il lui lança un regard d'avertissement.

— D'accord, d'accord, s'interrompit-elle avec une moue, avant de refermer la porte.

Il jeta les vêtements dans la machine et la mit en marche. Il collerait le tout dans le sèche-linge le lendemain matin. Puis il alla chercher son téléphone portable dans la voiture et le brancha pour recharger la batterie. Enfin, il retourna dans la chambre et attendit, assis au bord du lit, que Pam sorte de la douche.

Il balaya la pièce du regard, notant au passage la poussière, les piles de prospectus publicitaires qui traînaient un peu partout, le lit en désordre. Les reproches de sa sœur Sandy lui revinrent à l'esprit. À l'écouter, sa maison était si mal tenue que s'il y ramenait une femme, elle déguerpirait sur-le-champ. Tel qu'il était parti, il serait encore célibataire à quarante-cinq ou cinquante ans. Et il l'aurait bien mérité.

Soudain, sans qu'il sache pourquoi, la présence de Pam le gênait. Sans doute parce qu'elle était la première femme à pénétrer dans sa chambre. Quand il fréquentait une femme, il se débrouillait pour aller chez elle dès qu'une perspective d'intimité survenait à l'horizon. Ainsi, il lui était beaucoup plus facile d'opérer un repli stratégique quand cela s'avérait nécessaire. Ce qui était, semblait-il, toujours le cas.

Mais il ne fréquentait pas Pam. Loin de là.

Il l'entendit fermer les robinets. Un instant plus tard, un bourdonnement bruyant s'éleva, et il devina qu'elle avait déniché le vieux sèche-cheveux sous le lavabo. Enfin, elle sortit de la salle de bains, et le cœur de John manqua un battement.

Elle devait mesurer environ un mètre soixante-dix, et la chemise qu'il lui avait prêtée ne lui arrivait qu'à mi-cuisse, révélant de longues jambes minces et bronzées. La masse de tissu des manches roulées au-dessus de ses coudes soulignait la finesse de ses avant-bras. Ses cheveux souples, légers, couleur de miel, scintillaient à la lueur de la lampe. Et elle ne portait absolument rien sous sa chemise... se rappela-t-il.

À la pensée qu'en s'agitant dans son sommeil, les pans de sa chemise pourraient s'écarter, la dénuder encore un peu plus, un flash de chaleur se diffusa le long de la colonne vertébrale de John.

Il lui fit signe de s'approcher.

— Tu peux dormir ici. Mais il faut que je te passe les menottes.

Elle émit un faible soupir suppliant.

— Je t'en prie, John. Je te jure que...

Il l'interrompit d'un geste.

— Assieds-toi.

Elle contourna le lit et s'y laissa tomber. Il prit la menotte qui pendait à la tête du lit, la glissa autour de son poignet. C'était un spectacle incongru que ce poignet tiède et délicat enserré dans ce cercle de métal froid, songea John, s'efforçant de se souvenir qu'elle était sa prisonnière, et non une femme qu'il avait invitée pour la nuit. Même si elle était fraîche et jolie. Même si elle sentait délicieusement bon le savon et le shampooing et...

Et le dentifrice à la menthe.

— Bon sang, Pam ! Tu as recommencé, hein ?

— Quoi ?

— Tu t'es servie de ma brosse à dents !

Elle le fixa d'un air incrédule.

— Ça te prend vraiment la tête, hein ?

— Très bien. Considère que c'est la tienne. J'utiliserai ma brosse à dents de voyage, dont tu t'es bien sûr déjà servie, ajouta-t-il avec une grimace.

— Je suppose que le moment est mal choisi pour t'avouer que je me suis rasé les jambes avec ton rasoir ?

Il la fusilla du regard.

— Ne touche plus à mes affaires !

Il se dirigea à grands pas vers l'armoire, en sortit un vieux pantalon de jogging et un tee-shirt, et fonça dans la salle de bains. Après une douche express, il emporta ses vêtements sales dans la buanderie, puis revint dans la chambre et souleva les couvertures du côté opposé à celui de Pam.

— Tu dors ici ?

— Il n'y a pas d'autre lit dans la maison. J'ai installé des appareils de musculation dans l'autre chambre.

— Donc, la réponse est oui ?

— Ça te pose problème ?

Elle haussa les épaules.

— Non. Pas du tout.

— Ce n'est pas la première fois que nous partageons le même lit.

— Je sais.

— Et nous ne faisons que dormir, Pam, précisa-t-il froidement. Rien d'autre.

— Il me semble que tu t'es déjà expliqué clairement sur ce sujet aujourd'hui.

— Il n'y aura pas de remake de ce qui s'est passé dans la forêt. Compris ?

— Oui, John, répondit-elle, une note d'exaspération dans la voix. J'ai compris. Ceci est une zone interdite au sexe. Loin de moi l'idée de transgresser cet interdit.

— J'espère bien.

Elle le considéra longuement, puis haussa un seul sourcil, l'air de lui demander qui, d'elle ou de lui, il s'efforçait de convaincre.

L'espace d'un instant, John eut l'impression d'être totalement transparent. Il se glissa entre les draps, le dos tourné, puis éteignit la lampe et posa la tête sur l'oreiller, douloureusement conscient du fait qu'elle était allongée à quelques centimètres de lui, à demi nue, magnifique.

Moins de six heures plus tôt, elle brûlait de faire l'amour avec lui sur le sol, en pleine forêt. Était-ce pour cela qu'elle avait demandé où il allait dormir ? Parce qu'elle voulait autre chose que dormir ?

« Bon Dieu ! » songea-t-il, furieux contre lui-même. Il devait chasser ces pensées de son esprit. Il n'avait pas le droit de toucher à Pam. Point.

Plusieurs minutes s'écoulèrent. Il glissait dans le sommeil lorsque sa voix lui parvint, timide :

— John ?

Il laissa échapper un soupir ensommeillé.

— Qu'est-ce que tu veux ?

Pas de réponse. Le silence se prolongea un moment. Puis elle remua un peu, et il entendit de nouveau sa voix, hésitante, flottant vers lui dans l'obscurité.

— Pourquoi ne m'as-tu pas emmenée en prison ?

Excellente question. Pourquoi dormait-elle dans son lit et non sur une couchette, en prison ? Pourquoi, bon sang, l'avait-il amenée chez lui ? Pourquoi risquait-il sa carrière pour une femme qu'il ne connaissait ni d'Ève ni d'Adam, et qui était peut-être coupable après tout ?

Il aurait aimé lui fournir une réponse de flic, un argument sans réplique qui le mettrait à l'abri de tout soupçon de faiblesse. Mais il en était incapable.

Il se tourna pour lui faire face. Erreur fatale.

Seule la lueur des réverbères de la rue filtrait à travers les stores, et il ne pouvait distinguer la couleur de ses yeux, seulement leur clarté limpide, lumineuse. Quel criminel avait jamais possédé des yeux pareils ?

L'heure tardive, la pénombre, la question murmurée du bout des lèvres, comme si elle craignait la réponse, tout cela empêchait John de lui dire autre chose que la vérité.

— Tu es ici parce que j'ai des doutes sur ta culpabilité.

— Alors, tu crois que je n'y suis pour rien ?

— Je n'ai pas dit ça. J'ai dit que j'avais des doutes. C'est tout.

— Suffisamment pour mettre ta carrière en danger ?

— Ne te fais pas d'illusions, Pam. Si je dois choisir entre ma carrière et toi, tu vas droit en prison.

Il lui tourna de nouveau le dos et remonta le drap sur ses épaules pour mettre fin à la discussion. Mieux valait ne plus la regarder. C'était déjà assez difficile comme ça de se comporter durement avec elle alors qu'il n'était pas certain qu'elle le mérite.

Rien de ce qu'elle lui avait raconté ne comportait d'éléments déterminants susceptibles de le convaincre de son innocence, et cependant, il ne pouvait s'empêcher de penser que l'affaire était moins simple qu'il n'y paraissait. N'était-elle qu'une victime, dans la voiture de laquelle le voleur avait abandonné son arme et son butin ? Possible. Et le témoin qui l'avait formellement identifiée ? Quelles chances y avait-il de réfuter ce témoignage-là ?

En dépit des charges accablantes qui pesaient sur elle, le doute subsistait dans l'esprit de John.

Et la seule façon de s'en débarrasser, c'était de mener sa petite enquête.

10

La première chose que Pam aperçut fut la lumière qui entrait à flots dans la pièce. La seconde fut le reflet du soleil sur son bracelet en métal.

Elle cligna des yeux. Non. Ce n'était pas un bracelet.

Elle referma les paupières et les événements des dernières vingt-quatre heures lui revinrent en bloc. Elle était vraiment menottée à un lit. Au lit de John, qu'elle partageait avec lui.

Elle se tourna, s'attendant à le voir étendu près d'elle. Personne.

Elle jeta un coup d'œil au réveil et constata avec stupeur qu'il indiquait 10 h 45. S'appuyant sur un coude, elle regarda autour d'elle. John n'était pas dans la chambre et elle ne l'entendait pas dans la salle de bains. Elle finit par l'appeler timidement.

Pas de réponse.

Elle appela plus fort.

Rien.

Inquiète, elle se rallongea, le bras plié sur les yeux pour se protéger du soleil. Où diable était-il passé ?

— Ô mon Dieu !

Le cri inattendu la fit se redresser d'un bond, le cœur cognant dans la poitrine.

Une femme se tenait sur le seuil de la chambre.

Avec une exclamation étranglée, Pam s'appuya à la tête de lit et tira drap et couvertures sur elle de sa main libre. Qui était cette femme, et que faisait-elle chez John ?

La réponse était évidente. C'était sa petite amie.

Grande, élancée, bien faite, une crinière brune attachée en queue-de-cheval. Elle portait un jean, un tee-shirt violet au ras du nombril, et des sandales. Son expression mi-ahurie, mi-perplexe semblait poser une multitude de questions auxquelles Pam n'était guère préparée à répondre.

— Qui… qui êtes-vous ? balbutia-t-elle.

— Sandy DeMarco, répondit la jeune femme, les yeux ronds. La sœur de John.

Sa sœur ? Était-ce préférable à sa petite amie, ou pire ? Plus étrange, à coup sûr.

Non, décréta Pam, c'était préférable. Mieux valait une sœur stupéfaite qu'une petite amie furieuse.

La jeune femme continuait à la fixer comme si elle n'en croyait pas ses yeux.

— Et vous êtes… ?

— Euh… Alice. Je suis une… amie de John.

Le regard de Sandy se riva sur le poignet menotté de Pam, qui sut aussitôt qu'elle ne trahirait pas John en révélant la vérité. À moins, bien sûr, d'expliquer qu'elle était une fugitive que John venait tout juste d'arrêter, comment allait-elle se sortir de ce pétrin ?

Elle eut une inspiration subite. Il y avait bien une autre explication possible, mais… oserait-elle… ?

— Vous savez que John est dans la police, commença-t-elle d'une voix mal assurée. Alors, les menottes… c'est une sorte de… enfin, vous voyez… disons que…

Elle se jeta à l'eau.

— … ça l'excite.

Sandy sursauta.

— Quoi ?

Et voilà, se dit Pam. À croire qu'elle avait le mot *mensonge* écrit en lettres fluorescentes sur le front !

— Je rêve ! Mon frère, monsieur Conventionnel, donnerait dans le fantasme pervers ?

— Euh, oui... Il faut croire.

L'expression incrédule de Sandy céda lentement la place à un sourire ravi.

— Sans blague ! Mais alors, il y a encore de l'espoir !

Pam respira plus librement. Non seulement Sandy pensait que son frère avait des tendances sexuelles un peu spéciales, mais elle paraissait s'en réjouir ! Ce qui signifiait qu'elle n'allait probablement pas téléphoner à la brigade des mœurs.

— Je constate qu'il est rentré plus tôt que prévu, poursuivit Sandy. Où est-il ?

— Euh... je ne sais pas exactement.

Sandy planta ses poings sur ses hanches.

— Vous voulez dire qu'il est parti en vous laissant attachée ?

— Il n'a sans doute pas voulu me réveiller.

— Pourquoi ne les a-t-il pas retirées hier soir ?

Bonne question. À laquelle Pam ne trouva qu'une seule réponse.

— Il s'est endormi.

Sandy écarquilla les yeux.

— Vous auriez dû lui flanquer un coup de pied pour le réveiller, riposta-t-elle en s'approchant du lit. Où est la clé ? Je vais vous libérer, et je lui ferai sa fête quand il rentrera !

La clé.

L'espoir submergea Pam. Si la clé était là, cette femme la trouverait. Elle la détacherait. Et elle pourrait s'enfuir. Pour aller où, elle l'ignorait. La liberté d'abord ; elle réfléchirait ensuite au moyen de s'évanouir dans la nature.

— Je ne sais pas où elle est, avoua-t-elle. Si vous pouviez la chercher ?

— Bien sûr.

Sandy se mit à farfouiller à droite et à gauche dans la chambre. Sans succès. Pam lui suggéra alors de jeter un coup d'œil dans les autres pièces, mais elle revint quelques instants plus tard, les mains vides. Les épaules de Pam s'affaissèrent. Sa seule chance d'évasion se trouvait sans doute dans la poche de John.

— Je n'y crois pas, commenta Sandy d'un air dégoûté. Il doit avoir la clé sur lui. Avez-vous la moindre idée de l'endroit où il est allé ?

— Chercher le journal, peut-être ?

— Il vous a dans son lit, et il irait chercher le journal ? railla Sandy. Et moi qui croyais qu'il y avait encore de l'espoir ! J'espère que vous allez lui faire payer ça, Alice, sinon je le ferai à votre place. On n'aura aucun mal à justifier le crime passionnel !

Pam se serait contentée d'être innocentée d'un vol à main armée.

— Ne vous inquiétez pas, je vais vous tenir compagnie jusqu'à son retour. Je ne peux pas vous laisser seule, menottée à un lit !

Aïe ! Ça se corsait. Pam imaginait la tête que ferait John en découvrant sa sœur assise là, en train de lui faire la causette. Ce ne serait pas beau à voir...

— Oh, non, ne vous faites pas de souci ! se récria-t-elle avec un sourire forcé. Je peux très bien rester seule. Vous n'aviez sûrement pas prévu de vous attarder ici.

— Et s'il ne revient pas avant une heure ou deux ? Et s'il y avait un incendie ou quoi que ce soit d'autre ? Pas question que je vous abandonne !

Elle s'assit au bord du lit et lança à Pam un regard complice.

— Je sais que vous allez trouver ça bizarre, mais je suis vraiment contente. Il est rare que je rencontre les amies de John.

Pam trouvait la situation de plus en plus extravagante. Elle était là, menottée au lit de John après ce qui ressemblait à une nuit torride, et pourtant, Sandy se comportait comme si elles venaient de se rencontrer au centre commercial. Sans trop savoir pourquoi, Pam se serait attendue à ce qu'un parent de John soit plus… disons, choqué.

— Bien sûr, il faut déjà qu'il invite une femme à sortir, continua Sandy sur le ton de la confidence. La plupart du temps, il mange, dort et travaille. Point.

— Hum… Il semble prendre son travail très au sérieux.

— Trop, commenta Sandy, qui s'installa en tailleur sur le lit et planta les coudes sur ses genoux. Alors, vous vous connaissez depuis combien de temps ?

Depuis qu'il l'avait arrêtée, deux jours auparavant, faillit répondre Pam.

— Pas longtemps.

— Parlez-moi de vous. Que faites-vous dans la vie ?

Elle ne se voyait pas franchement avouer que, sans l'intervention de John, elle aborderait une carrière prometteuse de fugitive professionnelle.

— Je travaille dans un restaurant. Comme directrice adjointe.

— Parfait. John adore manger. Vous formez un couple idéal !

Pam eut l'impression que si elle avait déclaré être entrepreneuse de pompes funèbres, Sandy aurait affirmé que John avait un faible pour les cadavres.

— Et vous ? fit Pam. Que faites-vous ?

— Je suis fleuriste. Sans doute en réaction à cet univers exclusivement masculin dans lequel j'ai grandi. Un père, trois frères, pas de mère.

— Oh ! Je suis désolée. Qu'est-il arrivé à votre mère ?

— Elle est morte d'un cancer. Je suppose que John n'a pas encore eu le temps de vous parler de sa famille.

Pam ignorait absolument tout du sujet. Mais elle pressentait que cela ne durerait pas.

— Non, reconnut Pam. Il ne m'a rien dit. La mort de sa mère a dû être un coup dur pour lui.

— Ouais. Et plus encore pour moi. Avec trois frères qui se battaient comme des chiffonniers, et qu'il fallait menacer de mort pour les contraindre à ramasser leur linge sale ou à ramener leur assiette à la cuisine une fois de temps en temps ! Même encore maintenant...

Sandy pointa un doigt accusateur sur la table de nuit couverte de poussière.

— Regardez-moi ça ! Et son frigo ? Fleming aurait découvert la pénicilline des années plus tôt s'il y avait eu accès !

Elle eut une moue de dégoût.

— Voilà pourquoi je suis passée aujourd'hui. Je ne savais pas qu'il était rentré. Vous comprenez, si je ne fais pas le ménage de temps en temps, et qu'il amène une femme, elle risque de se sauver en courant. Et lui de finir vieux garçon !

Ainsi, c'était donc ça ? Sandy essayait de marier son frère. Et ce dernier faisait tout pour que cela n'arrive jamais.

— Franchement, que pensez-vous de cette maison, Alice ? C'est un taudis, non ?

Étant donné que Pam elle-même ne dépoussiérait un objet que lorsqu'il devenait difficile de l'identifier, elle trouvait Sandy un tantinet critique.

— J'ai vu pire.

Sandy sourit.

— Vous êtes indulgente. Juste ce qu'il faut à mon frère.

Interdite, Pam faillit éclater de rire à la pensée que John et elle puissent former un couple. Le flic et la fugitive. Les contraires ont beau s'attirer, l'idée frisait le ridicule.

— En fait, je pense que John a été plus affecté par la mort de notre père, enchaîna Sandy, sautant du coq à l'âne. Il a été tué en service. Il y a presque sept ans.

— Votre père était policier ?

— Oui. C'était pendant un contrôle de routine. Il ne pouvait pas savoir que le type qu'il venait d'arrêter transportait un cadavre dans son coffre.

— C'est affreux. Ainsi, vos deux parents sont décédés ?

— Oui. Il ne reste plus que nous, et quelques oncles, tantes, et cousins. Et nos grands-parents.

— Vos autres frères sont mariés ?

— Dave l'était. Sa femme a été tuée dans un accident de voiture, il y a un an, alors que leur fille n'avait que six mois.

— Quelle horreur !

— Il se débrouille. Si quelqu'un en est capable, c'est bien Dave. Ce n'est pas facile avec le bébé, mais il s'en sort. Il finira par se remarier. C'est une question de temps. Alex, c'est autre chose. Il ne manque pas de copines, mais l'idée du mariage lui flanque des boutons. Quant à John, il est trop pris par son boulot pour fréquenter des filles, alors, se marier...

Sandy lui adressa un sourire malicieux.

— Mais ils finiront bien par craquer...

Pam ne put s'empêcher de lui rendre son sourire. La conversation se déroulait si naturellement qu'elle en oubliait presque la véritable raison de sa présence dans cette maison. Pour l'heure, cela lui faisait du bien de se détendre un peu, de prétendre être la partenaire de John plutôt qu'une fugitive. Et puis, Sandy se montrait si amicale qu'elle avait l'impression de faire partie de cette famille qu'elle n'avait jamais rencontrée.

Et ne rencontrerait jamais, d'ailleurs.

Mais, en dépit de leur bavardage, le retour imminent de John n'était jamais loin de ses pensées. Elle l'imaginait sans peine, dégaine et masque de flic, jusqu'à ce qu'il découvre quel mensonge elle avait raconté pour maquiller la vérité.

Parce qu'il le découvrirait, non ?

Au volant de sa voiture, John se dirigeait vers le sud avec un objectif simple en tête : allait jeter un coup d'œil au magasin où le braquage avait eu lieu. Il n'y allait pas en tant que flic. Trop dangereux. Il ne tenait pas à ce que le bruit coure qu'il avait fourré son nez dans cette affaire, de crainte que quelqu'un finisse par l'associer à Pam. Déjà qu'il n'aurait même pas dû être de retour en ville. Si le Lieutenant Daniels apprenait qu'il avait mis fin à son exil, il le paierait cher.

Il se limiterait à quelques questions, parlerait avec la femme qui avait été blessée, si elle était là, et essayerait de connaître le montant de la recette de ce soir-là. Il était persuadé que, cela fait, il se rendrait compte qu'il s'était trompé. Que personne hormis Pam n'aurait pu commettre cette agression. Et il pourrait l'emmener au poste la conscience tranquille.

Dix minutes plus tard, il s'arrêtait devant le *Handi-Mart*, une de ces supérettes minables avec des annonces promotionnelles écrites à la main sur la vitrine. Une femme pieds nus, en longue robe à fleurs, téléphonait dans la cabine publique située devant, un bambin, vêtu en tout et pour tout d'une couche et d'un tee-shirt, cramponné à ses jambes.

Lorsque John pénétra dans le magasin, une clochette tinta contre la porte en verre crasseuse. Un ado à lunettes se tenait derrière le comptoir. D'après son badge, il s'appelait Ahmed.

John flâna un moment dans les rayons, avant de s'approcher de la caisse avec un sachet de Doritos et une bouteille de 7 Up.

— Hé ! s'écria-t-il en promenant un regard curieux autour de lui tandis qu'Ahmed enregistrait ses achats. Ce n'est pas ici qu'il y a eu un hold-up il y a quelque temps ?

— Et comment ! s'enthousiasma Ahmed, souriant de toutes ses dents. Et la propriétaire a été blessée au bras.

Il imita un revolver avec son pouce et son index.

— Pan ! Comme ça !

Visiblement, Ahmed avait vu trop de films d'action.

— Une vieille dame, à ce qu'il paraît. Quelle honte !

— Non, non, répondit l'autre en secouant la tête. Mme Bunch est une coriace ! C'est elle qui le dit !

John entendit des pas traînants derrière lui et se retourna. Une femme ressemblant à un gnome, dont l'âge devait se situer entre quatre-vingts et huit cents ans, sortait de la réserve. Ses cheveux blancs étaient clairsemés, et son visage présentait l'aspect crevassé d'un lit de rivière à sec. Elle portait un caleçon rose et un tablier en coton rouge bon marché. Son badge annonçait *Trudy*.

— Alors, Ahmed, tu parles de moi dans mon dos, comme d'habitude, grommela-t-elle. Et qu'est-ce que tu racontes comme salades ?

— Pas des salades, madame Bunch, protesta Ahmed, la main sur le cœur. La vérité !

— La vérité, hein ? Alors dis-moi ce que tu fabriquais dans les toilettes hier, après la livraison des *Playboy*.

Ahmed lui décocha un sourire rusé.

— On est en Amérique. Le cinquième amendement, vous avez entendu parler ?

Puis il se tourna vers John en levant le pouce.

— Miss Octobre.

Apparemment, Harley et Ahmed avaient les mêmes goûts en matière de femmes nues.

Trudy secoua la tête, écœurée.

— C'est vous la victime de l'agression ? intervint John.

— Ouais. Vous avez dû lire ça dans le journal, comme tout le monde, caqueta la vieille femme. Rien de tel que de se faire attaquer pour devenir célèbre. J'ai déjà été presque aussi célèbre en 1982, quand on m'a cambriolée, mais on m'avait pas tiré dessus. Se faire tirer dessus, là, ça fait causer !

Elle se pencha par-dessus le comptoir.

— Vous voulez voir ma cicatrice ?

Sans attendre la réponse de John, elle remonta la manche de son tablier.

— Regardez ça, dit-elle en montrant un reste de points de suture entouré d'un cercle bleu et noir à peine visible.

John émit un sifflement bas.

— Sale blessure…

— Ça, vous pouvez le dire. Il leur a fallu une demi-heure pour extraire la balle, tellement elle était enfoncée profond.

John hocha la tête, feignant d'être impressionné.

— J'ai lu ce qu'ils disaient sur la femme qui vous a attaquée. Elle était comment ?

— Ben, plutôt grande.

— Grande comment ?

— Peut-être un mètre soixante-dix. Ou soixante-quinze.

— Waouh !

Devant l'exclamation admirative de John, elle augmenta aussitôt la mise.

— Peut-être un mètre quatre-vingts. Ou même un mètre quatre-vingt-cinq. C'est difficile à dire.

Elle confirmait à merveille ce dont la plupart des flics sont convaincus, à savoir qu'un témoignage oculaire ne vaut pas tripette. Vu la taille de Trudy, n'importe quelle femme entrant dans le magasin devait lui paraître gigantesque.

— Et l'air méchant, en plus, poursuivit la victime. Elle portait ces grosses lunettes noires, et du rouge à lèvres écarlate. Et sa voix était vraiment grave, un peu comme celle de Bette Davis dans *Dead Ringer*, quand elle tue sa sœur jumelle et qu'elle prend sa place. Ça, je risque pas de l'oublier !

John songea à la voix de Pam, plutôt normale, relativement douce même, quand elle ne s'énervait pas contre lui. Mais déguiser sa voix était chose facile.

La femme plissa le nez.

— Et c'est pas tout. Elle avait vraiment une drôle de touche...

— Ah oui ?

— Elle portait une espèce de chemisier affreux, avec des motifs léopard. Et un pantalon noir en stretch. Et des chaussures blanches. Vous auriez vu ses pieds ! Pour ça, ils étaient grands !

Pam n'était pas franchement petite, mais ses pieds n'étaient pas particulièrement grands non plus. Encore une exagération, sans doute. Si Trudy était capable de rajouter quinze centimètres à son assaillante en quelques secondes, pouvait-on se fier à l'estimation qu'elle faisait de sa pointure ? En outre, même si Pam ne semblait pas du genre à porter des tenues léopard, il était fort possible qu'elle se soit déguisée pour commettre le vol. C'était un stratagème classique. Il lui suffisait de se débarrasser de son déguisement à proximité, avant de prendre la fuite.

Trudy était lancée et continuait sa description.

— Des gants. Noirs. Et les boucles d'oreilles ! Des trucs énormes, en forme d'arc-en-ciel, qui pendouillaient. Toutes ces couleurs criardes avec du léopard...

Son visage se plissa comme un raisin sec.

— J'ai jamais rien vu d'aussi laid !

— Vous êtes drôlement observatrice pour avoir remarqué tout ça, fit John.

— Nan ! Pas vraiment. Un aveugle aurait pas pu manquer ça !

Elle se pencha vers John et ajouta à voix basse :

— Entre nous, j'ai un petit problème de cataracte. Les contours sont un peu flous !

Le cœur de John cessa de battre. La femme qui avait identifié Pam était en train de lui dire qu'elle n'y voyait rien ?

— Mais le journal disait que vous aviez formellement reconnu la voleuse ?

Elle agita la main.

— Oh, ça, c'était du tout cuit, une fois qu'ils les ont alignées devant moi, même s'il y en avait qui portaient des fringues vraiment moches. J'avais qu'à choisir la blonde la plus grande, c'est tout !

John n'en croyait pas ses oreilles. L'avocat le plus minable du pays n'aurait aucun mal à discréditer un tel témoignage.

— Futée, hein ? intervint Ahmed, admiratif. Et elle s'est pas trompée, en plus !

— Ouais. J'ai su après que j'avais montré celle qu'ils avaient arrêtée. Ils ont retrouvé l'argent et l'arme qui lui a servi à me tirer dessus. Je suis bonne, hein ?

Soudain, l'affaire de Pam lui apparut plus confuse que jamais. Il lui avait fallu à peine deux minutes de conversation anodine pour parvenir à la conclusion que le témoin principal était fêlé. Pourquoi l'inspecteur chargé du dossier ne s'en était-il pas aperçu ?

— J'ai quelques amis policiers qui travaillent dans le quartier, dit-il. Vous vous souvenez du nom de celui qui vous a interrogée ?

Trudy se plongea dans une intense réflexion.

— Ça commençait par un B, il me semble. Borstad, Botsdorf...

« Oh, non ! supplia John silencieusement. Pas lui ! »

— Botstein ?

— Ouais. C'est ça. Gentil comme tout. Vous le connaissez ?

— Ouais. Ce bon vieux Botstein !

Pour le connaître, il le connaissait. Leo Botstein comptait les jours qui le séparaient de la retraite, et ce, depuis au moins trente-deux ans. Il y avait bien cinq ans qu'il ne remuait plus une paille. Et maintenant, il était finalement rangé des voitures. Si John avait bonne mémoire, la petite fête organisée pour son départ avait eu lieu la veille.

— Hé ! cria Trudy, les mômes là-bas ! On touche pas aux magazines, sauf si c'est pour acheter !

Deux adolescents, genre petits durs, se tenaient devant le stand de magazines. Ils portaient la tenue de rigueur : jean trop grand, bas sur les hanches, et casquette de base-ball à l'envers. Le plus petit des deux toisa Trudy en ricanant.

— Va te faire foutre, la vieille ! On lit ce qu'on veut !

Trudy glissa une main noueuse sous son tablier et tira un objet de la taille extensible de son caleçon. Un objet qui ressemblait de façon troublante à un semi-automatique. Tenant la crosse à deux mains, elle le braqua droit sur le gamin.

— OK, petit salaud, grogna-t-elle. Qui est-ce que tu traitais de vieille ?

Le gamin écarquilla les yeux. De toute évidence, il ne s'était pas attendu qu'une naine le menace de lui faire éclater la cervelle. Il frappa sur l'épaule de son copain, ouvrit précipitamment la porte, et ils sortirent du magasin sans demander leur reste. Ahmed sourit à sa patronne, et ils se tapèrent dans la main en signe de victoire.

Puis l'employé se retourna vers John.

— Mme Bunch, faut pas la chercher !

John dévisagea la vieille femme, encore stupéfait par son imitation de Clint Eastwood dans *Dirty Harry*.

— Vous n'auriez quand même pas tiré sur des gamins pour les empêcher de lire les magazines ?

— Ben, non ! hennit-elle. Mais ça leur fiche la trouille, hein ?

Sûr, songea John. Ça ficherait la trouille à n'importe qui, surtout si la personne qui tient le revolver en avait un grain.

— Vous savez, fit Trudy, avant, c'était un quartier très bien. Les mômes vous respectaient. Maintenant, ils vous répondent ! Comme Ahmed, pareil !

— Ah, mais vous me menacez avec votre revolver quand je lis les magazines ! C'est comme qui dirait... un avantage en nature.

— Avantage, mon cul ! Si tu restes aux toilettes aussi longtemps qu'hier, je tire dans la porte !

John jeta une pièce sur le comptoir pour régler ses achats.

— Eh bien, madame Bunch, cette voleuse l'a échappé belle. Elle a eu de la chance de ne pas se faire allonger !

— Vous l'avez dit ! Si j'avais eu mon revolver sur moi au lieu de l'avoir sous le comptoir, on aurait retrouvé des bouts de cervelle de blonde partout sur les chips !

— Alors, pourquoi cette fille vous a-t-elle tiré dessus ?

— J'ai essayé d'attraper mon revolver. Je suis un peu moins rapide qu'autrefois, mais, bon, j'ai voulu tenter ma chance.

Elle tapota la bosse sous son tablier.

— Mon bébé reste là, à présent. Je préférerais me passer de mon slip que de lui !

John préféra ne pas s'attarder sur cette vision.

— Et, à votre avis, pourquoi quelqu'un voudrait-il voler une personne aussi gentille que vous ?

— Sans doute pour s'acheter de nouveaux vêtements, vu que ceux qu'elle portait avaient l'air de sortir du grenier d'une pute ! En tout cas, maintenant, elle aura plus besoin de s'en faire pour ses fringues, grâce à la générosité de l'État du Texas, fit Trudy en éclatant d'un rire bruyant, aussitôt imitée par Ahmed.

La gaieté ambiante ne tarda pas à avoir raison de John.

Il sortit du magasin et regagna sa voiture, balançant ses achats sur le siège arrière. Il prit quelques notes, puis tira un carnet de la boîte à gants. Il le feuilleta, s'empara de son téléphone et composa le numéro personnel de Leo Botstein. Ce dernier lui répondit d'une voix pâteuse, typique des lendemains de cuite.

— Leo. C'est John DeMarco.

Un gémissement de douleur se fit entendre.

— DeMarco ! Arrête de hurler dans le téléphone ! Qu'est-ce que tu veux, bon Dieu ?

John ne s'était pas trompé au sujet de la petite fête. Dans l'état où était Botstein, le tic-tac d'un réveil lui aurait fait l'effet d'un marteau-piqueur.

— J'ai besoin d'informations. Tu t'es occupé d'un braquage dans un magasin de Griffin Street. Une vieille femme s'est fait tirer dessus. L'accusée est une blonde. Le dossier est solide ?

— Flash d'infos. J'ai pris ma retraite il y a dix-sept heures exactement. En d'autres termes, je m'en tape.

— Ah ouais, Leo ? Et tu t'en tapes aussi si je raconte à tout le monde l'incident du Nouvel An concernant une pute et un Doberman ?

Silence.

— T'es un vrai trou du cul, DeMarco.

— Parle-moi de l'affaire, ça suffira.

John entendit un lourd soupir aviné.

— C'est un dossier en béton.

— Quels autres suspects as-tu interrogés ?

— Aucun. J'avais le butin, un témoin oculaire, et un revolver tout chaud. Pas la peine de chercher ce qu'on a déjà.

— Mobile ?

— Pourquoi tu me poses ces questions à la con ?

— C'est ma tante Louisa. Une de ses amies est la fille de la vieille qui s'est fait attaquer. Elle n'a pas arrêté de me pomper l'air pour que je me renseigne.

John avait vraiment une tante nommée Louisa, par conséquent, cette partie de l'histoire au moins était vraie.

— Qui a hérité du dossier ?

— Henderson. C'est lui qui va faire passer l'affaire au tribunal.

« Génial », songea John, dégoûté. S'il y avait un flic capable de battre Botstein pour le titre de flemmard de l'année, c'était bien Henderson.

— À supposer qu'on retrouve la suspecte, ajouta Botstein.

— Elle ne s'est pas présentée au tribunal ? demanda John, feignant la surprise.

— Non. Elle a deux jours de retard.

Il toussa un peu, puis rota, avant de reprendre :

— Tu aurais dû venir à la fête, DeMarco. Farnsworth a craqué pour une strip-teaseuse du tonnerre !

— Sans blague ! Et j'ai raté ça !

— Une sacrée danseuse avec ça !

— Quand je pense que je me demandais comment passer la soirée hier...

— À d'autres. Quand tu bossais avec moi, tu n'allais même pas boire un coup après le boulot...

— Retourne à ta bouteille, Botstein.

— Faut sortir le dimanche, DeMarco.

John raccrocha, certain à présent qu'aucune aide ne viendrait des sources officielles, même s'il parvenait à trouver le moyen de dissimuler sa véritable raison de se mêler de cette affaire.

Il resta un long moment immobile, songeant aux protestations d'innocence de Pam, au fait que la victime était miro et à demi cinglée, et à cette raclure de Botstein, qui avait tenu pendant trente-deux ans le sort de centaines de gens entre ses mains. Combien d'affaires avait-il classées parce qu'il était trop fainéant pour enquêter à fond ? Combien de gens avait-il condamnés parce qu'il n'en avait rien à cirer ?

Pam serait-elle la prochaine sur la liste ?

Tout à coup, John pensa aux arrestations que lui-même avait effectuées au fil des ans. Y avait-il eu des moments où il avait été si déterminé à résoudre un crime qu'il s'était jeté sur le premier suspect venu sans chercher plus loin ? Avait-il lui aussi été responsable de la condamnation d'innocents ?

Peut-être ne valait-il guère mieux que Botstein, après tout.

Au moins, se rassura-t-il, il était motivé par le désir de voir la justice s'accomplir, tandis que Botstein voulait en faire le moins possible tout en touchant son chèque à la fin du mois. Mais, au bout du compte, le résultat était le même.

Pas cette fois-ci, décida-t-il. Il irait vérifier l'emploi du temps d'autres suspects – les deux femmes de la résidence de Pam que celle-ci supposait être des prostituées.

Quelques minutes plus tard, il se garait sur le parking de la résidence Timberlake. Les immeubles avaient besoin d'un coup de peinture, et les jardins d'un peu d'attention, mais dans l'ensemble, l'endroit était propre et net. Alors qu'il descendait de voiture, un homme à la calvitie naissante, vêtu d'un coupe-vent fauve et d'un pantalon marron, sortit de l'immeuble de Pam et vint droit à la Chrysler flambant neuve garée à la gauche de John. Une cigarette était coincée entre ses lèvres et les volutes de fumée montaient jusqu'à ses petits yeux bigleux.

John connaissait ce visage. Harold Pinsky, homme de main d'un usurier qu'il avait arrêté quelques années plus tôt. Que fabriquait-il dans les parages ?

John se pencha sur la Chrysler au moment où Pinsky introduisait sa clé dans la serrure. L'homme lui lança un regard surpris, puis se détourna avec une mine dégoûtée.

— Merde. DeMarco. Je pensais que tu avais changé de secteur.

— Qu'est-ce que tu fiches là, Pinsky ?

— Je rendais visite à un ami. Y a pas de loi qui l'interdit, hein ?

— Non, sauf si tu es venu lui casser les deux jambes parce qu'il te doit de l'argent.

— Tu regardes trop la télé. Je suis un homme d'affaires. Tout est légal.

— Qui es-tu venu voir ?

— Mêle-toi de ce qui te regarde !

John soupira.

— Écoute, je te pose une simple question. C'est si difficile d'y répondre ?

Résigné, Pinsky haussa les épaules.

— Si ça peut te faire plaisir. J'étais venu voir les charmantes dames du 317. Tu veux des détails ?

317 ! Tiens donc ! Sa destination. Seulement voilà, il avait vu sortir Pinsky d'un autre bâtiment.

— Les dames charmantes en question feraient-elles commerce de leurs charmes ?

— Ouais. Et elles bossent dur. Plus on les paye, plus elles bossent, figure-toi. Et avant que tu t'imagines que tu peux les coffrer, je te conseille de vérifier la liste de leurs clients. Ce serait dommage de plonger certains de tes supérieurs dans l'embarras.

— Tu délires, Pinsky.

— Pourquoi tu vas les voir, DeMarco ? À ce qu'il paraît, elles ont un tarif spécial flics. Ça te décoincerait peut-être !

— Le jour où il faudra que je paye pour ça, j'y penserai.

Pinsky lui décocha un regard mauvais et monta en voiture, envoyant d'une chiquenaude son mégot sur le parking avant de claquer la portière.

Pam avait raison. C'étaient des prostituées. Mais braquaient-elles pour autant les magasins ?

Une minute plus tard, il frappait au 317. Une femme entrouvrit la porte et passa la tête dans l'ouverture.

— Bonjour. Vous avez rendez-vous ?

— On m'a dit que ce n'était pas indispensable.

— En général, si, fit-elle, détaillant John de la tête aux pieds.

— C'est Harold Pinsky qui m'envoie.

La porte se referma. On ôta la chaîne, et elle s'ouvrit de nouveau.

— Entre donc, mon chou. Harry est un de nos meilleurs clients.

John pénétra dans l'appartement, décoré avec un bon goût surprenant. Son hôtesse, blonde, portait un négligé discret en dentelle crème, tout comme la seconde femme qui pénétra dans le salon.

— C'est joli chez vous, les complimenta John.

— Mais nous déménageons dans deux semaines, expliqua la première femme. Nous allons nous installer dans le centre.

L'autre eut un sourire sarcastique.

— Et dire que nos familles pensaient que nous n'arriverions jamais à rien !

Au bout de quelques minutes de conversation, John comprit que cela ne le menait nulle part. Avec leur petit commerce, ces femmes gagnaient plus d'argent en une seule nuit que le montant du vol. Elles paraissaient aussi opérer en indépendantes, et par conséquent n'étaient pas à la botte d'une brute quelconque. Enfin, Harold ne leur avait pas rendu visite depuis environ trois semaines, John en conclut donc qu'un pauvre type se traînait sans doute dans son appartement avec le visage en bouillie ou les genoux éclatés.

Il leur donna deux billets de vingt pour les remercier, et quitta les lieux plus perplexe que jamais. Il s'était contenté d'éliminer deux suspectes, ce qui n'aidait Pam en rien. Restait la mauvaise vue du témoin…

Il soupira. S'il avait espéré soulager sa conscience avant d'emmener la jeune femme en prison, c'était bel et bien raté.

11

Au grand étonnement de Pam, Sandy et elle discutaient depuis plus d'une heure, et il n'y avait pas eu un seul temps mort. Sandy avait parlé la plupart du temps, la régalant de diverses anecdotes tirées de son enfance et de celle de ses frères. À mesure que le temps passait, Pam avait l'impression de découvrir John sous un jour tout à fait différent. Jusque-là, elle s'était dit qu'il était né flic et qu'il mourrait flic, sans jamais avoir vécu. Et elle était fascinée d'apprendre qu'il avait en réalité une vie normale !

Sandy se tut soudain, et posa sur Pam un regard interrogateur.

— Alors, dis-moi. Que penses-tu de mon frère ?

Qu'il allait péter les plombs en la voyant là...

— Eh bien, je ne le connais pas depuis longtemps, mais il a l'air gentil.

Cela au moins, c'était sincère. Il ne l'avait pas emmenée en prison. C'était plutôt gentil, non ?

— Tu aimerais le connaître mieux ?

— Hum... oui. Bien sûr.

— Bien. Mais il faut que je t'avertisse que ce ne sera pas facile. Comme je te l'ai dit, il est complètement obsédé par son boulot. Dès qu'il commence à avoir une relation sérieuse avec une femme et qu'elle se plaint qu'il bosse trop ou qu'il ne parle que de son travail, il se débrouille pour faire un truc qui lui déplaît afin qu'elle parte. Ou bien il commence à lui trouver toutes sortes de défauts et il rompt. Une fois, il a plaqué une fille juste parce qu'elle s'était servie de sa brosse à dents ! Incroyable, non ?

« Tu parles ! » songea Pam.

— Il te fera le même coup, si tu n'y prends pas garde. Mais si tu es capable de supporter tout ce qu'il risque de te faire subir et de t'accrocher, il finira peut-être par comprendre qu'une relation stable n'est pas aussi horrible qu'il se l'était imaginé.

Vraiment tentant, comme perspective. Un peu comme de ramper en territoire ennemi en priant pour ne pas tomber sur une mine.

— C'est aussi simple que ça, hein ?

— D'accord, j'ai peut-être noirci le tableau. Mais, franchement, Alice, il en vaut la peine. Il ne le sait pas lui-même, mais c'est vrai. C'est un type bien, seulement, il n'a pas le sens des priorités. Je te promets que si tu tiens bon, tu ne le regretteras pas.

Un type bien. Les paroles de Sandy provoquèrent un frisson le long du dos de Pam. Au cours des dernières quarante-huit heures, elle avait eu l'intuition fugitive de ses qualités. Le fait qu'elle soit ici témoignait de leur existence. Au-delà de ses colères, jurons, phrases de flic sans pitié, elle avait senti quelques failles dans son armure, et les paroles de Sandy ne faisaient que les agrandir.

Soudain, Pam entendit une clé tourner dans la serrure. Son cœur bondit dans sa poitrine. À moins qu'un autre membre de la famille n'ait décidé de venir faire un tour, John était rentré.

— Enfin ! s'exclama Sandy. Pas trop tôt !

Des pas résonnèrent dans le couloir. Des pas rapides, décidés. L'instant d'après, John apparut à la porte de la chambre. Il se figea à la vue de sa sœur, une expression de stupeur totale sur le visage. Son regard tomba sur Pam, puis sur son poignet menotté, avant de retourner à Sandy.

Celle-ci fixait l'œil tuméfié de son frère.

— Mon Dieu ! Que t'est-il arrivé ?

— Euh… un accident, murmura-t-il.

— Eh bien, j'ai l'intention de m'occuper personnellement de l'autre œil si tu ne détaches pas Alice immédiatement !

Sandy se leva, les poings sur les hanches.

— Tu comptais la garder attachée longtemps ?

— Je sais que je voulais bien hier soir, John, intervint vivement Pam, de sa voix la plus douce, mais ç'aurait été gentil de me détacher avant de partir…

La compréhension se fit par étapes, et elle sut à quel instant précis il comprit quel mensonge elle avait raconté pour les tirer d'affaire. Elle n'aurait jamais cru cela possible, mais le grand méchant flic… rougissait !

— Hé ! s'écria Sandy. Ne reste pas planté là ! Détache-la !

John avait l'air tellement gêné que si Pam n'avait été certaine qu'il entrerait dans une colère noire à la seconde où ils se retrouveraient en tête à tête, elle aurait éclaté de rire. Il tira une clé de sa poche, et lui saisit le poignet. Le dos tourné à sa sœur, il lui décocha un regard interrogateur, auquel elle ne pouvait évidemment pas répondre sans les trahir.

Il retira la menotte, qui retomba bruyamment contre la tête du lit. Puis il se retourna vers sa sœur, et lâcha d'une voix neutre :

— Ce n'est pas ce que tu penses.

— Ah, non ? fit Sandy d'une voix amusée. C'est quoi, alors ?

John l'empoigna par le bras et l'entraîna dans le couloir. Pam les apercevait à travers une fente dans la porte, et ne perdit pas un mot de leurs chuchotements.

— OK, dit John. C'est ce que tu penses. Maintenant, tu veux bien ficher le camp ?

— Hé ! Je suis seulement ravie de constater que tu as une vie en dehors du boulot. Même si elle est un brin... inattendue.

— Sandy, tire-toi !

— Quoique, pour un flic, ce ne soit pas particulièrement original ! C'est ta façon à toi de mêler l'utile à l'agréable ?

— Dehors !

— D'accord. Je m'en vais. Si tu me promets de venir déjeuner chez tante Louisa. On est dimanche, souviens-toi.

— Pas aujourd'hui.

— Amène Alice.

— Alice ? s'exclama John, secouant vigoureusement la tête. Pas question !

— Il y a des mois que tu n'es pas venu au déjeuner du dimanche.

— Oh, il ne faut pas exagérer !

— Tante Louisa habite à deux pas. Tu aurais pu faire un petit effort.

— J'ai été occupé !

— Les Cow-boys jouent cet après-midi.

— Je peux les regarder ici.

Sandy leva les yeux au ciel.

— Enfin, John ! Ce serait vraiment si terrible de venir déjeuner avec ta petite amie ?

— Ce n'est pas ma petite amie !

— Elle pourrait le devenir.

— C'est à moi d'en décider, non ?

— Sans vouloir te vexer, jusqu'ici, tes décisions en ce domaine laissent un peu à désirer.

— Ce qui signifie que j'ai besoin de toi pour me dire comment vivre ma vie ?

— Ouais. Parfois.
— Laisse tomber, Sandy.
— John...
— J'ai dit : « Laisse tomber ! »
Il y eut un long silence.
— Écoute-moi bien, siffla sa sœur. Je lui ai parlé. Elle est sympa, elle est intelligente, elle est jolie, et je crois qu'elle est prête à te supporter. Alors ne va pas tout gâcher !

Sur ce, elle tourna les talons et s'éloigna. John rentra dans la chambre au pas de charge, claquant la porte derrière lui. Il n'en croyait pas ses oreilles. Il s'approcha du lit et gratifia Pam d'un regard assassin. À sa grande consternation, elle ne parut pas s'en émouvoir outre mesure.

— Qu'est-ce que tu as raconté à ma sœur ?
— Pas grand-chose. La scène était suffisamment éloquente.
— Sait-elle quelque chose qu'elle devrait ignorer ?
— Elle pense que nous avons passé une nuit effrénée, avec jeux spéciaux, et tout et tout... Il y avait une autre manière d'expliquer la situation ?

John ferma les yeux, s'efforçant de calmer la tension qu'il sentait monter en lui. Il tendit la main vers les menottes.

— Non ! cria Pam. Attends ! Il faut que j'aille à la salle de bains !

Les épaules de John s'affaissèrent. Il eut un geste résigné.

— C'est bon. Vas-y.
— Tu ne peux pas m'attacher de nouveau. Ta sœur va penser que tu es un maniaque sexuel !
— Elle le pense déjà !
— Non. Elle pense que tu es merveilleux. Que tu travailles trop. Que tu as besoin d'une femme. Et que, pour une fois, tu as pris un peu de bon temps. Où est le problème ?

Pam disparut dans la salle de bains, laissant John médusé. Elles avaient profité de son absence pour discuter de sa vie sexuelle comme deux adolescentes cancanières ! Et, dans le cas présent, il n'avait même rien fait ! Il n'aurait jamais dû ramener Pam chez lui. Ç'avait été une erreur monumentale.

Il entendit la chasse d'eau, puis le robinet du lavabo, et Pam sortit de la salle de bains.

— Et Sandy m'a raconté beaucoup d'autres choses, dit-elle, reprenant là où elle s'était interrompue. Par exemple, qu'à l'âge de six ans, tu t'es attaché une serviette autour du cou et que tu as sauté d'un arbre. Qu'à ta grande surprise, tu n'as pas volé comme Superman. En revanche, tu t'es cassé le bras !

Il allait tuer Sandy !

— Et puis, elle m'a dit qu'à l'école, tu avais – je cite – « cassé la gueule » à un petit tyran qui brutalisait ton frère Dave, ajouta Pam avec un sourire ravi. Je sais aussi qu'un jour, tu as sauvé la vie à un chaton sur le point de se noyer dans une bouche d'égout.

John ferma les yeux. Si on lui parlait encore une fois de cette histoire de chaton, il ferait un malheur !

— Je n'ai fait que tirer ce crétin de l'eau avant qu'il coule ! En plus, je déteste les chats !

— Mais tu l'as ramené à la maison et tu l'as séché au sèche-cheveux ?

Non, décida John, exaspéré. La mort serait trop douce pour Sandy.

— Elle m'a aussi raconté que tu étais tombé amoureux d'Anita Saunders au lycée, et que c'est depuis ce temps-là que tu as un faible pour les blondes aux yeux bleus.

— Ce sont des conneries !

— Tu n'as pas un faible pour les blondes aux yeux bleus ?

— Je n'aime pas que ma sœur raconte n'importe quoi sur mon compte à une parfaite inconnue !

Pam sourit.

— Donc, elle a raison.

Ben, oui, il devait en convenir. Anita Saunders était une créature de rêve qui avait nourri ses fantasmes d'adolescent et le transformait en chien de Pavlov dès qu'une blonde aux yeux bleus était en vue. Ce qui expliquait sans doute pourquoi il avait quitté le restaurant d'Harley avec Pam, et s'était fourré dans ce merdier.

Mais sa sœur le croyait-elle vraiment capable d'une partie de jambes en l'air un peu particulière avec une fille qu'il connaissait à peine ?

Il fallait croire que oui, et c'était tant mieux.

— Écoute-moi bien, Pam. Je me moque pas mal de la vision déformée que ma sœur entretient sur mon adolescence ! On est dans le pétrin, tu comprends ? Si elle ouvre la bouche...

Soudain, un ronronnement bruyant se fit entendre dans le salon. Envahi par un horrible soupçon, John tendit l'oreille. Ce n'était pas possible !

Il se rua sur la porte, puis revint aussitôt, le doigt pointé sur Pam.

— Ne bouge pas d'un poil !

Il fonça dans le couloir et, débouchant dans le salon, faillit trébucher sur Sandy en train de passer l'aspirateur. Il arracha le fil de la prise.

— Qu'est-ce que tu fabriques ?

— C'est un vrai taudis !

— C'est le mien, et je m'en fous !

— Mais tu sais que tante Louisa aime bien que les tapis soient propres !

— Qu'est-ce que tante Louisa a à voir avec ça ?

Sandy lui adressa un sourire angélique, et récupéra la prise.

— Nos projets pour le déjeuner ont changé. Je lui ai téléphoné. En fait, elle est ravie d'amener son rôti ici.

Elle enfonça la fiche dans la prise. L'aspirateur gronda. John tira de nouveau sur le fil.

— Rappelle-la ! Tout de suite ! Rappelle-la et dis-lui de ne pas venir !

— Désolée, John. Elle est déjà en chemin, armée du rôti, de la salade que tu détestes et d'un portable pour avertir le reste de la famille.

Elle lui décocha un sourire moqueur et reprit tranquillement le fil. L'espace d'un instant, John songea à l'étrangler. Cela détournerait certainement l'attention de Pam et lui permettrait d'esquiver les explications quant à sa présence sous son toit. Il fixa la gorge de sa sœur quelques secondes, puis choisit de limiter les dégâts.

Il fonça à la buanderie, sortit les vêtements de Pam du sèche-linge, retourna dans la chambre et les lui jeta.

— Habille-toi. On sort.

— Pardon ?

— Sandy a invité toute la famille à déjeuner ici. Je ne peux plus rien faire. Il faut qu'on s'en aille avant qu'ils arrivent.

— Pour aller où ?

— Peu importe ! Il faut qu'on se tire tout de suite !

— Mais que dira Sandy ?

— Je m'en occupe. Habille-toi, c'est tout !

Pam saisit ses affaires et se hâta de gagner la salle de bains. John attendit de l'autre côté de la porte, consultant sa montre toutes les dix secondes.

— Pam ! Bouge-toi !

— Je ne peux plus entrer dans mon jean !

— Quoi ?

— Je t'avais dit de ne pas le laver à l'eau chaude. Et je parie que tu l'as mis dans le sèche-linge !

— Contente-toi de l'enfiler !

John patienta encore une minute ou deux, tandis que des grognements lui parvenaient de la salle de bains.

— Bon sang, Pam ! Dépêche-toi !

— Je fais ce que je peux !

N'y tenant plus, il entra en trombe dans la salle de bains. Pam était debout à côté des toilettes, son jean, coincé au niveau des hanches, laissant voir son slip rose. Elle avait son soutien-gorge, mais pas son sweat. Il regretta de ne pas avoir le temps de profiter du spectacle.

— John ! Qu'est-ce que tu... ?

En deux pas, il fut près d'elle. Il la fit pivoter, empoigna à deux mains la taille de son jean et tira brutalement. Le jean glissa sur ses hanches, propulsant Pam sur la pointe des pieds.

— Aïe ! John ! Pour l'amour du ciel !

Il la fit pivoter de nouveau, attrapa le sweat-shirt et le lui flanqua sur la poitrine.

— Oublie la fermeture. Enfile ça pour planquer l'ouverture !

Elle le foudroya du regard, puis se tortilla pour enfiler le sweat. Aussitôt fait, il l'agrippa par le bras et l'entraîna dans la chambre.

— John ! Mes chaussures !

— Laisse tomber !

Il lui prit la main et se rua dans le couloir, pour tomber nez à nez avec Sandy qui s'apprêtait à ranger l'aspirateur dans le placard. Bloquant le passage, elle plissa les yeux d'un air soupçonneux.

— Tu ne comptes pas sortir, j'espère ?

— Alice et moi avons des projets.

Sandy adressa un regard interrogateur à Pam.

— C'est vrai ?

Cette dernière fit mine de répondre, mais John lui pressa la main, et elle se ravisa.

— Sandy, si tu ne t'écartes pas immédiatement, je vais être obligé de te faire bouger !

— Non, rétorqua-t-elle. Il a assez de bon sens pour ne pas s'attaquer à moi, ajouta-t-elle avec un sourire confiant à l'intention de Pam.

— Sandy, je te jure que...

— Bonjouuur !

La voix accompagnait le bruit de la porte d'entrée qui se refermait. Tante Louisa. John baissa la tête. C'était un mauvais rêve !

— J'aurais besoin d'un peu d'aide avec ce plat, les enfants !

— J'arrive, cria Sandy, avant d'agiter un doigt menaçant en direction de son frère. Si tu essayes de nous fausser compagnie en douce, je te préviens que je te le ferai payer...

Sur ces mots, elle fit volte-face et se dirigea vers le salon pour accueillir leur tante. John risqua un œil par la fenêtre. Ses pires craintes s'étaient réalisées. Sa tante avait garé sa voiture – une Cadillac à peu près de la taille du Queen Mary – dans l'allée, devant le garage, interdisant toute fuite.

Il se retourna vers Pam.

— Il ne te reste plus qu'à jouer la comédie. Et bien. Pigé ?

— Pigé.

— Et ne t'éloigne pas de moi. Je ne veux pas te perdre de vue.

— D'accord.

— Tu me laisses parler, et tu acquiesces à tout ce que je dis. Compris ?

Pam leva les yeux au ciel.

— Oui, John. Compris. Tu crois vraiment que je veux qu'ils apprennent la vraie raison de ma présence ici ?

— Et ne t'imagine pas que tu peux sortir de cette maison. J'ai mes clés de voiture dans la poche, et je te garde à l'œil.

— Mais enfin ! Ce serait complètement idiot de ma part de me sauver. Je n'ai pas de voiture, pas de chaussures...

— Tu t'es débrouillée pour échapper à Leandro sans rien d'autre que ce que tu avais sur le dos, alors, je t'en prie !

— Écoute, je ne ferai rien qui puisse t'attirer des ennuis avec ta famille. Je serais la première à payer les pots cassés. Ce serait vraiment stupide, non ?

John prit une profonde inspiration pour se calmer, puis exhala lentement. Si elle n'essayait pas de séduire ses frères, de voler la voiture de sa tante, ou d'incendier la maison, il pourrait s'estimer heureux.

— Ce n'est pas la mer à boire, reprit Pam. On n'a qu'à déjeuner et regarder un match de foot minable. Je ne crois pas que ce soit si difficile de les tromper.

— Tu ne connais pas ma famille.

— Je suis sûre qu'ils sont très gentils. Je n'aurai aucun mal à...

— Je t'ai dit que mes frères étaient flics ?

Pam se figea, puis déglutit avec peine.

— Ah bon ?

— Dave est officier de police et Alex inspecteur.

— Oh, non !

— Oh, si ! Et ce n'est pas fini. Mon grand-père est un procureur à la retraite profondément convaincu que la majorité des gens ont déjà commis un crime, ont l'intention d'en commettre un, ou se demandent si c'est excitant. Tu saisis ?

Pam chancelait un peu, comme si l'air lui manquait.

— Ensuite, il y a mon cousin Eddie, le criminologue, et sa femme Brenda, tireur d'élite. Elle est capable d'atteindre une pièce de monnaie à soixante mètres, et Eddie peut te dire quelle arme elle a utilisée pour le faire.

Pam paraissait sur le point de s'évanouir.

— C'est... c'est tout ?

— Ouais. Sauf si tu comptes ma grand-mère, qui a travaillé pendant vingt ans comme secrétaire du chef de la police.

— Mon Dieu...

Pam ferma les yeux, puis les rouvrit avec espoir.

— Mais Sandy ? Elle...

— Elle est fleuriste.

Un soupir de soulagement s'échappa des lèvres de la jeune femme.

— Et présidente du comité de maintien de l'ordre de Tolosa.

Pam était pâle comme la mort. Elle ouvrit la bouche, mais aucun son n'en sortit.

— Je constate que tu restes sans voix. Tant mieux. Moins tu en diras cet après-midi, mieux ça vaudra pour nous deux.

12

En fait, plusieurs membres de la famille étaient absents, mais en l'espace de quelques minutes, Pam vit entrer assez de représentants de la loi pour mettre sur pied un système judiciaire tout entier.

Sandy mettait le couvert lorsque Dave, le frère de John, fit son apparition. La ressemblance entre les deux hommes était frappante. Tous deux étaient grands, d'une beauté rude, avec le même regard sombre et pénétrant. Mais l'intense gravité qui émanait de John était absente chez Dave. Il affichait une sorte de détachement, l'allure détendue d'un homme qui ne prend pas la vie trop au sérieux. Cette impression était sans doute en partie due à la petite fille qu'il portait dans les bras, au sac de couches jeté sur son épaule, et à l'inscription comique qui barrait son tee-shirt. Cela ne l'empêchait pas d'être un flic, aussi amical qu'il paraisse, et elle ne devait surtout pas l'oublier.

— Content de faire votre connaissance, Alice, dit Dave après que John eut fait les présentations. Et voici Ashley.

Entendant son nom, la petite fille le gratifia d'un grand sourire qui lui creusa des fossettes. Elle avait environ dix-huit mois, et, sous la masse brune de ses boucles capricieuses, une paire d'immenses yeux sombres.

— Salut, Ashley, fit Pam en lui chatouillant le bras.

La fillette éclata de rire. Son père déposa un baiser sonore sur sa joue, ce qui la fit rire de plus belle. À voir le regard dont Dave couvait sa fille, il était évident que celle-ci était au centre de son existence. Pam les contempla, en proie soudain à une émotion qu'elle avait crue enfouie à jamais – la souffrance née de la solitude et du mépris dans lesquels avait baigné sa propre enfance. Elle avait grandi sans que personne, y compris sa propre mère, ne se soucie d'elle. Mais elle s'efforçait de ne jamais y penser, parce que la route qu'elle avait choisie, qui avait fait d'elle une femme adulte et responsable, aurait été impossible à suivre si elle avait permis au passé de continuer à régir sa vie. Pourtant, en cet instant, tandis qu'elle regardait Dave et Ashley, elle était saisie par un cruel sentiment d'injustice qui ravivait sa douleur.

— Allez, Ashley, dit Dave en souriant à sa fille. On va voir ce que tante Louisa nous a préparé de bon.

Ils disparurent dans la cuisine tandis que Brenda et Eddie faisaient leur entrée.

Eddie était un blond aux allures d'intellectuel qui n'aurait pas paru déplacé entre les rayonnages poussiéreux d'une bibliothèque, penché sur des textes de littérature anglaise. Le criminologue type. Serait-il capable de la percer à jour ? se demanda Pam avec angoisse, s'attendant presque à le voir pointer sur elle un doigt accusateur, et déclarer qu'elle était en fuite.

Au lieu de quoi il lui sourit et lui présenta sa femme, Brenda.

Encore un stéréotype.

Brenda, tireuse d'élite, était une petite femme solide d'une trentaine d'années, aux gestes empreints d'autorité. Ses cheveux bruns étaient coupés à la diable, ses lèvres minces et pâles, et quand elle ôta ses lunettes de soleil, ses yeux étroits se vrillèrent sur Pam. On l'imaginait plus volontiers sur un champ de manœuvres au Moyen-Orient qu'au déjeuner de tante Louisa. Fort heureusement, elle ne semblait pas armée, et ne s'inquiéta pas plus que son mari de la présence de Pam.

Puis Eddie lui présenta leur fille, Mélanie, qui leva timidement les yeux sur elle. Elle devait avoir cinq ans, et, avec ses yeux vert d'eau et ses cheveux d'un blond délicat, elle était la fragilité incarnée. Pam jeta un coup d'œil à Brenda, puis de nouveau à la fillette. Pas de doute : la cigogne s'était plantée. Et en beauté.

Une fois les présentations terminées, Brenda jaugea Pam du regard.

— Alors, comme ça, vous êtes la petite amie de John ?

— Euh… oui.

Brenda s'adressa à John :

— Tu fais des progrès. Celle-ci au moins veut bien le reconnaître !

John demeura de marbre.

— Il y a de la bière dans la cuisine, Brenda. Mais pas d'ouvre-bouteilles. Tu n'auras qu'à ronger la capsule avec tes dents.

La bouche de Brenda se tordit en un semblant de sourire.

— Tu crois que ça me ferait peur ?

Sur ce, elle pénétra dans la cuisine, traînant l'ange blond à sa suite, Eddie sur les talons. Pam lança un coup d'œil à John, curieuse de sa réaction, mais il avait le regard ailleurs, fixé sur sa grand-mère qui remontait l'allée, chargée d'une tourtière. Il s'empressa de sortir, la déchargea du plat, et lui tendit le bras pour l'aider à gravir les marches.

Joues roses, lunettes cerclées de métal, robe imprimée dans les tons pastel, elle offrait le visage avenant des grands-mères d'autrefois. Pam se sentit instantanément soulagée. Elle se débrouillerait pour passer son temps auprès d'elle, à l'écouter raconter des histoires d'avant-guerre en regrettant qu'il n'y ait plus de présidents comme Herbert Hoover, ce qui lui éviterait de faire la conversation aux autres membres de la famille.

Mais, à la vue de Pam, le sourire de grand-mère se mua en un froncement de sourcils méfiant.

— Je ne vous connais pas.

— Grand-mère, intervint John. Je te présente Alice.

— Alice ? J'ai eu une chatte qui s'appelait Alice, autrefois. Elle souffrait d'une maladie de peau et elle a perdu tous ses poils.

— Quelle horreur ! s'exclama Pam.

— Nan. Ça l'a empêchée de s'étouffer avec les boules de poil.

Grand-mère reprit la tourte des mains de John, puis trottina jusqu'à la cuisine. Bon. Question de se cacher derrière une charmante vieille dame et ses souvenirs, c'était raté.

— Je crois que l'équipe est au complet pour aujourd'hui, murmura John. Grand-père et Alex sont à la pêche. On a de la veine.

En d'autres termes, il était soulagé d'avoir survécu au premier round.

Sous son regard vigilant, Pam se glissa dans la buanderie, où elle parvint enfin à remonter la fermeture de son jean, le maudissant du début à la fin de l'opération. Elle avait l'impression de porter une gaine. Un véritable carcan qui lui sciait l'entrejambe. Elle aurait de la chance si la couture des fesses ne lâchait pas quand elle s'assiérait.

La famille s'était rassemblée dans la cuisine, sous l'égide de tante Louisa, une grande femme droite comme un *i*, habillée d'un pantalon et d'un chemisier à col montant orné d'une broche, et dont la permanente poivre et sel semblait s'accrocher à son crâne avec l'énergie du désespoir. D'une voix douce, elle distribuait des ordres à l'un et à l'autre. Mais elle pria Pam d'aller prendre place à table, arguant du fait qu'elle était une invitée, et précisant que la prochaine fois, elle ferait sa part, comme tout le monde.

Pam ne tarda pas à découvrir qu'être entourée de la famille de John, c'était comme de se retrouver sur la piste de décollage d'un aéroport – l'activité y était aussi frénétique, et le vacarme presque aussi assourdissant. Elle avait du mal à se dire qu'ils étaient flics. Ils avaient l'air de gens ordinaires. Gentils. Cependant, chaque fois qu'elle commençait à se détendre un peu, John lui lançait l'un de ses regards acérés, et elle se rappelait la vraie raison de sa présence parmi eux.

Lorsqu'ils passèrent tous dans la salle à manger, il lui tira une chaise, mais Pam savait que ce geste n'avait rien à voir avec la courtoisie. Il lui enjoignait simplement de prendre place près de lui, afin de pouvoir la surveiller sans peine.

— Et vous, Alice, commença tante Louisa en faisant circuler la purée, que faites-vous dans la vie ?

— Je suis directrice adjointe dans un restaurant.

— Oh ! Vraiment ! Lequel ?

— *Le Renaissance.*

Tous les regards convergèrent sur elle, interrogateurs.

— C'est à Rosewood.

— Oooh ! s'exclama Sandy. Le restaurant italien ? Il paraît qu'il est excellent. Et assez cher. J'ai lu un article dans le journal.

— Hé, John ! Quel veinard ! lança Brenda. Tu peux emmener Alice au restaurant et avoir une réduction. Pas mal, non ?

— Tiens, je n'y avais pas pensé, rétorqua John. Tu aimerais venir ? Non, attends, ce n'est pas ton genre. On ne te laisserait pas entrer avec ta carabine.

Brenda se tourna vers Sandy.

— Et tu dis que c'est un endroit chic !

— Il paraît qu'on recycle la nourriture dans les restaurants, marmonna grand-mère. Ils font des ragoûts avec ce que les gens laissent dans leur assiette !

— Maman ! protesta tante Louisa. Ils ne font pas des choses pareilles ! N'est-ce pas, Alice ?

Dans l'un des établissements où elle avait travaillé, Pam avait vu un serveur ramasser un steak tombé sur le sol et l'essuyer sur son pantalon avant de le remettre sur l'assiette. Elle préféra cependant passer cet épisode sous silence.

— Non, répondit-elle. Bien sûr que non.

— Et si on agace les serveurs, continua la vieille dame, opiniâtre, ils crachent dans les plats !

— Maman ! Nous sommes à table, enfin !

Grand-mère haussa les épaules avec indifférence, puis farfouilla dans sa purée du bout de sa fourchette comme si elle s'attendait à y trouver des crottes de souris.

— Et comment vous êtes-vous rencontrés ? s'enquit tante Louisa.

Pam regarda John, qui se racla la gorge.

— Nous nous sommes rencontrés dans un restaurant. Elle est venue à ma table et... elle s'est présentée.

— Ça me plaît, commenta Brenda en coupant un morceau de viande. Une femme qui en a !

Tante Louisa tapota la main de Pam.

— Euh… c'est un compliment, mon petit.

— Eh bien, c'est une chance qu'Alice l'ait abordé, commenta Sandy. Parce que si elle avait dû attendre qu'il le fasse, on y serait encore.

Toute la tablée hocha la tête en signe d'assentiment, comme si c'était un fait avéré, et que John n'était pas là. Ce dernier fit ouvertement mine de ne pas avoir entendu.

Tante Louisa se tourna vers Brenda.

— Mélanie travaille bien à l'école ?

— Elle est brillante, évidemment.

— Et ses cours de danse ?

— Tu veux dire de taekwondo, marmonna Eddie.

Tante Louisa haussa les sourcils.

— De quoi ?

— Tu sais, un genre de kung-fu, expliqua grand-mère.

— Nous avons décidé que les arts martiaux lui conviendraient mieux, expliqua Brenda. Les filles doivent apprendre à se défendre.

— *Nous ?* répéta Eddie.

Sa femme leva les yeux au ciel.

— Apprendre à faire des pointes n'est pas le fin du fin dans la vie.

— Tu pourrais faire des compromis de temps en temps.

— Mais j'en fais ! Je lui ai acheté une poupée Barbie !

— Ouais. Celle habillée en militaire.

— J'ai dit que c'était un compromis, non ?

— Tu pourrais l'emmener prendre le thé de temps à autre au lieu de jouer à la prise d'otages !

— Lui offrir un chaton au lieu d'un rottweiler ? suggéra Sandy.

— L'emmener au zoo plutôt qu'au stand de tir, renchérit tante Louisa.

Grand-mère renifla.

— Si vous voulez mon avis, la gamine va finir lesbienne.

— Oh ! Ça va !

Brenda tira sur sa cigarette en silence, avant de prendre Pam à témoin.

— Qu'en pensez-vous, Alice ? Nous sommes au XXIe siècle, non ? Il serait peut-être temps de redéfinir le rôle des femmes une fois pour toutes !

Pam se figea, sachant qu'aucune réponse ne satisferait tout le monde.

— Je pense, fit-elle prudemment, que Mélanie a beaucoup de chance d'avoir une famille qui l'aime autant.

Le silence se fit autour de la table.

— Bonne réponse, décréta Sandy.

Tout le monde, Brenda y compris, hocha la tête et recommença à manger.

Pam n'en revenait pas. Chez elle, ce genre de désaccord aurait déclenché au moins une semaine d'hostilités ouvertes. Les rares fois où sa mère préparait à manger, le repas se déroulait dans un silence pesant. Et, au fond, elle préférait encore cela à la litanie des reproches et critiques, qui se terminait immanquablement par des hurlements auxquels Pam mettait fin en claquant la porte.

C'était tellement différent, ici. Ces gens-là échangeaient toutes sortes d'insultes et semblaient les oublier presque aussitôt. Pam était sidérée.

— Eh bien, Alice, fit Brenda, je dois avouer que vous êtes drôlement mieux que la dernière fille que John nous a présentée. Elle s'appelait comment déjà ? Debbie. Bon sang, quelle idiote, celle-là !

Chacun hocha la tête de nouveau. John ferma les yeux avec lassitude.

— Elle n'a pas fait de vieux os, hein ? remarqua Dave.

Sandy eut un rire moqueur.

— Non, elle n'est même pas arrivée jusqu'au dessert !

— Pas étonnant ! s'exclama John, s'animant soudain. Vu les réflexions de Brenda sur son maquillage !

Celle-ci haussa les épaules.

— Ce n'est quand même pas ma faute si elle ressemblait à un clown !

— Sa jupe était trop serrée, observa grand-mère. Je lui voyais la raie des fesses.

Sandy gloussa.

— Tu te souviens, Dave, quand tu as commencé à lui embrouiller le cerveau ?

— Quel cerveau ? demanda celui-ci.

Sandy se tourna vers Pam.

— Dave lui a demandé si elle savait pourquoi « abréviation » était un mot aussi long. La pauvre, ça l'a complètement bloquée.

— Alors, dites-moi, Alice, commença Dave d'un air dégagé, qu'est-ce qui arrive, à votre avis, si on meurt de frousse deux fois de suite ?

Pam haussa les épaules.

— Aucune idée, mais, à tout prendre, j'aimerais mieux mourir de rire.

Dave piqua un haricot vert.

— OK. Je vote pour elle.

— Moi aussi, déclara Brenda.

— C'était déjà fait, ajouta Sandy.

John laissa tomber sa fourchette bruyamment.

— Et pourquoi pas un vote à l'unanimité pendant que vous y êtes ?

— Non, objecta grand-mère. Il y a cette histoire de crachats dans les plats qui me gêne.

— Vous allez arrêter, oui ? Ce qu'il y a entre Alice et moi ne regarde que nous ! Point !

— Bien sûr, mon chéri, dit tante Louisa.

Elle se pencha vers Pam et ajouta un ton plus bas :

— Il n'est pas si susceptible d'habitude. Je crois qu'il est encore affecté par cette réprimande.

— Quelle réprimande ? demanda Pam.

Dave sourit.

— Tu ne lui as rien dit ?

John se couvrit le visage des mains.

— Il s'est énervé parce qu'un type qu'il avait arrêté a été jugé non coupable, alors il est allé dans les toilettes du tribunal et il a tabassé un distributeur de serviettes.

— Dave ? Tu veux bien la fermer ?

— Ensuite, il a été exilé au fin fond du Texas, là où le lieutenant envoie les vilains garçons qui se conduisent mal !

Voilà donc pourquoi John était dans ce chalet. Il était clair qu'il n'était pas en vacances, ainsi qu'il l'avait prétendu. Et doublement clair qu'il n'aimait pas qu'on le lui rappelle.

— Au fait, enchaîna Dave, tu es de retour plus tôt que prévu, non ?

— Oui, répondit John, laconique.

— Ça ne va pas plaire au lieutenant.

— Le lieutenant n'a pas lieu de l'apprendre, non ?

— Je serai muet comme une carpe, frérot.

John jeta un coup d'œil à Brenda, qui prit aussitôt la mouche.

— Pourquoi me regardes-tu ainsi ? Qu'est-ce que tu crois ? Que je vais te balancer ? Personnellement, je trouve que tu n'aurais pas dû démolir ce distributeur. Tu aurais dû garder tes forces pour tabasser cette petite ordure !

— Bien sûr, il y a la question des violences policières, glissa Eddie.

— Ouais. Je suis pour, rétorqua sa femme.

Eddie poussa un soupir résigné et se remit à manger.

— Détends-toi un peu, conseilla Dave à son frère. On ne gagne pas à tous les coups. Tu n'y peux rien, alors, à quoi bon te biler ?

— Je n'ai pas besoin que tu me dises comment faire mon boulot.

— Ce n'est pas la première fois que tu anticipes mal une décision du tribunal. Il faut que tu apprennes à t'écraser.

— C'est toi que je vais écraser si tu ne la boucles pas.

Dave soupira.

— Ouais. On peut se flanquer une raclée si tu veux. Ou tu peux réfléchir à ce que je viens de te dire. Il faut que tu cesses de t'impliquer personnellement. Ça va finir par te bouffer la vie.

Il dévisagea John un instant.

— Ne donne pas à Daniels une raison de te taper à nouveau sur les doigts. Tu vaux mieux que ça.

John fixait son assiette. Enfin, il hocha imperceptiblement la tête, et Dave orienta aussitôt la conversation sur les chances de victoire des Cow-boys.

Abasourdie, Pam comprenait à présent pourquoi John était entré dans une telle rage dans la pinède. Elle l'avait accusé de ne pas s'inquiéter de savoir si justice était faite, sans se douter qu'il venait de perdre une bataille avec ses supérieurs parce qu'il s'en souciait trop, justement.

D'un coup, elle regretta les paroles blessantes qu'elle lui avait crachées au visage. À présent qu'elle connaissait la vérité, un sentiment étrange l'envahissait, comme une vague de chaleur inattendue. Chaque seconde passée avec la famille de John fissurait un peu plus le mur qui les séparait, lui laissant entrapercevoir l'homme qu'il était réellement. Il ne supportait pas l'idée qu'un coupable échappe à la justice. Souffrirait-il autant qu'une innocente soit condamnée ? Jusqu'où irait-il pour éviter cela ?

Tante Louisa consulta sa montre.

— Tout le monde a terminé ? Le match ne va pas tarder à commencer. Les garçons, allez au salon et allumez la télé. Les filles, on s'occupe de la vaisselle.

Brenda prit une mine dégoûtée.

— Louisa, tu sais que je déteste cette attitude sexiste.

— Bien sûr que je le sais. Passe-moi cette saucière, veux-tu ?

Brenda leva les yeux au ciel. Elle s'empara de la saucière et se dirigea vers la cuisine. Pam tendit la main pour ramasser les assiettes, mais John la tira à l'écart.

— Tu viens avec moi, murmura-t-il.

— Non. Ça paraîtra bizarre si je n'aide pas.

— Je m'en moque. Je ne veux pas te perdre de vue.

— Enfin, John. Je peux à peine marcher dans ce jean, alors, courir...

Brenda et Sandy ressortirent de la cuisine.

— Alice, fit John en veillant à ce qu'elles l'entendent, tu es l'invitée. Les autres vont faire la vaisselle.

— Hé ! s'exclama Brenda. Tu essaies de priver ta copine de son droit à jouer les citoyens de seconde catégorie ?

John se vit forcé de céder.

— Alice n'aime guère le foot, fit-il en s'éloignant, avec un semblant de sourire. Prévenez-moi si elle essaie de prendre la clé des champs !

— Ne t'inquiète pas, on ne la laissera pas s'échapper, le rassura Sandy.

Après avoir rempli le lave-vaisselle, cette dernière se mit en devoir de laver les casseroles tandis que Pam les essuyait.

— Ne prends pas trop au sérieux l'éclat de John avec Dave, tout à l'heure, fit Sandy. On fonctionne ainsi dans cette famille. Aujourd'hui, c'était au tour de John d'être pris pour cible, c'est tout. Il n'est pas aussi fâché qu'il en a l'air. Ça lui aura passé d'ici la mi-temps.

Pam se contenta de sourire, sachant parfaitement que la mi-temps n'améliorerait en rien l'humeur de John.

— John et Dave sont très différents l'un de l'autre, n'est-ce pas ?

Sandy éclata de rire.

— C'est le jour et la nuit ! Et Alex est encore différent. Dave est tellement cool qu'il est pratiquement dans le coma. Mais il exploite ça très bien dans son boulot. Il peut calmer le jeu la plupart du temps parce que personne ne le considère comme un adversaire, pas même les gens qu'il emmène en prison. Alex, en revanche, a tout le temps une main sur un suspect et l'autre sur le code pénal. S'il est convaincu que quelqu'un a enfreint la loi, il est sans pitié. Alex était le préféré de notre père. Le fils aîné, quoi.

— Et John ?

— Pour Dave, être flic est un boulot. Pour Alex, c'est une mission. Mais pour John, c'est une passion. Il s'accroche à cet idéal selon lequel la justice devrait toujours être rendue. Ses frères gardent un certain détachement, quoi qu'il arrive. Pas lui.

— Je ne vois pas ce que cela a de si difficile. On ne pense pas au boulot. On le fait. Tu t'imagines qu'avec un preneur d'otages dans le collimateur, je vais prendre le temps de me demander s'il a des circonstances atténuantes avant de lui exploser la cervelle ?

— Non, Brenda, répondit tante Louisa en essuyant le plan de travail. Aucun d'entre nous ne peut se l'imaginer.

— On me désigne une cible, et je tire dessus. Mission accomplie.

— Mais il y a une grande différence entre John et toi, observa Sandy. John a un cœur, lui.

— Exact. Mais il pourrait dépasser cela s'il faisait un effort.

Sandy regarda Brenda avec dégoût.

— Bon, d'accord! s'écria celle-ci. John est un brave type. Vraiment. Je voulais seulement dire qu'il se complique la vie en croyant qu'il peut changer le monde alors qu'on sait tous que c'est impossible. Il y a des coupables qui s'en sortent, et des innocents qui trinquent. Et on n'y peut rien, bon Dieu.

Le monde selon Brenda. Plutôt effrayant, songea Pam, d'autant qu'elle-même risquait d'être l'un de ces malheureux destinés à trinquer...

Lorsqu'elles retournèrent au salon, le match avait commencé. Tout le monde s'installa. John avait pris place sur un petit – *très* petit – canapé à deux places, où Pam était censée le rejoindre.

Elle s'assit avec précaution, et sentit immédiatement que le coussin penchait dans la direction de John. Elle croisa les bras en essayant de se faire aussi discrète que possible. John semblait tout aussi tendu qu'elle. Heureusement que les autres étaient absorbés par le match, parce qu'à les observer, jamais ils n'auraient cru que John et elle formaient un couple.

Bientôt, cris, exclamations, encouragements, jurons, paris commencèrent à fuser de toutes parts. La pièce entière vibrait de rires et de plaisanteries.

Pam avait beau savoir que sa présence parmi eux n'était qu'une supercherie, durant un long et délicieux moment, elle ferma les yeux et se laissa bercer par l'atmosphère. Elle s'était inquiétée pour de mauvaises raisons, songea-t-elle. Le problème n'était pas qu'ils soient tous du côté de la loi. Le problème, c'était qu'elle les trouvait un peu trop sympathiques. Et si elle finissait par échouer en prison ? Elle les connaissait à peine, mais l'idée qu'ils puissent la prendre pour une criminelle lui semblait insupportable.

Plus important encore : que pensait John de tout cela ?

Il se tenait à côté d'elle avec raideur, ne lui prêtant aucune attention. À vrai dire, il semblait ne prêter aucune attention à rien. Il avait les bras croisés, le regard fixé sur l'écran, mais Pam savait qu'il ne suivait vraiment pas le match. Il était clair qu'il détestait devoir prétendre qu'elle était sa petite amie. Les quelques rares regards qu'il lui lançait étaient empreints de soupçon, comme s'il s'attendait à tout moment qu'elle pète les plombs et prenne sa famille en otage.

— Alice ?

Tournant la tête, Pam découvrit Mélanie près d'elle, un jeu de cartes à la main.

— Oui ?

— Tu veux jouer aux sept familles ?

— Mélanie, intervint sa mère. N'embête pas Alice, elle regarde le match.

— Ça ne m'ennuie pas, répondit Pam. Je veux bien jouer avec toi, ajouta-t-elle à l'intention de la fillette. Mais on devrait peut-être s'asseoir à table pour ne gêner personne.

Elle se leva et John parut sortir de sa torpeur. Il lui adressa l'un de ces regards d'avertissement qui lui étaient devenus coutumiers. Elle désigna la table d'un geste. Il se renfonça dans le canapé, pas vraiment ravi, mais ne fit pas mine d'intervenir. Elle traversa la pièce, consciente de son regard, et réprima l'envie de se retourner et de lui crier que ce n'était qu'une partie de cartes, pas une évasion.

Au lieu de quoi elle s'assit et s'efforça d'oublier sa présence. L'occasion lui était donnée de jouer à un jeu idiot et de vivre dans l'illusion que sa vie était absolument normale, et elle décida d'en profiter.

John pianotait distraitement sur l'accoudoir du canapé, les yeux rivés sur le téléviseur, apparemment très concentré. En fait, il avait du mal à distinguer une équipe de l'autre, et aurait été incapable de donner le score, sa vie en eût-elle dépendu. Il n'avait qu'une envie : que tout le monde fiche le camp afin qu'il puisse réfléchir à une solution pour sortir de l'impasse dans laquelle il s'était engagé. Par chance, personne ne semblait soupçonner quoi que ce soit au sujet de Pam, ce qui était une bonne chose.

Mais fallait-il vraiment qu'ils la trouvent si sympathique ?

Il n'y comprenait rien. Ils avaient fait la moue sur toutes les filles qu'il leur avait présentées, alors qu'ils clamaient à tout bout de champ qu'il était temps qu'il se marie. Pourquoi avaient-ils soudain décidé que Pam était la femme qui lui convenait ?

Il se sentit soulagé lorsqu'elle s'éloigna avec Mélanie. Il allait peut-être enfin pouvoir suivre ce maudit match. Il retira ses chaussures et posa les pieds sur la table du salon, mais quelque effort qu'il fasse, son regard, tel un radar ultrasophistiqué, ne cessait de revenir sur la jeune femme.

Grand-mère s'était jointe à elles. Il percevait des bribes de conversation, les exclamations ravies de Mélanie, et les plaintes de grand-mère qui avait du mal à déchiffrer les noms. Pam jouait le jeu avec l'énergie d'un croupier et la bonne humeur d'une tante ravie de faire plaisir à sa nièce.

Et John ne pouvait la quitter des yeux.

Il était fasciné par sa chevelure dorée qui scintillait lorsqu'elle secouait la tête, par la finesse de ses doigts, par les sourires radieux qu'elle adressait à la fillette. Mais dès qu'elle croisait son regard – ce qui était rare –, son sourire s'évanouissait. L'espace d'un instant, il ne put s'empêcher de se demander ce qu'il éprouverait si elle lui décochait un sourire aussi éclatant que ceux qu'elle réservait à Mélanie.

Et si elle était réellement sa petite amie ? Et si...

« Stop ! C'est une fille en cavale. Point », se sermonna-t-il.

Pourtant, plus l'après-midi avançait et plus son regard sur Pam changeait, se rapprochant insensiblement de celui de sa famille, qui ne voyait en elle qu'une femme ravissante, agréable, chaleureuse. Son cerveau ajouta automatiquement le mot « sexy » à la liste. Il le raya mentalement, mais il resurgit aussitôt en lettres majuscules.

Sexy. *Très* sexy.

Soudain, Sandy se leva et s'approcha de lui. Il fronça les sourcils, se demandant ce qu'elle mijotait.

Elle se laissa tomber à côté de lui en souriant.

— On dirait que les Cow-boys ne peuvent pas vraiment compter sur ton soutien aujourd'hui, hein ? Alice, en revanche...

— Lâche-moi les baskets, Sandy.

— Regarde-la, dit sa sœur, comme s'il faisait autre chose depuis une heure. Elle est vraiment super avec Mélanie, non ?

— Hum, hum...

— Même grand-mère a l'air de s'amuser !

— Hum.

— Tu es toujours fâché contre moi, hein ?

— Hum, hum.

— Pourquoi ne pas admettre que tu as passé un bon après-midi ? Toute la famille aime bien Alice. C'est une bonne chose.

— Je suppose que tante Louisa et toi allez choisir notre service de table dès demain ?

— Non. Demain, c'est l'argenterie. Le service de table, c'est pour mardi.

Elle lui tapota le genou.

— Sérieusement, John, elle est vraiment bien. Tâche de la garder, hein ?

Une heure plus tard, les Cow-boys parvinrent enfin à arracher la victoire, au grand soulagement de John qui n'avait jamais été aussi heureux qu'un match se termine. Après la séance habituelle d'étirement et de récupération de leurs plats et récipients respectifs, les membres de la famille s'apprêtèrent enfin à quitter les lieux. Mélanie tira sur le jean de John, qui s'accroupit près d'elle.

— Elle est drôle, Alice.

— Ah bon ?

— Tu vas te marier avec elle ?

— Eh bien, on n'en a pas encore parlé.

— Je l'aime bien, conclut la fillette avant de s'éloigner en sautillant.

Grand-mère s'approcha de Pam, l'air circonspect.

— Si je vais à votre restaurant un jour, vous les surveillerez quand ils prépareront mes plats ? Pour être sûre que tout est en ordre ?

Pam sourit.

— Avec plaisir.

Grand-mère se tourna vers John.

— Bon, alors, je suppose que je vote pour elle aussi.

Tante Louisa la suivait.

— Je suis vraiment contente d'avoir fait votre connaissance, Alice. J'espère que grand-père et Alex se joindront à nous la prochaine fois, ainsi vous connaîtrez toute la famille. Qu'en pensez-vous ?

— Cela me plairait beaucoup.

Dave arrivait, Ashley dans ses bras.

— Ne nous jugez pas d'après John, Alice. Il est peut-être nul, mais sa famille en revanche, c'est quelque chose ! plaisanta-t-il avant de sortir.

Tandis que Pam se tenait sur le seuil, et leur faisait un dernier signe de la main, John se souvint des paroles de Sandy. *Tâche de la garder...* Et soudain, c'était ce qu'il avait envie de faire. Garder Pam auprès de lui. Des heures durant. Toute une nuit, peut-être...

Comment était-ce arrivé ? Comment, en l'espace de quelques heures, sa perception de cette femme avait-elle évolué si radicalement ? Au point de vouloir lui parler, la toucher, la prendre dans ses bras, lui faire l'amour...

Il chassa cette pensée de son esprit et suivit des yeux la dernière voiture qui s'éloignait. Après le vacarme de l'après-midi, la maison lui parut si calme que c'était tout juste s'il n'entendait pas son cœur battre.

— Eh bien, on dirait que ça a marché, commenta Pam. Ils ne se sont doutés de rien, n'est-ce pas ?

— Non, fit-il sans oser la regarder. Ils ne se sont doutés de rien.

— Je craignais sans cesse qu'ils me posent une question et que je réponde de travers. Je ne l'ai pas fait, au moins ?

John ferma les yeux.

— Non.

— J'ai trop parlé ? Pas assez ?

— Tu as été très bien, Pam. Tu leur as plu.

— Qu'y a-t-il, alors ?

Il lui fit face lentement. Grâce à elle, sa famille n'avait rien soupçonné du tout. Ce qui rendait sa tâche d'autant plus difficile. Mais il n'avait pas le choix. Vraiment pas.

Il jeta un coup d'œil en direction de la chambre, où les menottes étaient toujours accrochées à la tête de lit. Pam comprit aussitôt.

— Tu dois m'attacher, fit-elle d'une voix sourde.
Il hésita.
— Oui. Je regrette, mais...
— Question de devoir, c'est ça ?
— Que suis-je censé faire, Pam ? s'insurgea-t-il. Tu peux me le dire ?
— Me laisser partir, peut-être ?
— Tu sais que ça m'est impossible
— John...
— Ne me complique pas la tâche.
Elle porta la main à sa gorge, comme si elle avait du mal à respirer.
— Je suppose que j'aurais dû m'en douter, mais j'ai pensé... qu'après cet après-midi... Je... je n'arrive pas à y croire.
Leurs regards se soudèrent l'un à l'autre pendant un interminable moment. Bon Dieu, il se détestait. Mais il n'avait aucune autre possibilité. Il se trouvait face à un terrible dilemme : d'un côté, sa conscience lui interdisait de la livrer aux autorités, de l'autre, il ne pouvait la laisser partir.
— Je n'essaierai pas de m'enfuir, John. Je te le promets. Je t'en prie... Juste pour quelques heures...
Sa voix s'éteignit, et devant son regard suppliant, John comprit à quel point lui aussi partageait son désir. Il voulait une situation normale, où elle ne serait pas une suspecte et il ne serait pas un flic, et où des mots tels que *responsabilité*, *devoir* et *obligation* ne lui viendraient même pas à l'esprit.
— Seulement quelques heures... murmura-t-elle.
Merde à la fin ! Pourquoi lui faisait-elle ce coup-là ? Il était coincé. Pourquoi refusait-elle de le comprendre ?
— On a le choix, dit-il. Soit tu y vas de ton plein gré, soit je te traîne.
Les larmes jaillirent aussitôt des yeux de Pam.

— Va te faire voir ! J'ai agi comme tu me l'as demandé, et c'est ainsi que tu me traites !

— Tu es toujours une fugitive. Tu sembles l'avoir oublié.

— Comment le pourrais-je ? Tu ne perds pas une occasion de me le rappeler !

— Je fais mon boulot, c'est tout.

— Non ! Ton boulot aurait été de me livrer à tes collègues. Or, je suis ici. Et maintenant, tu ne sais pas quoi faire de moi. Tu pourrais m'emmener en prison, mais ta conscience t'en empêche !

Cédant à la frustration, John lui empoigna le bras, l'entraîna dans le couloir jusqu'à la chambre et la fit asseoir sur le lit.

— Non, John ! *Non !*

Elle fit mine de se relever, mais il la repoussa. Elle tenta de se dégager, mais il fut plus rapide qu'elle et referma la menotte sur son poignet. Elle le foudroya du regard.

— Pourquoi m'as-tu amenée ici ? Si je dois rester menottée, je serais aussi bien en prison !

— Ne me pousse pas à bout, Pam.

— Tu ne peux pas le faire, hein ? Tu ne peux pas parce que tu sais que je suis innocente. Tu sais que je n'ai pas attaqué ce magasin. Que je n'ai pas tiré sur cette femme. Et pourtant...

Elle leva le poignet avec un geste de défi, puis le laissa retomber, et la chaîne cliqueta contre la tête de lit.

— Et pourtant, tu te conduis comme si j'étais coupable !

La tension entre eux était à son comble.

— Je te le demande une dernière fois, John. Est-ce que tu me crois coupable ? Ou bien est-ce que tu penses que je suis une innocente, victime des circonstances ?

— Il n'y a aucun élément qui...

— Merde ! Oublie le jargon une seconde, d'accord ? Je ne veux pas la version du flic. Je veux la tienne !

Il se détourna, les poings serrés. Il lui fallait à tout prix quitter cette pièce, le temps de retrouver la maîtrise de lui-même. Mais lorsqu'elle reprit la parole, sa voix était douce, teintée d'une tendresse qui le prit au dépourvu.

— J'ai compris quelque chose aujourd'hui. J'avais tort dans la pinède. Ton problème, ce n'est pas que tu t'en moques. C'est plutôt que, parfois, tu prends les choses tellement à cœur que ça te bousille.

Il devait sortir d'ici. Tout de suite.

— Tu connais la vérité, n'est-ce pas ? continua-t-elle. Tu la connais.

Il se tourna vers elle – erreur numéro un – tout en se persuadant – erreur numéro deux – qu'il était capable de se montrer un tant soit peu objectif à son endroit. Elle le fixait avec une intensité telle qu'il eut l'impression qu'elle lisait en lui. Il se détourna de nouveau, conscient qu'il était sur le point de franchir une limite qu'il n'avait jamais voulu dépasser, et sachant qu'une fois qu'il aurait sauté le pas, il ne pourrait plus faire marche arrière.

Mais elle avait raison. Il connaissait la vérité. Comment pouvait-il le nier plus longtemps ?

— Le flic en moi affirme que tu es coupable, avoua-t-il. Il voudrait t'emmener droit en prison et qu'on n'en parle plus… Et pourtant…

Il fit une pause, puis se retourna et plongea son regard dans les yeux bleus si limpides qui le fascinaient depuis qu'il l'avait rencontrée.

— Je ne sais pas pourquoi, car je n'en ai pas la moindre preuve, mais je crois que tu me dis la vérité.

13

Pam crut qu'elle allait s'évanouir de soulagement. Elle avait voulu convaincre John de son innocence – elle en avait *besoin* –, mais ce qu'il venait de dire signifiait plus encore. Désormais, elle n'était plus seule dans sa lutte.

Sa joie ne l'empêcha pas de remarquer que l'aveu de John lui avait coûté.

Il s'assit au bord du lit, le regard rivé sur ses mains, les épaules affaissées, les traits tirés, et, pour la première fois, elle le vit tel qu'il était : non pas un super flic, mais un homme, tout simplement. Un homme confronté à des décisions difficiles.

— Que va-t-il m'arriver, maintenant ?

— Je ne sais pas.

Un long silence suivit. Finalement, John se tourna vers Pam.

— J'ai parlé à la propriétaire du magasin. Elle est fêlée. Et elle est myope comme une taupe. Même le plus nul des avocats lui réglera son compte en trois secondes.

Pam se redressa.

— C'est fantastique !

— Ne t'emballe pas. Ça ne prouve pas ton

innocence. Seulement qu'elle ne peut pas t'identifier. Vu le reste, ça fait peu.

— Mais c'est quelque chose, tout de même !

— Hum... Si on veut. Et tu avais raison au sujet des filles du 317. Ce sont bien des prostituées. Mais elles ont un commerce plutôt lucratif, et je pense qu'on peut les éliminer de la liste des suspects. Autre point négatif : l'inspecteur chargé de l'enquête a pris sa retraite, et celui qui le remplace ne vaut pas tripette. On ne pourra compter sur aucune aide de sa part. Il a son suspect, il n'ira pas en chercher un autre.

— Tu as vraiment pris la peine de vérifier tout cela ?

— Oui.

Pam n'en croyait pas ses oreilles. Voilà donc où il était, ce matin. Pendant qu'elle était attachée à ce lit, il menait sa propre enquête.

— Crois-tu qu'il soit possible de découvrir le véritable auteur du vol ?

John secoua la tête.

— Non. Je ne pense pas.

— Mais, c'est la seule façon de...

— Non. Nous ne sommes pas obligés de trouver le coupable. Ce qu'il faut, c'est réunir assez d'indices pour que les jurés doutent de ta culpabilité et décident de t'acquitter.

— Sinon...

— Tu iras en prison.

La simple mention de ce mot lui donnait envie de vomir.

— John. Écoute-moi, s'il te plaît. Je ne peux pas y aller. S'il y a le moindre risque...

— Notre meilleur espoir est de trouver deux ou trois éléments convaincants. Selon toi, tu n'as pas vu Steve au bon moment pour qu'il te serve d'alibi, mais il s'en est fallu de peu. Un avocat pourra utiliser ce genre d'information pour introduire le doute dans l'esprit des jurés.

Pam se sentait terrifiée à l'idée de se retrouver à la merci des aléas du système judiciaire. Pourtant, la présence de John à ses côtés la rassurait. Il avait fait des recherches, pris des risques pour elle. Sandy avait raison : c'était un type bien. Vraiment bien.

— Mais je préfère être honnête, Pam. Cela pourrait se terminer très mal, quoi que je fasse.

Il ne s'expliqua pas davantage. Ce n'était pas nécessaire. S'il ne trouvait pas assez d'éléments pour établir son innocence, elle irait en prison. Et il avait beau la croire, un jour viendrait où il serait contraint de la remettre aux mains de la police, et de laisser le tribunal décider de son sort. Heureusement, pas aujourd'hui.

Tout à coup, une idée effrayante traversa l'esprit de Pam. Il croyait à son innocence, en dépit des apparences. Mais que se passerait-il s'il découvrait des preuves qui l'accablaient ?

Dans la forêt, lorsqu'il lui avait demandé si elle avait un casier, elle avait répondu non.

Mais s'il venait à apprendre la vérité ? Comprendrait-il qu'elle avait changé ? Que la femme qu'elle était devenue n'aurait même pas jeté un papier de bonbon sur le trottoir ? Que le souvenir de son adolescence troublée lui était si pénible qu'elle préférait ne pas y penser ?

Non. Elle ne pouvait prendre le risque de le lui avouer. De toute façon, le dossier était confidentiel. Personne ne pourrait l'invoquer au tribunal. Il ne saurait jamais.

Mais il n'y avait pas que le tribunal.

Leandro avait découvert son passé parce qu'un flic n'avait pas su tenir sa langue. Comment être sûre qu'il n'en serait pas de même pour John ? S'il apprenait qu'elle lui avait menti, il ne lui ferait plus jamais confiance.

— John ?

Il tourna la tête.

— J'ai quelque chose à te dire.

Les mains de Pam tremblaient. Elle ferma les yeux un instant, tentant de se ressaisir.

— Quand tu m'as demandé si j'avais un casier, je t'ai dit que non, mais...

Un éclair de surprise jaillit dans le regard de John, qui la dévisagea aussitôt d'un air méfiant.

— C'était il y a longtemps, ajouta-t-elle très vite. J'étais mineure. Cinq ou six arrestations, je ne me souviens plus exactement. Mais je n'ai rien fait de mal depuis. Je te le jure.

L'expression de John changea de nouveau, et elle lut sur son visage ce qu'elle avait espéré ne plus jamais y lire : le doute. Ce fut comme si on lui enfonçait un poignard dans le cœur.

— Pourquoi ne me l'as-tu pas dit plus tôt ?

— Parce que j'avais peur que tu penses que je ne pouvais pas avoir changé, répondit-elle, essayant en vain de maîtriser le chevrotement de sa voix. Si j'avais évoqué un casier, quel qu'il soit, je n'aurais eu aucune chance. Mais j'ai changé, John. Ce n'est pas parce que j'ai fait quelques erreurs de jeunesse que j'ai commis ce vol à main armée !

— Tu as été arrêtée pour vol, c'est ça ?

— Euh... oui.

— C'est tout ?

— Euh... un peu de vandalisme à droite à gauche. Ivresse sur la voie publique. Ça n'est arrivé qu'une fois, et je crois que le flic m'aurait peut-être laissé partir si je n'avais pas versé ma bière sur ses chaussures. Mais c'est tout, John. Je te le jure.

— Tu as versé de la bière sur les chaussures d'un flic ?

— C'était de la blonde.

— Bon Dieu, Pam !

John se prit la tête dans les mains et respira à fond. Puis il fit mine de se lever. Elle lui agrippa le bras, se cramponna à lui avec désespoir.

— Je n'étais qu'une gosse, John. Une adolescente stupide qui en voulait au monde entier...

— Une adolescente stupide, hein ? Comment crois-tu que la plupart des malfaiteurs ont commencé ? Eux aussi étaient des adolescents stupides !

— Je sais que je t'ai menti. Mais je ne le ferai plus. Plus jamais. Je t'en prie, John, dis-moi que cela ne change rien.

Il poussa un soupir dégoûté.

— Laisse-moi t'expliquer...

Les yeux de John se posèrent sur ses mains. Sur le mur. N'importe où plutôt que de croiser le regard de Pam. Mais il ne bougea pas, ne s'en alla pas.

— Quand j'avais dix-sept ans, commença-t-elle, je me suis fait arrêter avec mon copain dans une voiture qu'il avait volée. J'ai écopé de trois mois en maison de redressement. C'était l'horreur. Je ne savais pas ce qu'être enfermée signifiait. J'ai commencé à réfléchir sérieusement à mon avenir, à me dire que je m'étais comportée comme une imbécile, qu'il était temps de faire marche arrière. Mais j'étais beaucoup trop fière pour le reconnaître ouvertement, alors, on m'a envoyée passer une journée en prison...

Elle s'interrompit, les souvenirs ressurgissaient dans sa mémoire, trop pénibles à raconter. « Il le faut, s'exhorta-t-elle. Si tu veux que John comprenne. »

— Je n'étais pas trop inquiète, reprit-elle. Je m'attendais à un truc comme au lycée, genre journée d'information sur la drogue et l'alcool, quand ils font venir un ancien accro qui raconte son histoire pour te convaincre de ne pas l'imiter. J'y suis donc allée avec mon arrogance habituelle...

« Et puis une femme est venue et s'est mise à nous parler. Ou plutôt à hurler comme un garde-chiourme. Je me rappelle que j'avais le cœur qui battait à cent à l'heure.

Elle fit une nouvelle pause, au bord des larmes.

— Une autre m'a lorgnée de la tête aux pieds d'un air sournois, et elle a passé la main dans mes cheveux en me disant de ne pas m'inquiéter, qu'une jolie fille comme moi serait très populaire en prison. C'était abominable. C'est à ce moment-là que j'ai décidé que plus jamais je ne remettrais les pieds dans un endroit pareil. Rien que l'idée d'y retourner me terrorise...

Elle ajouta à voix basse :

— Je ferais n'importe quoi pour ne pas y retourner, John. *N'importe quoi.*

Il ne répondit pas. Il continuait à fixer le vide devant lui, le visage tendu, indéchiffrable, comme s'il se réservait le droit de sortir à tout moment en claquant la porte.

— Ç'a été sacrément dur après, mais j'avais touché le fond. J'ai trouvé un boulot de serveuse chez *Denny*. Et petit à petit, j'ai refait surface. La nuit du vol, on venait de me nommer directrice adjointe du *Renaissance*. Je mourais d'envie d'avoir ce poste... J'étais folle de joie. J'ai pensé que j'avais enfin tourné la page. Et puis, voilà...

« Je ne suis plus la même, John. Je n'ai pas braqué ce magasin. Tu dois me croire !

Il se tourna vers elle.

— C'est tout ?

Sa voix était monocorde, son regard impénétrable ; elle n'avait aucun moyen de savoir s'il la croyait ou non.

Elle déglutit, bien décidée à aller jusqu'au bout.

— Dans cette prison, une des femmes m'a demandé si je couchais. J'ai dit que non, mais évidemment je mentais. Je suis passée entre les mains de tous les jeunes délinquants de Tolosa. Et tout d'un coup, j'ai compris combien j'avais eu de la chance de ne pas être tombée enceinte, parce que aucun de ces types n'aurait voulu prendre ses responsabilités.

Pam se souvenait de la honte qu'elle avait éprouvée chaque fois. Avec John, ç'avait été si différent...

— Ce que je t'ai dit dans la forêt était vrai. J'ai soudain pensé à toutes ces années que j'allais passer enfermée, sans jamais voir un homme, et je me suis rappelé comment tu m'avais embrassée dans ce chalet. Je voulais... revivre cela, et plus encore, juste une fois, avant de...

La frustration la gagna.

— Ce n'est pas que je voulais faire l'amour une dernière fois, John. Plutôt que...

Elle ferma les yeux.

— ... je voulais le faire pour la première fois.

Il la regarda avec étonnement.

— Mais tu as dit que...

— Je sais. Je ne suis pas vierge. Mais ce qu'on fait à l'arrière d'une voiture ne mérite pas qu'on s'y attarde.

— Quel âge as-tu, Pam ?

— Vingt-six ans.

— Tu veux dire que... ?

— Je n'ai rien fait depuis huit ans. Oui.

Il plongea son regard dans le sien, et elle y lut le désarroi d'un homme qui essayait d'y voir clair, de trouver un sens à tout ceci, de comprendre ce qu'il éprouvait. Et tandis qu'elle se laissait happer par les profondeurs infinies de ses yeux sombres, elle songea que ce n'était pas un homme parmi d'autres, auquel elle voulait se donner pour connaître, ne serait-ce qu'une seule fois, la chaleur de la passion avant les rigueurs de la prison.

C'était John.

— Tu m'as dit un jour que tu aimes les femmes qui savent ce qu'elles veulent, murmura Pam sans détacher son regard du sien. Je sais ce que je veux.

— Et c'est quoi ?

— Toi.

Il la considéra longuement.

— Pourquoi moi ?

— Parce que j'ai confiance en toi.

— Tu devrais peut-être y réfléchir à deux fois.

— Pourquoi ?

— Bon sang, Pam, tu ne comprends pas que ma marge de manœuvre est limitée ? Je ne peux pas te garantir que je trouverai des preuves...

— Je ne parle pas seulement de cela.

Il fallut à John quelques secondes pour saisir ce à quoi elle faisait allusion. Lorsqu'elle vit la lueur de compréhension dans son regard, elle se sentit soudain embarrassée. Mais elle n'allait pas se dérober, pas maintenant.

— Je ne sais pas ce que l'on ressent lorsque c'est un homme qui vous fait l'amour, John. Je veux que cet homme, ce soit toi.

— Si c'est par reconnaissance...

— Oui. C'est par reconnaissance. Et pour bien d'autres raisons.

Les secondes s'égrenèrent. Il demeurait silencieux et, l'espace d'un instant, elle faillit regretter ses paroles. Puis, lentement, la tension qui l'habitait parut s'évanouir et la lassitude disparut de son regard. D'un geste délibéré, il tendit la main vers la table de nuit et ramassa quelque chose.

La clé des menottes.

— Quoi qu'en pense, Sandy, je n'ai jamais été attiré par tous ces trucs tordus, observa-t-il.

Il prit la main de Pam dans la sienne, glissa la clé dans la serrure. Il y eut un déclic. Il libéra son poignet, puis ouvrit l'autre menotte attachée à la tête de lit, et posa le tout sur la table de nuit. Lorsqu'il se tourna vers elle, elle lut dans son regard le désir à l'état brut.

D'un coup, l'air entre eux parut se charger d'électricité. Pam eut la sensation d'un poids qui lui écrasait la poitrine, son pouls s'accéléra. Pour la première fois, elle se sentait libre de le contempler tout son soûl. Du bout du doigt, elle frôla son œil tuméfié, suivit le contour de sa joue.

— Je ne voulais pas que tu sois blessé, murmura-t-elle. Pardonne-moi.

— Ça guérira.

Il s'inclina sur elle et lorsqu'elle comprit qu'il allait l'embrasser, elle cessa de respirer. Quand ses lèvres frôlèrent les siennes, ce fut si léger qu'elle se demanda si elle n'avait pas rêvé. Puis il s'écarta, attendit plusieurs interminables secondes avant d'effleurer sa bouche de nouveau. Elle attendait un baiser fougueux, mais il se contenta de lui caresser le bras avec une douceur qui la rendit folle de désir, brûlante d'impatience.

Lorsqu'il la lâcha, elle dut réprimer l'envie de l'attraper par le col de la chemise pour le ramener à elle. Les yeux de John s'attardèrent sur son visage, glissèrent sur sa gorge, ses seins.

— Enlève ton sweat-shirt.

Ce n'était pas un ordre. Sa voix était si rauque de désir qu'elle sentit une vague d'excitation la parcourir. Elle voulait que cela arrive. Oh, comme elle le voulait ! Alors pourquoi demeurait-elle immobile, comme pétrifiée ?

Le regard rivé sur elle avec une intensité qu'elle ne lui connaissait pas, il attendait qu'elle fasse ce qu'il lui demandait. Mais le souvenir de ce qui s'était passé dans la pinède, du choc et de l'humiliation qu'elle avait ressentie alors, la paralysait, quand bien même elle savait que la situation n'était plus la même.

— Toi d'abord, souffla-t-elle.

Il esquissa un sourire.

— Pour prouver ma bonne foi ?

— Désolée, John. C'est juste que...

— C'est juste que jusqu'à présent il s'agissait d'un jeu entre nous, et que tu veux être certaine que ce n'est plus le cas.

Elle baissa les yeux, sidérée qu'il ait été capable de deviner ses pensées si aisément. Et inquiète qu'il interprète sa réaction comme un manque de confiance en lui.

Il glissa un doigt sous le menton de Pam, la forçant à le regarder.

— Tout va bien, la rassura-t-il avant de se lever et de déboutonner sa chemise.

Il la retira, révélant son torse bronzé dont les muscles bougeaient à chacun de ses mouvements. Elle n'en perdait pas une miette, ne se lassant pas d'admirer ce corps si parfait, si fort, si sexy...

Il jeta négligemment la chemise sur le sol.

— OK, mon ange. À ton tour.

C'était maintenant ou jamais.

Elle prit une profonde inspiration, puis saisit le bas de son sweat-shirt et le fit passer par-dessus sa tête. Ses longs cheveux blonds retombèrent en corolle sur ses épaules. Elle garda le vêtement serré contre elle un instant, avant de le poser près d'elle sur le lit. Puis elle se laissa aller contre l'oreiller, les joues en feu, luttant désespérément pour se détendre.

Bien sûr, il l'avait déjà vue en soutien-gorge, et même les seins nus, mais tout avait alors été si vite, emportés qu'ils étaient dans la tourmente de la passion. Là, les choses étaient différentes. C'était lent, sensuel, son regard balayait chaque centimètre carré de sa peau dénudée. Jamais elle ne s'était sentie aussi nue. Et elle ne l'était même pas!

Pas encore.

— À toi, dit-elle d'une voix à peine audible.

Ses mains volèrent jusqu'à sa ceinture, défirent la boucle. Le cœur battant la chamade, elle le regarda tirer la lanière de cuir, passant après passant, se demandant si cela finirait jamais, s'il faisait exprès de la tourmenter, d'exciter son désir.

Enfin, il laissa tomber la ceinture, dont la boucle tinta sur le parquet. Elle attendit, mais il ne bougea pas.

— À ton tour.

Elle battit des paupières, surprise. En théorie, la ceinture constituait bel et bien un vêtement, mais elle se retrouvait dans une situation délicate...

Elle tendit la main vers le bouton de son jean, puis se ravisa, et remonta vers l'agrafe de son soutien-gorge. Attentif, John enregistrait chacun de ses gestes. Sa respiration s'était accélérée, et une certaine lueur au fond de ses yeux sombres indiqua à Pam que la patience n'était pas l'une de ses qualités. Elle hésitait, sachant que quel que soit son choix, elle se retrouverait presque nue et totalement vulnérable.

Sans prévenir, la vision nauséeuse de ces brefs accouplements frénétiques qu'elle avait connus autrefois lui traversa l'esprit. La honte la submergea aussitôt tandis qu'elle se rappelait combien elle avait été prompte à se donner pour se sentir, l'espace de quelques minutes, proche d'un autre être humain. Et combien elle avait souffert ensuite...

Sa main tâtonna vers son sweat-shirt, qu'elle plaqua vivement contre sa poitrine.

— Je suis désolée, John. Je le voulais. Je croyais que je le voulais, mais je ne peux pas. Ne sois pas fâché. Je t'en supplie.

Il s'assit près d'elle, lui caressa doucement la cuisse pour l'apaiser.

— Pourquoi voudrais-tu que je sois fâché ?

Elle détourna les yeux.

— Au chalet, quand j'ai dit non...

Sa voix s'éteignit. Elle risqua un coup d'œil vers lui ; il secouait la tête.

— Mon cœur, beaucoup de choses se sont passées entre nous depuis.

Il tendit la main et s'empara doucement du sweat-shirt, qu'il laissa tomber sur le sol. Elle croisa les bras sur sa poitrine, stupéfaite d'éprouver à la fois tant de désir et tant de crainte.

— Tu trembles, murmura-t-il.

— Oui.

— Tu as froid ?

— Non, j'ai peur.

Il effleura sa joue.

— Tu ne crains rien.

— Tu as... ce qu'il faut ?

— Oui. Pam, nous ne sommes plus des adolescents.

Lui, sans aucun doute. Mais en ce qui concernait le sexe, elle, en revanche, avait toujours dix-huit ans.

— Je... je ne vais pas être très douée.

Il sourit.

— Mon ange, comment pourrais-tu ne pas l'être ?

Passant l'index sous la bretelle de son soutien-gorge, il la fit glisser le long de son épaule, sur laquelle il déposa un baiser tout en dessinant la courbe de son sein du bout du doigt.

— Retire ton soutien-gorge, lui chuchota-t-il à l'oreille. Je veux te voir.

Il aurait pu la déshabiller lui-même, mais quelque chose avait changé entre eux et il ne voulait plus prendre ce qu'il désirait. Seulement, qu'elle le lui offre.

Fasciné, il la vit poser la main sur le fermoir. Elle le dégrafa, hésita une seconde, puis son soutien-gorge rejoignit son sweat sur le sol. Elle s'appuya à l'oreiller, résistant à la tentation de croiser les bras, de se soustraire à son regard.

Pourquoi était-ce si difficile ? Parce qu'elle avait vingt-six ans et ne savait rien de l'amour ? Ou parce qu'elle craignait de décevoir celui qu'elle désirait tant satisfaire ?

Il la prit par la taille, les yeux brillants tels des diamants noirs, et durant quelques secondes, elle se sentit de nouveau embarrassée. Puis il s'inclina sur elle, captura ses lèvres, les forçant doucement à s'entrouvrir. Lorsque sa langue rencontra la sienne, elle se sentit littéralement fondre. Ses mains remontèrent lentement jusqu'à ses seins, les caressèrent, les pressèrent, envoyant des décharges électriques dans tout son corps. Jamais personne ne l'avait touchée ainsi. À l'instant où il prit dans sa bouche la pointe dressée de son sein, un frisson de volupté la foudroya.

Elle gémit doucement et s'accrocha à lui, consciente de ce battement sourd, insistant, au creux de son ventre.

— John... souffla-t-elle en se cambrant contre lui.

Elle ne savait comment lui expliquer, mais il comprit sans qu'elle eût besoin de parler. Ses mains descendirent le long de ses hanches. Il essaya de faire glisser son jean. Peine perdue.

— C'est la dernière fois que je fais ta lessive, murmura-t-il.

Il lui prit la main et l'aida à se lever. Elle parvint à s'extraire de son pantalon, qu'il repoussa du pied en l'attirant à lui. Ses bras puissants l'enveloppèrent, et tandis qu'il reprenait ses lèvres, il insinua les mains sous son slip avant de la plaquer contre son sexe durci, lui arrachant un petit cri.

Sans la lâcher, il l'entraîna avec lui et s'adossa à la tête de lit. Avant qu'elle ait compris ce qui lui arrivait, il la fit pivoter et l'installa entre ses jambes, le dos appuyé contre son torse. Elle se raidit, momentanément gênée, puis elle sentit son haleine tiède contre son cou, sa bouche gourmande sur sa peau, ses mains sur ses seins, et tout son corps frémit de désir.

Il posa la paume à plat sur son ventre, enroula son pied autour de sa cheville, lui écartant doucement la jambe. Son autre main se pressa contre son slip, à l'endroit sensible et tendre entre ses cuisses. Sa caresse était si inattendue, si intime que la jeune femme tressaillit et tenta de se dégager. Il la retint doucement.

— Laisse-toi aller, mon ange, chuchota-t-il tout contre son oreille. Fais-moi confiance...

Elle se força à se détendre malgré le trouble, l'embarras que sa caresse suscitait en elle. Très vite ses sens s'affolèrent, et elle ne fut plus consciente que de la chaleur de braise de sa peau nue contre la sienne, de son souffle sur son cou, sur ses épaules. Le plaisir qu'elle sentait monter en elle eut raison de ses dernières réticences et elle céda à l'envie irrésistible d'onduler contre lui, de remuer les hanches au rythme de ses caresses

Soudain, il s'arrêta. Mais avant qu'elle ait eu le temps de protester, il avait passé la barrière de son slip, plongeant les doigts dans la fente soyeuse et humide. Elle se figea une fraction de seconde, puis ondoya de nouveau contre lui, folle de désir.

Pantelante, elle agrippa la main plaquée sur son ventre, se mouvant en cadence, se pressant toujours plus fort contre lui, cherchant, cherchant...

— John... je t'en prie...

— Je sais, mon ange, murmura-t-il d'une voix sourde, haletante. Vas-y. Laisse-toi aller...

À l'instant où il prononçait ces mots, un ouragan la balaya tout entière, si puissant qu'elle dut se cramponner à sa main, secouée par les vagues de pur plaisir qui se succédaient en elle.

Elle sentit les bras musclés de John autour d'elle et s'y blottit tandis que son souffle s'apaisait, que les derniers spasmes se calmaient. Elle aurait voulu demeurer là jusqu'à la fin de ses jours, à l'abri, en sécurité.

John était submergé par une émotion inconnue, proche du vertige, qui le laissa K-O. Il découvrait, bouleversé, que la femme qui venait de s'abandonner entre ses bras avec une si totale confiance était fragile, douce, vulnérable. Et tandis qu'elle s'accrochait à lui si farouchement, il était saisi du désir irrépressible de la garder ainsi contre lui et de la protéger à jamais.

Elle se tourna lentement pour lui faire face, et la vue de ces superbes yeux bleus voilés par la passion le remua jusqu'au tréfonds. Elle l'embrassa, et il lui rendit son baiser avec fougue. Il aurait juré qu'elle n'aurait plus une once d'énergie, et cependant, elle se pressait contre lui en gémissant. Elle n'avait peut-être pas beaucoup d'expérience en amour, mais chacun de ses gestes attisait son désir.

— Il faut que je retire ce jean, dit-il d'une voix rauque.

Elle s'écarta et il fit mine de s'asseoir au bord du lit, mais elle l'en empêcha et se mit en devoir de le déshabiller elle-même. En un éclair, elle ouvrit son jean et le fit glisser le long de ses jambes, entraînant son slip avec.

Elle le laissa tomber sur le sol, et resta immobile, et il comprit qu'elle ne savait pas très bien ce qu'elle devait faire. Il se leva, se dirigea vers la commode. Il en sortit ce qu'il cherchait, et le mit en place, stupéfait de constater que ses mains tremblaient comme celles d'un adolescent sur le point de faire l'amour pour la première fois.

Du calme, s'exhorta-t-il. Pam voulait un homme. Pas un gamin. Et un homme capable de se contrôler.

Bien qu'il mourût d'envie de plonger en elle sur-le-champ, il savait qu'il ne le pouvait pas. Qu'il ne le *devait* pas. Elle avait eu son compte d'expériences nulles de ce genre, et jamais elle ne lui pardonnerait de la traiter ainsi. Il prendrait son temps, même s'il devait y laisser sa peau. Ce qui risquait fort de lui arriver...

Il pivota, et son cœur fit un bond. Elle avait quitté son slip et le contemplait, allongée sur le lit, un bras passé sous la tête. Somptueusement nue. Elle replia la jambe, l'écarta légèrement, puis se caressa la cuisse d'un geste sensuel. D'un coup, la bouche de John se dessécha.

— John... Dépêche-toi.

« Merci, mon Dieu », songea-t-il avec reconnaissance.

Lorsqu'il atteignit le lit, elle lui tendit les bras. Il se positionna entre ses cuisses et s'enfonça en elle.

Il se figea instantanément, craignant de ne pas être capable de se retenir tant le désir qui le submergeait était violent. Mais elle ne lui laissa pas le moindre répit. Elle attira son visage à elle et l'embrassa avec ardeur, enroulant ses jambes autour de sa taille, projetant ses hanches en avant pour l'accueillir tout entier. Il commença à aller et venir en elle, s'obligeant à la lenteur malgré l'enthousiasme de Pam, mais elle était si étroite, si brûlante qu'il savait qu'il ne pourrait pas tenir très longtemps.

Elle lui caressait le dos avec ferveur, balbutiant des mots sans suite, en proie à une impatience croissante. Les coups de reins de John se firent plus fermes, plus rapides, tout son corps se tendit sous la pression presque douloureuse du désir qui cherche à s'assouvir. Il avait eu si peur d'aller trop vite, et voilà qu'elle s'accordait à son rythme, le précédait presque.

— John ! cria-t-elle.

Il s'immobilisa, craignant de lui avoir fait mal.

— Pam ?

— Non, souffla-t-elle. Continue ! *Continue...*

Elle s'arqua à sa rencontre, haletante, cria son nom de nouveau en se cramponnant à lui. Il sentit qu'elle allait jouir, qu'elle jouissait déjà, et s'abandonna à son tour. L'explosion qui le secoua le fit trembler de la tête aux pieds. Ils demeurèrent accrochés l'un à l'autre, frémissants, savourant ensemble les dernières vagues du plaisir.

Lentement, la tension reflua, cédant la place à une sensation de bien-être euphorique. John roula sur le côté, attirant Pam dans ses bras. Elle nicha la tête au creux de son épaule, son corps souple épousant le sien à la perfection. Il la serra étroitement contre lui, si étroitement qu'elle arrivait à peine à respirer.

John se sentait incroyablement ému. Avec toutes les femmes qu'il avait connues, il commençait à préparer la rupture pratiquement à l'instant où il les touchait. Or avec Pam, pour la première fois de sa vie, il voulait davantage qu'un instant de plaisir partagé. Quelle ironie, songea-t-il, que ce soit justement avec la seule femme qui, peut-être, n'avait pas d'avenir à lui offrir !

Elle était innocente, il n'en doutait plus. Mais que se passerait-il s'il échouait à l'aider ? Si elle se rendait compte qu'il n'avait qu'une chance infime de dénicher des preuves suffisantes pour convaincre un jury ?

Il revit son regard plein d'effroi lorsqu'elle lui avait raconté son histoire, et une soudaine appréhension le saisit. N'avait-elle pas dit qu'elle ferait n'importe quoi pour ne pas retourner en prison ?

Un terrible pressentiment l'étreignit. S'il fermait les yeux et s'endormait, serait-elle encore à ses côtés le lendemain ? Se réveillerait-il dans un lit vide ?

Il ne pouvait permettre qu'une telle chose arrive. Quoi qu'il lui en coûte.

14

Pam reposait entre les bras de John, encore sous le choc de la tempête émotionnelle qu'elle venait de traverser. Jamais elle n'aurait imaginé que faire l'amour puisse être une expérience aussi enivrante. À présent, blottie contre lui, elle en oubliait presque l'horreur de sa situation, rêvant de prétendre, pour quelques heures seulement, qu'ils menaient une vie normale, qu'ils étaient libres d'approfondir ce qui venait de naître entre eux.

Elle le voulait tellement !

Peut-être que son rêve deviendrait réalité. Il allait l'aider, elle en avait désormais la certitude. Elle prit une profonde inspiration, et sentit ses inquiétudes se dissiper. Avec John à ses côtés, elle reprenait espoir.

Elle posa la main sur son torse, qui se soulevait régulièrement au rythme de sa respiration.

— John ? murmura-t-elle.

— Oui ?

— Je croyais que tu dormais.

— Non. Je ne dors pas.

Un long silence suivit. Elle éprouva un pincement d'appréhension, puis se dit qu'il était sans doute fatigué. Comme elle, d'ailleurs.

Puis elle comprit soudain qu'il était tendu. Ou fâché. Ou les deux à la fois.

Elle se souleva sur un coude et le regarda. Il ferma les yeux et détourna la tête. Une bouffée de panique la saisit.

— John ? Qu'y a-t-il ?

Il ne répondit pas, ce qui confirma ses pires craintes. Elle l'avait déçu.

Elle eut l'impression que le monde s'écroulait autour d'elle.

— Je... je suis désolée, John, balbutia-t-elle, au bord des larmes. Ce sera mieux la prochaine fois. Je te le promets...

Elle se mordit la lèvre, réalisant son erreur. Il n'avait jamais été question d'une quelconque prochaine fois.

— Mieux ? répéta-t-il, incrédule.

— Je... je ne sais pas vraiment... enfin... comment donner du plaisir à un homme. La façon dont tu m'as touchée... j'aurais dû te rendre la pareille, mais j'ignore...

— Pam.

Elle s'interrompit. Il lui caressa la joue du revers de la main.

— Cela n'aurait pas pu être mieux, mon ange. J'ai pris plaisir à chaque seconde et je recommencerais mille fois si je le pouvais.

— Alors, qu'y a-t-il ?

Il soupira, laissa tomber sa main.

— Tu sais, il est possible que je ne rassemble pas assez de preuves pour t'aider.

Pam ferma les yeux.

— Non. Pas maintenant. Je t'en prie.

— Il le faut.

Non. Elle n'avait qu'une envie : se boucher les oreilles et le supplier de faire semblant que tout allait bien. Pour cette nuit seulement...

— Je veux seulement que tu comprennes que lorsque j'aurai fait tout ce qui est en mon pouvoir, il faudra que tu te livres en espérant que tout se passera bien. T'en sens-tu capable ?

En un éclair, Pam sut qu'elle s'était bercée d'illusions. Elle avait réussi à se persuader qu'aussi longtemps que John la soutenait, tout irait bien. Mais, à présent, il semblait si sceptique que l'angoisse la ravagea de nouveau. La froide réalité la frappa de plein fouet : elle pourrait malgré tout finir en prison.

Si elle se livrait.

— Je… je ne sais pas, John.

Elle se tut un instant.

— Mais nous n'en viendrons peut-être pas là, reprit-elle avec un regain d'espoir. Nous allons trouver des preuves. Peut-être même le vrai coupable. Tu dis qu'il y a peu de chances, mais c'est possible, non ?

Il secoua la tête.

— Je ne crois pas.

— Je pensais que tu allais m'aider !

— Bien sûr que je vais t'aider. Mais…

— Tu ne comprends pas ! Je ne peux pas aller en prison, John. Je ne *peux* pas !

— Tu veux dire que tu préférerais t'enfuir de nouveau ?

Elle avala sa salive, avant de rétorquer d'une voix altérée :

— Parce que tu essaierais de m'en empêcher ?

L'air sembla soudain manquer dans la pièce. Le silence s'éternisa tandis qu'elle attendait une réponse négative. Elle ne vint pas. Au lieu de cela, John se retourna et s'empara des menottes posées sur la table de nuit.

Le cerveau confus de Pam mit quelques secondes à enregistrer son geste. Puis, d'un coup, le fragile cocon de chaleur et de sécurité qui l'enveloppait vola en éclats.

Elle se redressa brusquement. Il lui saisit le poignet, mais elle se dégagea.

— Après tout ce qui s'est passé entre nous ce soir, tu vas m'attacher ? s'indigna-t-elle.

— C'est pour ton bien.

Une douleur aiguë transperça le cœur de Pam. Elle suffoquait presque sous le poids de sa trahison.

— C'est à cause de mon casier ? Tu crois que j'ai vraiment commis ce braquage, c'est ça ?

— Non. Pas du tout.

— Bien sûr que si ! Tu ne ferais pas ça si je ne t'en avais pas parlé !

— Écoute, mon ange. Je sais que tu meurs de peur à l'idée d'aller en prison, et j'en connais la raison. Le problème, c'est que ne suis pas sûr que tu ne vas pas t'enfuir, non parce que tu es coupable, mais parce que tu es effrayée. Et si tu t'enfuis, ta vie est foutue. Tu comprends ?

— Je ne vais pas m'enfuir ! Je te le jure !

Il attrapa son poignet.

— Ne me fais pas ça, John ! Je t'en supplie !

Elle tenta de résister, mais il la maintenait d'une poigne ferme.

— Je te faisais confiance !

— Tu le peux encore.

— Tu te fiches de moi ?

— Pam… Je t'en prie.

Muette, les dents serrées, elle continua de se débattre, mais il maintint son étreinte jusqu'à ce qu'elle faiblisse. Puis il attira son bras à lui et referma la menotte autour de son poignet. Elle leva sur lui des yeux brillants de larmes.

— Salaud !

Il ferma les paupières un instant, comme pour accuser le coup, puis les rouvrit.

— C'est seulement que je ne veux pas que tu aies disparu à mon réveil.

À la surprise de Pam, il referma l'autre menotte autour de son propre poignet.

— Reste avec moi cette nuit, Pam, et nous nous en sortirons, d'une façon ou d'une autre. Je te le promets.

À quoi bon ces promesses ? N'avait-il pas compris qu'à la seconde où il avait saisi ces menottes, elle avait cessé de le croire ? Quant à rester avec lui, avait-elle le choix ?

Il se recoucha. Toujours appuyée à la tête de lit, elle tira d'un geste brusque le drap sur son corps nu et se détourna ostensiblement.

— Pam, murmura-t-il. Allonge-toi.

— Fiche-moi la paix !

Un long silence s'ensuivit.

— Je sais que tu ne comprends pas, reprit-il avec douceur. Mais si j'agis ainsi, c'est que je me soucie de toi.

— Non. C'est parce que tu es flic, et que les flics refusent de croire que les gens peuvent changer.

— Si c'était vrai, à l'heure qu'il est, tu serais en route pour la prison.

Pam luttait farouchement contre les larmes, résolue à ne plus faire montre d'aucune faiblesse. Elle s'était mise à nu devant lui, et il était clair que cela ne signifiait rien pour lui. Soudain, il lui semblait qu'un gouffre impossible à combler venait de se creuser entre eux.

Elle finit par s'allonger, uniquement parce qu'elle ne pouvait rester assise toute la nuit. Il tendit les bras vers elle, mais elle eut un mouvement de recul et se pelotonna aussi loin de lui que les menottes le lui permettaient. Il émit un soupir de frustration.

— Fais-moi confiance, murmura-t-il. S'il te plaît.

— Je t'ai fait confiance, John. Jusqu'à ce que tu me passes cette menotte autour du poignet.

Elle fit une pause.
— Je ne commettrai plus cette erreur.

— Ils ne s'en iront donc jamais! chuchota Paula à Tom en sortant une autre assiette de *nachos* du micro-ondes. Je croyais qu'ils devaient rentrer chez eux après le match. Il est presque 9 heures!

— Veux-tu que je parle à Steve?

Elle savait qu'il le ferait, si elle le lui demandait. Mais comme d'habitude, elle se sentit coupable. Après tout, Steve était le cousin de Tom. Et leur seul et unique sujet de désaccord. D'ailleurs, c'était moins lui que sa bimbo qui agaçait Paula.

Elle soupira.

— Non. Laisse tomber. Je suppose qu'ils ne vont pas tarder à partir.

— Oh! Regarde! couina Rhonda dans le salon. *L'Étrange Créature du lac noir*. Ça doit être vraiment cool sur grand écran!

Paula réprima un gémissement.

— Désolé, fit Tom. Tu crois que tu pourras les supporter encore un peu?

Paula sourit d'un air résigné.

— Bien sûr. J'adore ce film.

Tom sourit.

— Tu mens vraiment très mal. Mais c'est pour ça que je t'aime.

Elle ramassa l'assiette de *nachos* et ils retournèrent au salon.

Steve était affalé sur le canapé, à côté de Rhonda. Il avait les cheveux d'un blond plus pâle que ceux de Tom, des traits moins fermes, mais c'était incontestablement un garçon séduisant. Qui l'aurait été encore davantage s'il n'avait eu la joue lacérée, la lèvre fendue, et un bel hématome sur un côté du visage. Une bagarre dans un bar, avait-il expliqué.

Paula posa l'assiette sur la table avec un sourire forcé.

Rhonda rejeta sa chevelure peroxydée par-dessus son épaule et jeta un coup d'œil au plat avec un petit reniflement de dégoût.

— C'est vraiment utile, tous ces haricots dessus ? lança-t-elle.

Paula s'obligea à garder son calme.

— Je ne savais pas que tu n'aimais pas les haricots.

— Maintenant, tu le sais.

— Ça va, Rhonda, fit Steve, sans quitter l'écran des yeux. Mange ces fichus *nachos* et tais-toi.

Elle roula des yeux de tragédienne.

— Très bien. Je vais les manger.

Elle en prit un, et se mit en devoir d'ôter tous les haricots qui le recouvraient.

Exaspérée, Paula fit volte-face et retourna à la cuisine, avant de céder à la tentation d'enfoncer chacun de ces haricots dans le nez de Rhonda.

Tom la suivit, les paumes levées en signe d'excuse.

— Je sais. Elle est pénible. Mais c'est parce qu'elle est en manque. Une fois qu'elle aura arrêté tout ça...

— Arrêté ? Tu plaisantes ? Elle s'est fait une ligne de coke dans ma salle de bains il y a dix minutes !

Les épaules de Tom s'affaissèrent.

— Bon. Alors, c'est peut-être la coke qui la rend susceptible.

— Respirer la rend susceptible !

— Fais un effort, d'accord ? Steve ne devrait pas tarder à se rendre compte de son erreur, et à se débarrasser d'elle.

Il s'approcha de Paula, l'entoura de ses bras et lui donna un baiser qui la fit chanceler. Non seulement elle se sentait soudain encline à tolérer n'importe quoi de la part de Rhonda, mais elle avait du mal à se souvenir de l'existence même de la jeune femme.

Tom lui caressa la nuque, et Paula frissonna.

— Si nous allions continuer cette discussion dans la chambre ? suggéra-t-il.

— Maintenant ? Avec eux à côté ?

— Ils ne remarqueront même pas notre absence.

Il prit Paula par la main et l'entraîna à travers le salon.

— Paula et moi allons nous coucher. N'oubliez pas de fermer à clé en partant.

Rhonda l'ignora complètement. Steve émit un vague grognement.

— Tu te souviens de l'été dernier, quand on regardait les matches des Rangers avec Steve et Pam ? demanda Paula lorsqu'ils se retrouvèrent seuls dans la chambre.

— Oui.

— J'avais bêtement cru que cela durerait toujours. Je regrette que ça n'ait pas marché. Ce n'est pas que j'aurais voulu que Pam reste avec Steve, mais…

Elle s'interrompit, embarrassée.

— Ne t'inquiète pas. Je sais que Steve n'est pas parfait. J'espère seulement qu'un jour il fera le bon choix.

Paula émit un soupir.

— Pam me manque tellement. C'est la meilleure amie que j'aie jamais eue. Je ne sais pas comment je vais faire sans elle.

— N'y pense plus. Ça ne sert qu'à te rendre malheureuse.

Il la fit asseoir sur le lit et, s'emparant de sa guitare, commença à jouer l'un des morceaux préférés de Paula.

— Hé ! Vous ne pouvez pas faire un peu moins de bruit ? Y en a ici qui essayent de regarder un film !

La voix de Rhonda. Nasillarde, vulgaire.

Paula écarquilla les yeux tandis que les doigts de Tom se figeaient sur les cordes. Puis ils échangèrent un regard et éclatèrent de rire. Abandonnant sa guitare, Tom renversa Paula sur le lit. Il commença à l'embrasser, et elle se demanda comment elle avait pu vivre sans lui.

Du salon, elle perçut les rugissements de la créature du lac noir, auxquels se mêlaient les cris faussement effrayés de Rhonda.

— Hé ! cria Tom, vous ne pouvez pas faire un peu moins de bruit ? Y en a ici qui essayent de faire l'amour !

— Tom ! protesta Paula. Tu es vraiment impossible.

Il lui adressa un sourire taquin.

— Pas du tout ! Je suis au contraire gentil. Très gentil. Tu veux que je te montre ?

Pam ouvrit les yeux, l'esprit encore embrumé de sommeil, puis son regard tomba sur John, qui reposait à ses côtés, le menton assombri par une barbe naissante, les cheveux en désordre, et tout lui revint d'un coup. Le souvenir poignant de leur corps à corps sensuel, des émotions qu'il avait fait naître en elle.

Sa trahison.

Elle regarda leurs poignets liés par les menottes, et dut se faire violence pour ne pas céder aux larmes. Comment avait-il pu ?

Tournant la tête, elle aperçut les premiers rayons du soleil qui se faufilaient entre les lamelles des stores, et elle se demanda si c'était la dernière aube de sa vie de femme libre. Puis elle baissa les yeux et sursauta. Là, sur la table de chevet.

La clé.

Elle la fixa pendant plusieurs secondes, osant à peine respirer.

Puis elle jeta un regard vers John, toujours endormi.

Son cœur se mit à battre à grands coups désordonnés.

C'était maintenant ou jamais.

Elle rafla la clé, se retourna et attendit, le poing refermé sur son butin. John n'avait pas bougé.

Avec précaution, elle glissa la clé dans la serrure et la tourna. Le *clic* lui fit l'effet d'une explosion. Elle se figea un instant. Millimètre par millimètre, elle dégagea son poignet. Les battements sourds de son cœur résonnaient à ses oreilles, amplifiés par la peur.

Elle posait la menotte sur l'oreiller lorsque John commença à s'agiter.

Impuissante, Pam le regarda tourner la tête dans sa direction. Ses paupières frémirent. Pétrifiée, les doigts crispés sur le métal, elle songea qu'elle allait échouer.

John cligna des yeux, posa sur elle un regard vague, visiblement en pleine confusion. Sans réfléchir, Pam referma la menotte autour de l'un des barreaux de la tête de lit.

Les yeux de John s'ouvrirent en grand. Il se jeta en avant, la main tendue, mais la jeune femme, plus rapide, avait déjà bondi hors du lit et reculait vers la commode.

— Pam ! Reviens ici !

Elle ramassa rapidement ses vêtements et les tint devant elle. Il fixa les menottes, abasourdi, puis tira dessus brutalement. Comprenant qu'elles ne céderaient pas, il se retourna vers Pam.

— Pam ! Tu ne peux pas partir ! Ça ne résoudra rien !

— Au contraire ! Ça me permettra d'éviter la prison.

— Tu as l'intention de fuir toute ta vie ? C'est ça que tu veux ?

— Si ça signifie que je n'irai pas en prison, alors, oui ! C'est ce que je veux !

John respira à fond pour tenter d'endiguer la vague de panique qu'il sentait enfler en lui.

— Écoute. Tu as une chance de t'en sortir. Il faut seulement que tu me laisses le temps de trouver d'autres éléments en ta faveur.

— Pourquoi ferais-tu cela alors que tu penses que je suis coupable ?

— Je n'ai jamais dit une chose pareille !

— Non ! Tu as laissé les menottes parler à ta place.

— Je sais que tu as peur, ma chérie, fit-il en s'obligeant au calme. Mais je t'ai dit que je t'aiderais et je le ferai.

— Non, tu ne le feras pas. Je ne te crois plus !

— Bon Dieu, Pam ! Tu vas m'écouter ?

— Je n'ai plus le temps.

Elle enfila son jean et son sweat à toute allure, fouilla dans les poches de John, à la recherche de ses clés de voiture.

— Pam, tu n'iras pas en prison. Pas si je peux l'éviter. Détache-moi, et nous allons discuter.

Elle se dirigea vers la porte.

— Pam ! Arrête !

Elle pivota, et les larmes jaillirent de ses yeux. Il se tenait là, incroyablement beau dans sa nudité, souvenir grandeur nature des moments merveilleux qu'ils avaient partagés, et un sentiment de regret poignant, presque insupportable, l'étreignit.

— Non, John, répondit-elle, la voix tremblante. C'est mieux ainsi. Pour nous deux. Tu n'auras pas à prendre la décision de m'emmener en prison. Cela ne te concerne plus. Tu pourras me blâmer d'avoir pris la fuite, et tu auras la conscience tranquille.

— Merde, Pam ! Ne fais pas ça !

Elle aurait voulu rester. Désespérément. Et croire chacune de ses paroles, parce qu'elle n'avait absolument aucun autre espoir. Mais c'était impossible.

— Je téléphonerai à Sandy pour qu'elle vienne te délivrer, murmura-t-elle.

John ferma les yeux.

— Génial.

— Je lui expliquerai que nous nous sommes disputés, que j'étais tellement furieuse que je t'ai attaché et que je suis partie. Elle me croira.

— Non, Pam. Elle t'aime. Elle ne croira pas…

— Je me débrouillerai pour la convaincre… Je suis désolée, mais je vais devoir prendre ta voiture. Je sais que ça fait de moi une voleuse, mais je n'ai pas le choix. Je te la rendrai. D'une façon ou d'une autre. Je te le promets.

Elle se tourna pour sortir.

— Pam.

Sa voix était douce, suppliante presque ; elle s'insinua en elle, l'atteignit en plein cœur. Elle s'immobilisa, le dos tourné, la main sur la poignée de la porte, regrettant amèrement que leur rencontre se termine ainsi.

— Ce qui s'est passé hier soir ne signifiait donc rien pour toi ?

Une larme roula le long de la joue de Pam, suivie d'une autre. « Pas ça, je t'en prie », l'implora-t-elle silencieusement. Pourquoi ne se contentait-il pas de la laisser partir ? Il l'oublierait si aisément. Elle s'essuya les yeux du revers de la main, puis lui fit face.

— C'était tout pour moi, John. J'aurais seulement voulu que ça compte aussi pour toi.

Sur ces mots, elle sortit. Appuyée au mur du couloir, les jambes flageolantes, elle l'entendit jurer et frapper du poing contre la tête de lit. Elle prit une profonde inspiration pour se donner du courage, déposa les clés des menottes sur une tablette, dans le vestibule, et quitta définitivement la maison de John.

15

Vingt minutes plus tard, Pam pénétrait sur le parking de la résidence Timberlake. Tandis qu'elle longeait le côté est du complexe, elle se rappela la joie qu'elle avait éprouvée en emménageant ici. Cela représentait un tel bond en avant après le trou à rats qui lui servait de logement jusque-là.

À présent, six ans plus tard, elle se rendait compte que la résidence n'était vraiment pas le palace qu'il lui avait semblé alors. Le parking était plein d'ornières, la peinture des fenêtres s'écaillait, et les auvents de la façade étaient défraîchis et déchirés par endroits. Pourtant, elle affectionnait cet endroit, peut-être parce qu'il représentait la preuve tangible que la persévérance était récompensée.

Et elle avait le cœur serré à l'idée de l'abandonner à jamais.

Elle se gara aussi près que possible de l'appartement de Paula avant d'inspecter les lieux du regard. Tout était désert.

Elle descendit de voiture, se glissa dans l'entrée et grimpa à l'étage par l'escalier de service. Elle frappa doucement à la porte 214, incapable d'imaginer ce qu'elle ferait si son amie n'était pas chez elle.

Au bout d'une éternité, alors qu'elle avait presque perdu espoir, la porte s'entrouvrit. Paula écarquilla les yeux et l'ouvrit en grand.

— Pam !

Elles se jetèrent dans les bras l'une de l'autre, s'étreignant à perdre le souffle. Puis Paula s'écarta et la tint par les épaules.

— Tu devrais être à La Nouvelle-Orléans ! Qu'est-il arrivé ?

Pam secoua la tête.

— Si je te le disais, tu ne me croirais pas.

— Bien sûr que si ! J'étais tellement inquiète. Raconte-moi tout !

Pam lui offrit une version abrégée de ses aventures sur un ton aussi détaché que possible, omettant l'épisode de la veille au soir, et le fait que John lui avait brisé le cœur. Désormais, cela n'avait plus d'importance. C'était terminé, et elle ne voulait plus y penser.

— Attends une minute, l'interrompit Paula. Tu as laissé ce type *menotté* à son lit ?

— Je n'avais pas le choix. Je ne pouvais pas prendre le risque qu'il me livre à ses collègues !

— Tu es sûre qu'il ne t'aidera plus ?

L'aiguillon du doute transperça Pam, et, l'espace d'une seconde, elle s'imagina rebroussant chemin, se glissant entre ses bras protecteurs...

Non, trancha-t-elle. Sa seule chance de salut était de quitter la ville.

— J'en suis certaine, déclara-t-elle en réponse à la question de son amie. Paula, peux-tu m'aider ? enchaîna-t-elle. J'ai besoin d'argent. Je n'ai ni sac à main ni cartes de crédit... Rien !

— Bien sûr. Je dois avoir au moins quelques centaines de dollars.

Elle s'empara de son sac, en sortit son portefeuille, et farfouilla à l'intérieur, l'air perplexe.

— Je croyais avoir davantage... Oh ! J'oubliais ! J'ai payé mes courses en liquide. Il ne me reste que trente dollars !

Les épaules de Pam s'affaissèrent sous l'effet de la déception. La somme serait loin de suffire.

— Pam ?

Elle fit volte-face, et son cœur tressaillit dans sa poitrine. Tom se tenait sur le seuil du salon. Elle jeta un regard affolé à Paula.

— Tu ne m'avais pas dit que Tom était ici !

— Calme-toi, répondit son amie. Il ne dira rien à personne.

Tom se risqua dans la pièce, vêtu seulement de son caleçon. Il avait les cheveux en bataille, l'air mal réveillé, et arborait une expression interrogative.

— Nous devons trouver de l'argent pour aider Pam à s'enfuir, lui expliqua Paula.

— Mais qu'est-ce qu'elle fait en ville ?

— Ça ne te regarde pas, intervint Pam vivement tout en décochant un regard assassin à Paula pour la dissuader de répéter son histoire.

— Hé ! du calme, riposta Tom. C'est juste que je te croyais déjà à La Nouvelle-Orléans.

Pam émit un soupir exaspéré. Pourquoi Paula lui avait-elle révélé sa destination ? Plus de gens étaient au courant, plus elle courait de risques.

— Pam, ne t'inquiète pas, répéta Paula. Tom, as-tu de l'argent sur toi ?

Il fronça les sourcils.

— Je ne sais pas. Peut-être un peu.

— Ça t'ennuie de le prêter à Pam ?

— Pas du tout. Je vais voir ce que j'ai.

Il revint peu après avec son portefeuille, et Pam ne fut aucunement surprise lorsqu'il en tira neuf misérables dollars. Paula, en revanche, lui sourit avec autant de chaleur que s'il en avait sorti neuf cents. Il laissa échapper un soupir de regret.

— Je suis désolé de ne pas avoir plus, dit-il, et soudain Pam eut vraiment l'impression que s'il avait eu neuf cents dollars, il les lui aurait donnés.

— Pam ? fit une voix derrière elle.

Elle sursauta, et resta bouche bée à la vue du nouveau venu.

— Steve ! s'exclama Paula. Qu'est-ce que tu fabriques ici ?

— Le film s'est terminé tard, et comme tu as une chambre d'amis, j'ai pensé que ça ne t'ennuierait pas.

Il s'adressa à Pam.

— Tu ne devrais pas être à La Nouvelle-Orléans ?

Pam fusilla Paula du regard.

— Reste-t-il quelqu'un dans cette ville qui ignore où je devais aller ?

— Qu'est-ce que tu crois ? s'insurgea Steve. Que je vais aller te balancer aux flics ?

Pam n'aurait pas juré qu'il ne le ferait pas. Surtout après leur dernière rencontre un peu... houleuse.

— Bien sûr que non, déclara Paula. Pam a besoin d'argent. Tu en as ?

— Désolé. Je suis à sec.

Pam fit la grimace, écœurée.

— Qu'est-ce qui se passe ? Tu as misé sur le mauvais cheval hier ? Tu as tout perdu à part tes plombages ?

Pour autant que Pam put en juger, au-delà des contusions sur son visage, Steve parut vraiment blessé.

— Écoute, rétorqua celui-ci, je sais que tu es sous pression, mais tu n'es pas obligée de me parler ainsi. J'aimerais réellement t'aider. Il se trouve juste que je n'ai pas d'argent sur moi.

Il y avait un accent de sincérité dans sa voix et Pam éprouva soudain des remords. Alors que Tom et lui essayaient de se montrer gentils, elle faisait preuve d'une agressivité mal venue. Dans sa situation, elle n'était pas en position de se passer d'amis.

Elle laissa échapper un soupir de frustration.

— Excuse-moi, Steve. Mais je… j'ai du mal à croire à ce qui m'arrive.

— Moi aussi. Si seulement je t'avais vue plus tôt ce soir-là, j'aurais pu être ton alibi et tu n'en serais pas là.

— Nous n'y pouvons plus rien à présent, murmura Pam, touchée.

— Si c'est nécessaire, je suis prêt à témoigner pour toi. Tu le sais, n'est-ce pas ?

— Cela ne servirait à rien, Steve. Mais… merci quand même.

— Hé ! Qu'est-ce qu'elle fiche ici ?

Pam pivota sur ses talons pour se trouver nez à nez avec… Rhonda !

Ça virait au cauchemar. Le salon de Paula commençait à ressembler à un hall de gare.

Rhonda, vêtue en tout et pour tout d'un tee-shirt au ras du nombril et d'un slip imitation panthère, laissa échapper un ricanement haineux tandis que Pam s'effondrait sur le canapé, rêvant d'aspirine et d'un solide remontant.

— Reste-t-il un seul individu sur terre qui ne sait pas que je suis ici ?

— Pam, ne t'en fais pas, intervint Paula. Nous sommes tous tes amis. Nous savons que tu es innocente.

— Je n'en suis pas si sûre.

Quatre paires d'yeux furieux se tournèrent vers Rhonda.

— C'est vrai ! Après tout, il y a des preuves contre elle ! Qui sommes-nous pour les mettre en doute ?

— Rhonda ! siffla Steve.

Elle redressa le menton.

— J'ai le droit de penser ce que je veux, répliqua-t-elle. Et d'ailleurs, pourquoi est-ce que tu n'es pas à La Nouvelle-Orléans ? ajouta-t-elle à l'adresse de Pam.

À bout de nerfs, la jeune femme se cacha son visage entre ses mains. Autant faire circuler une carte des États-Unis avec sa photo et un cercle rouge autour de La Nouvelle-Orléans.

— Je veux dire, pour quelqu'un qui est en cavale, tu t'y prends plutôt mal !

— Boucle-la, Rhonda ! intima Steve.

— Elle est nulle comme fugitive, non ?

— Je t'ai dit de la boucler !

Les yeux de Rhonda lancèrent des éclairs.

— J'aurais dû me douter que tu prendrais son parti !

Tournant les talons, elle se replia dans la chambre et claqua la porte.

— Je suis désolée, Pam, dit Steve faiblement. Rhonda n'est pas méchante, elle est seulement un peu jalouse.

Les trois autres échangèrent un regard entendu. Non seulement Rhonda était très jalouse, mais elle était aussi très méchante.

— Elle croit que Steve est toujours amoureux de toi, expliqua Paula.

— C'est ridicule, rétorqua Pam, mais un coup d'œil à Steve lui indiqua que, peut-être, ce n'était pas si ridicule après tout.

— Si tu m'avais écouté, la nuit du vol, commença-t-il, rien de tout cela ne serait arrivé.

Sous-entendu, si elle lui avait cédé, traduisit Pam. Elle ne regrettait rien. Steve s'était montré insistant et arrogant ce soir-là, et elle avait eu raison de garder ses distances.

— Steve, je n'ai vraiment pas envie de parler de ça.

— Je voulais seulement te le dire. Après tout, nous ne nous reverrons peut-être jamais.

Et elle qui croyait que Steve ne lui pardonnerait jamais de l'avoir repoussé si violemment. Il se comportait comme si rien de tout cela n'avait d'importance, et elle en eut les larmes aux yeux. Peut-être s'était-elle aussi trompée au sujet de Tom, songea-t-elle. Il avait l'air de rendre Paula heureuse, et n'était-ce pas tout ce qui comptait ?

Rhonda, en revanche, c'était une autre affaire...

— Attends une minute ! s'exclama soudain Paula. Où est-ce que j'avais la tête ? Je peux retirer de l'argent au distributeur !

Elle prit Pam par le bras.

— Allons-y tout de suite. Je prendrai tout ce que je peux. Cinq cents dollars au moins !

— Oh ! Paula... merci !

— À quel distributeur allez-vous ? s'enquit Steve. Celui de Meadowlake est constamment hors service. Je vous conseille plutôt celui qui est à côté du drugstore, sur Harris Avenue. Dans le centre commercial.

— Entendu, acquiesça Paula. Pam, tu es prête ?

— Oui, fit-elle, émue. Merci à vous tous. Merci pour tout...

— Je devrais aller voir Rhonda, remarqua Steve sans enthousiasme.

Il étreignit Pam et la contempla tristement.

— Au revoir, murmura-t-il. Et bonne chance.

Dix minutes plus tard, elle s'arrêtait devant la rangée de magasins, à côté d'une vieille Chrysler bleue. Paula se gara à son tour près d'elle. À la consternation de Pam, malgré l'heure matinale, deux personnes faisaient déjà la queue au distributeur.

Elles attendirent à l'écart, frissonnant un peu dans la brise fraîche du matin. Paula triturait nerveusement sa carte, tandis que Pam s'efforçait de se faire toute petite.

Enfin, après ce qui leur parut une éternité, le dernier homme s'empara de son reçu et s'éloigna. Les deux amies se ruèrent vers le distributeur. Paula introduisit sa carte dans la machine, pianota sur les touches, et, un instant plus tard, retira cinq billets de cent dollars qu'elle tendit à Pam sans une hésitation. Celle-ci la serra dans ses bras avec chaleur.

— Merci, Paula. Je ne sais pas ce que j'aurais fait sans toi.

— Téléphone-moi quand tu seras arrivée, d'accord ? Je veux être sûre que tu vas bien.

— Il s'écoulera peut-être un peu de temps...

Elles échangèrent un long regard. Les yeux noisette de Paula s'étaient emplis de larmes, et Pam se demanda si elle retrouverait jamais une telle amie.

Enfin, elle fit un pas en arrière.

— Il faut que j'y aille.

Paula hocha la tête.

Pam grimpa dans la voiture de John et démarra. Elle n'avait pas une seconde à perdre. Les yeux embués, elle tourna à droite dans l'avenue, en direction de la voie express qui menait à l'autoroute. Elle cligna des paupières, puis s'essuya les yeux sur sa manche. Ce n'était pas le moment d'aller s'écraser contre un poteau électrique.

Le feu passa au rouge à l'intersection de la douzième rue, et tandis qu'elle patientait derrière une autre voiture, elle s'appuya au repose-tête et ferma les yeux. Jusque-là, elle s'en était sortie. Tout irait bien, se répéta-t-elle, tel un leitmotiv rassurant. Tant qu'elle gardait son sang-froid, tout irait bien...

Soudain, sans savoir pourquoi, sa nuque se hérissa, comme lorsque l'on se sent observé. Elle tourna la tête à droite. Une voiture rouge flambant neuve était arrêtée à sa hauteur. À travers les vitres teintées, elle ne distinguait que la silhouette d'un homme – corpulent – qui regardait dans sa direction. Le conducteur choisit cet instant pour baisser sa vitre, révélant son visage.

Un visage affreusement laid, avec un gros pansement en travers du nez.

— Salut, trésor, lança-t-il. Ça fait un bail...

16

Paralysée par la stupeur, Pam fixa le visage repoussant de Leandro. Ce n'était pas possible ! Comment avait-il réussi à la retrouver ? C'était un surdoué de la filature ou quoi ?

Elle se secoua. Il fallait filer ! Et vite !

Mais comment ? La voiture devant elle lui bloquait le passage. Le feu était toujours au rouge. Elle écrasa le klaxon, mais le conducteur se contenta de hausser les épaules en désignant le feu du doigt.

Affolée, Pam vit Leandro sortir de sa voiture. Elle enclencha la marche arrière, et écrasa l'accélérateur, avant de piler : un poids lourd venait de s'immobiliser derrière elle.

Elle était piégée !

Leandro fonçait droit sur elle. Elle verrouilla les portières et klaxonna de nouveau. Le type devant elle lui lança un regard sérieusement agacé. *Vite, vite !* Si seulement ce maudit feu passait au vert !

Et soudain Leandro fut près d'elle, son crâne chauve luisant sous le soleil matinal, ses tatouages se détachant en relief sur ses énormes biceps.

Il tenait une batte de base-ball à la main.

Sans perdre une seconde, il l'abattit sur sa vitre, qui explosa. Pam recula, se protégeant le visage tandis que les paillettes de verre pleuvaient autour d'elle. Leandro passa la main à l'intérieur, déverrouilla la portière et l'ouvrit. Empoignant Pam par le bras, il la tira violemment hors du véhicule.

— Lâchez-moi! hurla-t-elle.

Il l'entraîna vers sa voiture. Elle se débattit sans cesser de crier, dans le fol espoir qu'un passant intervienne, tout en sachant pertinemment qu'aucun individu sensé ne songerait à tenir tête à un monstre armé d'une batte de base-ball tel que Leandro.

— Hé! Vous ne pouvez pas laisser ma voiture au milieu de la route!

— C'est pas mon problème.

Leandro la poussa à l'intérieur de sa propre voiture et claqua la portière. Pam s'aperçut immédiatement qu'il n'avait pas encore eu le temps de démonter la poignée intérieure. Sans réfléchir, elle l'ouvrit, mais Leandro se rua vers elle, et la referma en brandissant sa batte d'un air menaçant, coupant court à toute velléité de fuite.

Il s'installa au volant, jeta la batte sur le sol, derrière son siège, et démarra. Le seul fait d'être assise à côté de lui la fit frissonner de dégoût. Elle mourait d'envie de lui flanquer une beigne sur son nez tout neuf, histoire de faire disparaître cette expression arrogante de son visage. Mais elle ne se faisait aucune illusion. À la moindre incartade, il la transformerait en chair à pâté.

Elle n'en revenait pas. La voiture de John devait être maudite. Chaque fois qu'elle la conduisait, elle se faisait coincer par une brute en rage. Comment diable Leandro avait-il pu retrouver sa trace? Tolosa n'était pas une grande ville, mais ce n'était pas non plus un village. Elle avait vraiment la guigne.

Soudain, une terrible crainte la glaça. Savait-il qu'elle était chez John? La filait-il depuis le début?

Impossible. S'il avait su qu'elle était là, il aurait fait irruption dans la maison et l'aurait arrachée aux bras de John. Peut-être avait-elle vu juste à son sujet. C'était bel et bien un limier tout droit sorti de l'enfer.

— Comment m'avez-vous retrouvée ?

— Je te l'ai déjà dit, répondit-il avec un sourire suffisant. Je suis le meilleur !

Le feu passa au vert, et il démarra en trombe, tous pneus hurlants, tandis que Pam bouclait sa ceinture de sécurité. Instinct de survie oblige.

— Je n'ai pas de menottes sur moi, continua-t-il. Mais vu que tu es une invitée, je suis sûr que tu vas te conduire correctement.

Il accompagna ses paroles d'un regard sans équivoque, qui, en gros, signifiait qu'il n'hésiterait pas à la casser en deux dans le cas contraire.

Pam avait l'impression d'être détachée de son corps et d'assister à la scène en spectatrice. En cet instant, elle aurait tout donné pour être dans les bras de John, pour l'entendre, une fois encore, lui répéter qu'il ferait tout pour l'aider.

Mais il était trop tard à présent.

Leandro ignora un stop, puis s'engagea dans la quinzième rue. Ils traversaient un quartier semi-rural, avec une prairie d'un côté et un cimetière de l'autre. Il alluma une cigarette et tira longuement dessus, puis fit mine de lancer son briquet sur le tableau de bord. Au dernier moment, il jeta à Pam un regard aigu et le fourra dans sa poche.

— Qu'est-ce que tu penses de ma nouvelle voiture ? Pas mal, hein ?

— Mieux que feu la précédente, en tout cas.

— Très drôle. Tu devrais être comédienne, mon chou. Dans dix ans, quand tu seras sortie de prison...

Pam réprima un haut-le-cœur. Si elle vomissait dans sa bagnole neuve, Leandro la réduirait en miettes.

Il glissa un CD dans le lecteur, et un vacarme épouvantable qui n'entretenait qu'un lien lointain avec la musique jaillit des haut-parleurs.

— Ça, c'est de la hi-fi, déclara-t-il, pianotant sur le volant en rythme. J'aurais dû changer de tire il y a des années. Ce bijou a tout : conduite assistée, vitesse de croisière, télécommande, airbag, extension de garantie... Et j'ai fait une sacrée affaire. Cette chiffe molle de vendeur n'a rien compris à ce qui lui arrivait.

Sans blague ? Un coup d'œil à Leandro avait sûrement suffi pour qu'il lui tende les clés – gratuitement.

Une seconde ! Qu'est-ce qu'il avait dit à propos d'un airbag ?

Les rouages du cerveau de Pam se mirent aussitôt à cliqueter à toute allure.

— Alors comme ça, elle est équipée d'airbags ? Au singulier, j'imagine ? Ça m'étonnerait que vous ayez payé pour en avoir deux. Tant pis pour les passagers, hein ?

— Bien vu, mon chou. En général, ce sont des fugitifs dans ton genre qui occupent ce siège. Pourquoi dépenser de l'argent pour protéger quelqu'un que j'emmène en prison ?

— En théorie, le raisonnement tient, mais en pratique, ça pourrait vous attirer des ennuis.

— Des ennuis ? ricana Leandro. Quels ennuis ?

Avant qu'il ait le temps de réagir, Pam tira brusquement sur le volant.

— Hé ! Qu'est-ce que tu... ?

La voiture fit une embardée et grimpa sur le trottoir. L'impact déclencha l'airbag, qui percuta Leandro de plein fouet, lui faisant ravaler la fin de sa phrase. L'airbag se dégonfla instantanément, et la bouche de Leandro se rouvrit, cette fois pour émettre un long, un épouvantable rugissement de douleur.

Le véhicule parcourut une bonne vingtaine de mètres à cheval sur la bordure du trottoir avant de heurter un lampadaire, ce qui le ralentit considérablement ; puis il vira à gauche, descendit du trottoir et alla percuter le mur en brique du cimetière, lequel mit brutalement fin à sa course. La violence du choc projeta Pam en avant, puis en arrière, mais elle eut tout de même assez de présence d'esprit pour ôter sa ceinture, ouvrir la portière et bondir dehors. À son immense soulagement, elle constata que le pare-chocs tordu par l'impact s'était enroulé autour du pneu avant droit. Leandro n'irait pas loin dans l'immédiat.

La dernière image que Pam emporta de la scène, tandis qu'elle s'éloignait à toutes jambes, fut celle de Leandro, le visage entre les mains, du sang lui dégoulinant le long des bras. Elle ne put s'empêcher de souhaiter mentalement bonne chance au chirurgien...

Heureusement pour elle, ils n'avaient parcouru que quelques centaines de mètres, et l'adrénaline qui circulait dans ses veines lui permit de couvrir la distance en un rien de temps. Priant pour que personne n'ait averti la police qu'il y avait une voiture abandonnée au milieu de la route, elle fonça vers le carrefour. Quelques minutes plus tard, elle tournait le coin de la rue, et faillit hurler de joie.

L'Explorer était toujours là !

Elle l'atteignit en deux bonds, ouvrit la portière, et prit place au volant après avoir balayé d'un revers de bras les éclats de verre de son siège. Les clés étaient toujours sur le contact, et le moteur tournait. Elle avait eu une sacrée chance !

Les mains tremblantes, elle fit demi-tour à l'intersection et, choisit un nouvel itinéraire pour rejoindre l'autoroute sans avoir à passer devant l'épave de Leandro.

Cinq minutes plus tard, elle aperçut la bretelle qui menait à l'autoroute. Elle ralentit et se gara sur le bas-côté. Le moment était venu de prendre une décision.

Pas question d'aller à La Nouvelle-Orléans. La planète entière, et probablement quelques galaxies voisines savaient qu'elle avait eu l'intention de s'y rendre. Restait le Nord ou l'Ouest.

Le moteur ronronnait doucement tandis que Pam, les mains cramponnées au volant, passait en revue les possibilités qui s'offraient à elle. Jusqu'où pouvait-elle aller avec cinq cent trente-neuf dollars en poche ?

Las Vegas ? Tout le monde y était plus ou moins louche, vaguement malhonnête, non ? Elle serait à sa place au moins. À moins qu'elle n'opte plutôt pour un endroit hyper tranquille où personne ne la soupçonnerait d'être en cavale, une ville comme Santa Claus, Indiana, ou encore Cherryvale, en Californie. Leurs effectifs policiers devaient consister en trois ou quatre braves types un peu demeurés incapables de reconnaître une fugitive quand bien même elle se trouverait sous leur nez.

Elle consulta sa montre. Il y avait moins d'une heure qu'elle avait laissé John menotté à son lit.

Entièrement nu.

Non. Pas question de penser à John nu. Concentre-toi sur la géographie.

Et si elle allait en Arizona ? Elle pourrait se teindre les cheveux en noir et vivre avec une tribu indienne. Ou à New York, où une histoire de vol à main armée n'impressionnerait personne, et ferait même plutôt couleur locale ? Et pourquoi pas San Francisco ? Tout le monde était si bizarre là-bas qu'une fille en cavale n'aurait rien d'extraordinaire.

Elle pouvait aussi penser à John.

Elle ferma les yeux et l'imagina, assis dans le lit, fulminant comme lui seul savait le faire, se traitant de tous les noms pour lui avoir fait confiance.

Certain qu'elle était coupable, sinon elle ne se serait pas enfuie.

Pam agrippa le volant, en proie à une affreuse nausée, regrettant de ne pas avoir trouvé le moyen de partir sans qu'il en arrive à cette conclusion. Désormais, quand il songerait à elle, il ne se souviendrait pas de la nuit qu'ils avaient partagée, mais de la voleuse qu'il avait été assez naïf pour secourir.

Elle rouvrit les yeux. Elle n'avait pas de temps à perdre. Tôt ou tard, un Leandro fou furieux se lancerait à ses trousses.

Mais sa rage ne serait sans doute rien comparée à celle de John.

Le simple fait de prononcer mentalement ce nom provoquait en elle un long frisson, comme une caresse érotique. Elle s'efforça de chasser les visions brûlantes qui affluaient soudain à son esprit. Sans succès...

Elle songea à l'humiliation de John lorsque Sandy viendrait le délivrer. Il ne lui pardonnerait jamais. Hélas, que faire d'autre ? Prévenir les pompiers ? Il tomberait forcément sur quelqu'un qui le connaissait ou qui avait entendu parler de lui. Dans un cas comme dans l'autre, il serait ridicule.

Mais c'était elle ou lui.

Vraiment ?

Et si elle retournait chez lui ?

Quelle idée stupide ! Si le pire devait se produire et qu'elle soit condamnée pour vol à main armée, sa vie serait fichue.

Mais si elle s'enfuyait, elle passerait le restant de ses jours sur le qui-vive. Ce qui ne vaudrait guère mieux que la prison.

Soudain, ce qui lui avait paru évident ne l'était plus. Tout s'embrouillait dans son esprit, tandis qu'une foule complexe d'émotions diverses la bombardaient de tous côtés. Elle devait prendre une décision, elle le savait. Sans attendre.

Et une fois qu'elle l'aurait prise, il ne serait plus question de revenir en arrière.

Être menotté était une expérience que John n'aurait jamais imaginé devoir subir, et qu'il vivait plutôt mal.

Cinq minutes après le départ de Pam, il avait attrapé tout ce qui se trouvait à portée de main, à la recherche d'un objet qui lui permette de venir à bout du barreau de la tête de lit. En vain. Il avait passé les cinq minutes suivantes à écumer de rage. Et l'heure d'après à osciller entre l'envie de l'étrangler et le désir de la serrer à nouveau dans ses bras.

Puis un soupçon atroce s'était insinué en lui. Et si Pam était coupable, après tout ?

Il lutta pour repousser cette pensée, se refusant à envisager pareille éventualité, mais elle revint à la charge, obsédante. Les coupables prennent la fuite. Les innocents restent et se battent. Telle était la réalité.

Et elle avait pris la fuite.

Sa foi en elle s'amenuisait de minute en minute. Et cependant, il continuait à s'y accrocher comme à une bouée de sauvetage, parce qu'il savait quelle souffrance ce serait s'il devait un jour regretter de lui avoir fait l'amour.

Tout à coup, il entendit une clé tourner dans la serrure.

Il ferma les yeux. L'instant crucial était arrivé. Il se prépara à affronter la pire humiliation de sa vie. Telle qu'il la connaissait, sa sœur ne laisserait pas passer une pareille occasion de le ridiculiser. Il serait la risée de tous, et pour longtemps.

Il décida de ne rien expliquer. Quelle que soit l'histoire que Pam avait racontée, il laisserait Sandy penser ce qu'elle voulait, et n'assisterait plus jamais à un repas de famille.

Il entendit des pas dans le couloir. Une silhouette s'encadra dans la porte.

Il cligna des yeux. C'était une hallucination !

Pam.

Elle demeura immobile un instant, puis s'approcha du lit. Ses yeux étaient rouges et gonflés. Elle tenait la clé des menottes.

Elle s'assit près de John qui la fixait ébahi. Ses mains tremblaient, et elle dut s'y reprendre à trois fois pour introduire la clé dans la serrure. Enfin, elle parvint à libérer son poignet.

En un éclair, la colère rentrée de John se soulagea en une frénésie d'action. Il agrippa Pam par les épaules et la renversa sur le lit, avant de la coincer sous lui, lui maintenant fermement les bras. Il avait les pupilles dilatées par la fureur, et elle ferma les yeux comme si elle s'attendait à une agression – verbale, physique, peut-être les deux, et à cet instant précis, John n'en excluait pas la possibilité. Une telle quantité d'émotions déferlait sur lui qu'il ne savait plus par où commencer. Enfin la frustration qu'il éprouvait depuis une heure s'épancha en un torrent de rage.

— Mais, nom d'un chien, qu'est-ce qui t'a pris ? cria-t-il en la secouant. Tu ne savais donc pas que quitter cette maison était la chose la plus stupide à faire ?

Elle le fixait, muette, l'air terrifié.

— À quoi pensais-tu, bon Dieu ?

Elle ne répondait pas, semblait incapable de produire le moindre son. Et tandis qu'il la fusillait du regard, John sentit une autre émotion, inattendue celle-là, prendre le dessus. Le soulagement. Un soulagement subit, intense, presque insoutenable.

— Tu... tu vas m'emmener en prison ?

Ses yeux bleus emplis de larmes étaient posés sur lui, suppliants, et la dernière trace de colère s'évanouit.

Les innocents restent et se battent.

Il avait peine à croire qu'elle était revenue, connaissant sa terreur à l'idée d'aller en prison. À cet instant, il sut que, quoi qu'il arrive, rien au monde ne pourrait l'obliger à la livrer. Tant pis pour les conséquences, tant pis pour son devoir de flic.

Il relâcha la pression sur ses bras.

— Non, murmura-t-il d'une voix lasse. Je ne vais pas t'emmener en prison.

— Pas maintenant ? Ou jamais ?

Comment cela était-il arrivé ? Comment, en l'espace de quelques jours, sa vie avait-elle été bouleversée au point que son métier n'était plus ce qui comptait le plus dans sa vie ? Et de loin...

— Jamais.

— Tu me crois toujours ?

— Je ne pense pas avoir jamais cessé de te croire.

Le soulagement se lut sur son visage, et il sentit qu'elle se détendait.

— Oh, John ! J'avais peur, tellement peur de revenir. Je ne savais pas...

Il s'assit sur le lit, l'attirant contre lui. Elle noua les bras autour de son cou en une étreinte désespérée.

— Chut... souffla-t-il tandis qu'elle sanglotait contre son épaule. Tu as bien fait, mon ange. Il ne faut plus avoir peur.

Il mentait, bien sûr. Elle avait de sacrées raisons d'avoir peur. Il savait pertinemment qu'il lui faisait des promesses impossibles à tenir, mais il ne pouvait s'en empêcher. Quand elle avait surgi sur le seuil, quelque chose avait cédé en lui, et il avait ressenti soudain l'irrépressible besoin de la protéger.

— Je croyais ne jamais te revoir.

— Je... je n'ai pas pu partir. J'ai compris que je ne pourrai pas fuir toute ma vie et... et après la nuit dernière...

Elle se dégagea de son étreinte et leva les yeux sur lui.

— Je sais que tu as fait l'amour avec beaucoup de femmes, et que ça ne représentait sans doute rien de particulier pour toi. Mais pour moi...

Sa voix mourut et il s'aperçut qu'elle rougissait. *Rien de particulier?* Comment pouvait-elle imaginer cela une seule seconde? Faire l'amour avec elle l'avait positivement bouleversé.

— C'était très important pour moi aussi, Pam.

Elle ferma les yeux, poussa un soupir, comme si ces paroles étaient exactement celles dont elle avait besoin pour l'aider à surmonter l'épreuve qu'elle traversait. Puis elle plongea de nouveau son regard dans le sien.

— John? murmura-t-elle. Que nous arrive-t-il?

La question le désarçonna. Oui, ils avaient fait l'amour. Oui, il avait été terrifié à l'idée de ne jamais la revoir. Et, oui, la possibilité qu'elle puisse être jetée en prison lui était insupportable. Mais quant à savoir ce que tout cela signifiait...

— Je l'ignore. Ce qui est sûr... c'est que je ne sais pas ce que j'aurais fait si tu n'étais pas revenue.

Il effleura ses lèvres d'un baiser tendre et doux-amer qui les unit plus solidement qu'aucune paire de menottes. Puis il l'allongea doucement sur le lit; ses cheveux de miel se déployèrent en éventail autour de son beau visage. Il s'étendit à ses côtés, la main reposant sur la courbe de sa hanche. Elle lui caressa la joue, le contemplant comme si elle le voyait pour la première fois.

— Je n'ai jamais rencontré un homme tel que toi. Un homme qui fait ce qui est juste et non ce qui est facile.

— Je ne suis pas exceptionnel, Pam. Je sais combien c'était difficile pour toi de revenir, mais je te promets que tu ne le regretteras pas.

Encore une promesse, alors même que, tout au fond de lui, il soupçonnait qu'un avenir sombre les attendait. Que ferait-il s'il ne trouvait pas assez d'éléments pour faire basculer le jury en faveur de Pam ? Continuerait-il à entretenir une relation avec une femme qui fuyait la justice ?

À peine formulée, il chassa cette pensée, refusant de considérer cette éventualité. Elle était revenue, et, pour l'instant, cela seul comptait.

— Fais-moi l'amour, chuchota Pam.

Il sourit, et fit exactement ce qu'elle lui demandait.

17

Pam attendit dans la cuisine tandis que John réglait au coursier les plats à emporter chinois qu'il avait commandés.

Sa réaction, lorsqu'elle l'avait libéré, avait été si violente qu'elle avait commencé par regretter sa décision de revenir. Puis il l'avait enlacée, et toutes ses craintes s'étaient envolées.

Pendant qu'ils piochaient dans les plats, elle lui raconta sa visite à Paula, et sa rencontre avec Leandro. Lorsqu'elle en arriva à l'épisode de l'airbag, John la considéra, éberlué.

— Et tu lui as massacré le nez ? Et bousillé sa voiture ? répéta-t-il.

— Euh… j'ai peur que sa voiture n'ait pas été la seule victime.

John fronça les sourcils.

— Tu veux parler de la mienne ?

— Dès que j'ai vu Leandro, j'ai verrouillé les portières, mais il avait une batte de base-ball et… enfin… la vitre côté conducteur…

— … est en miettes ?

John ferma les yeux et secoua la tête.

— Je suis vraiment désolée.

— Ça ne fait rien. Ce n'est pas ta faute. Et ça vaut mieux qu'une balle dans le radiateur.

— Je suis désolée pour ça aussi.

— Mais non. C'était lui ou moi !

— Tu sais bien que je n'aurais jamais tiré sur toi !

— Je sais, fit-il avec un sourire. Mais je préfère quand même garder mes armes hors de ta portée.

Elle sourit à son tour.

— Reconnais que je tire plutôt bien !

— Mon ange, tu tremblais tellement que j'ai cru que tu visais les oiseaux, rétorqua John en reposant sa fourchette. Bon. Donc, Leandro sait que tu es revenue. Il ne va pas te lâcher comme ça. Et, à mon avis, il doit être sacrément en rogne. Comment est-ce qu'il t'a retrouvée, d'après toi ?

— Aucune idée. Mais la ville n'est pas si grande. Il a peut-être eu de la chance.

— Peut-être.

John ne paraissait pas convaincu.

— Il a reconnu ma voiture ? Il l'a vue au chalet. S'il fait le lien entre toi et moi...

— Non, je ne crois pas qu'il s'en souvienne. Il faisait très sombre ce soir-là. Et c'est un tel crétin que je suis certaine qu'il s'en serait vanté s'il l'avait reconnue.

— Humm. Quoi qu'il en soit, il va remuer ciel et terre pour te retrouver, ce qui signifie que tu ne dois pas sortir de cette maison. Si Paula et lui sont les seuls à savoir que tu es de retour, tu ne crains rien.

— Euh...

— Quoi ?

— Ils ne sont pas les seuls. J'ai vu d'autres gens.

— D'autres ? Combien d'autres ?

— Quand je suis allée chez Paula, Tom était là. Et Steve aussi.

Elle fit une pause.

— Et Rhonda.

— La nouvelle petite amie de Steve ? Celle qui te déteste ?

Pam soupira.

— Celle-là, oui.

John parut préoccupé.

— Plus il y a de gens qui sont au courant de ta présence...

— Mais ils sont tous persuadés que j'étais sur le point de quitter la ville...

— Personne ne sait que tu es revenue chez moi ?

— Non. Personne. Pas même Paula.

— Ils connaissent mon nom ? Ils peuvent établir un lien entre nous ?

Pam réfléchit un instant. Elle avait raconté toute l'histoire à Paula, mais elle n'avait pas mentionné le nom de John.

— Non.

— Parfait. Alors, tu ne risques rien ici. Mais ne mets pas les pieds dehors.

Il se leva et alla chercher son stylo et son bloc-notes. Il se rassit près d'elle, si près que leurs cuisses se touchèrent. Pam éprouva aussitôt un élan de désir. Leurs regards se croisèrent. Elle lui adressa un sourire éloquent, et celui qu'il lui lança en retour fit monter sa température d'un cran.

— Les affaires d'abord, déclara-t-il, comme s'il avait lu dans ses pensées.

« Le plaisir ensuite », acheva-t-elle mentalement, sachant qu'il songeait à la même chose.

— Bien, commença John, revenons sur ce qui s'est passé le soir du vol.

Pendant la demi-heure qui suivit, Pam relata les événements de la soirée, répétant plusieurs fois ses explications à la demande de John. De son côté, il lui résuma le résultat de l'interrogatoire de la victime. Quand il en arriva à la description de la tenue portée par la voleuse, Pam plissa le nez de dégoût.

— Elle portait *quoi* ?

John récapitula.

— Un chemisier en faux léopard, un pantalon noir, des chaussures blanches, des gants noirs. Et, voyons... d'énormes pendants d'oreilles en forme d'arc-en-ciel.

— Eh bien, voilà qui prouve mon innocence ! Je ne suis pas exactement une fashion victime, mais de là à mettre des chaussures blanches avec un chemisier en léopard ? Franchement ! Sans compter qu'aucune femme qui se respecte ne porterait des chaussures blanches à cette époque de l'année !

— Une femme qui se respecte n'aurait pas attaqué un magasin non plus !

John relut ses notes, et se mordilla la lèvre pensivement.

— Il y a quelque chose qui nous échappe. Forcément.

Il tapota la table du bout de son stylo.

— Parle-moi de Rhonda. Tu l'as vue ce matin. Pourrait-elle être la coupable ?

— C'est possible, je suppose. Mais au dire de la victime, la voleuse était grande. Et Rhonda ne l'est pas.

— Elle aurait pu porter des talons hauts. Mme Bunch, la victime, est minuscule. N'importe qui lui paraîtrait grand, observa-t-il en traçant un point d'interrogation à côté du nom de Rhonda.

— Je sais que tu penses que le voleur habite à proximité. Mais est-ce que ça ne pourrait pas être un inconnu qui vient de l'autre côté de la ville et que nous ne trouverons jamais ?

— Les statistiques suggèrent le contraire.

— Mais c'est possible.

— Oui. Cependant, quelque chose me dit que si quelqu'un a jeté le butin dans ta voiture, il y a un lien avec toi, si minime soit-il.

— Eh bien, je ne connais aucune femme dans le quartier qui ait aussi mauvais goût, déclara Pam. Même Rhonda n'en est pas là... Je ne peux pas croire...

Elle s'interrompit brusquement, tandis qu'un frisson lui parcourait le dos. Gagnée par l'excitation, elle posa la main sur le bras de John.

— Et si ce n'était pas une femme ?

John la fixa, d'abord perplexe, puis une lueur de compréhension éclaira son regard.

— Tu penses à un homme ?

— Oui, répondit Pam, osant à peine le formuler à voix haute de crainte qu'il ne la trouve ridicule. Un homme déguisé en femme. La voleuse était grande, n'est-ce pas ?

— C'est ce qu'a affirmé Mme Bunch.

— Avec de grands pieds ?

— Oui.

— Une voix grave ?

— Oui.

— Alors, n'est-il pas logique de...

— Si, coupa John. Parfaitement logique.

Il y eut un long silence, chacun cogitant de son côté.

— Il se pourrait que tu aies mis le doigt sur quelque chose, commenta finalement John.

— Mais cela ne nous aide pas à identifier le coupable.

— Bien sûr que si. Il y a beaucoup moins de travestis dans cette ville que de femmes blondes...

Il prit quelques notes puis se leva.

— Je vais appeler Dave et lui demander de vérifier sur l'ordinateur central si d'autres vols ont été commis par un type habillé en femme.

— Il ne va pas s'en étonner ?

— Non. Il ne se pose pas beaucoup de questions sur les affaires des autres. Il va supposer qu'il s'agit d'une enquête dont je m'occupe, et que je ne peux pas vérifier moi-même, vu que je ne suis pas censé être de retour en ville. Si c'était Alex, ce serait différent. Lui adore fourrer son nez partout.

— Dans ce cas, je suis contente qu'il soit allé à la pêche hier.

— Et moi donc ! commenta John. Et ce soir, j'irai faire un tour dans quelques boîtes qui attirent les personnes de sexe disons… indéterminé.

— Indéterminé ? fit Pam en ouvrant des yeux ronds.

— Tu vois ce que je veux dire. J'espère que quelqu'un se rappellera avoir vu une personne porter ces vêtements.

Pam fronça les sourcils.

— Il y a peu de chances, non ? Si tu décidais de braquer un magasin, tu crois que tu te montrerais en public dans la tenue que tu as utilisée ?

— Sans doute que non. Mais s'il est sorti un peu avant le hold-up, quelqu'un pourrait s'en souvenir.

— Et peut-être que nous faisons une grosse erreur, que c'était vraiment une femme et que nous perdons notre temps !

— Peut-être. Mais pour l'instant nous n'avons pas d'autre piste.

Pam baissa les yeux. John posa la main sur sa cuisse.

— Ne t'inquiète pas. Nous n'avons pas perdu la partie.

Elle aurait aimé faire preuve du même optimisme. Quant à ne pas s'inquiéter, il aurait tout aussi bien pu lui dire d'arrêter de respirer…

John appela Dave et laissa un message sur son répondeur. Comme il raccrochait, Pam faillit lui demander ce qui se passerait s'ils ne trouvaient aucun élément solide en sa faveur. Finalement, elle se ravisa. Elle n'était pas certaine de vouloir entendre la réponse.

Elle le suivit jusqu'à la porte. L'inquiétude devait se lire sur ses traits, car il s'immobilisa et la prit dans ses bras.

— Hé, je t'ai dit de ne pas te faire de souci !

— Je ne peux pas m'en empêcher, John. Si je vais en prison, je perdrai plus que ma liberté.

Elle se laissa aller contre son épaule.

— Je te perdrai, toi.

Il la tint étroitement serrée, caressant ses cheveux avec douceur, et elle se demanda comment tout avait pu changer si radicalement entre eux en si peu de temps. L'homme qui l'avait arrêtée était devenu son allié. Son ami. Son amant. Et la pensée d'être arrachée à lui lui était insupportable.

— Tu sais que je ferai tout ce que je peux pour te sortir de là, fit-il.

— Je sais, souffla-t-elle, se demandant si cela suffirait.

Il y avait plusieurs années que John n'avait pas arpenté les rues du quartier sud, mais hormis les devantures, plus minables et les trottoirs, plus sales, rien ne lui parut avoir vraiment changé. Il était 7 heures passées lorsqu'il se gara dans Colfax Street, épicentre de la vie alternative de Tolosa. Au moins trois clubs, le *Queen's Court*, le *Chameleon*, et *Charlie's*, accueillaient une clientèle qui passait d'un sexe à l'autre comme des puces changent de chien.

Il descendit de voiture, conscient que sa présence se remarquerait comme le nez au milieu de la figure et qu'il n'obtiendrait rien en engageant une conversation anodine, ainsi qu'il l'avait fait le jour précédent avec la vieille Mme Bunch. Une bonne partie des habitués du coin vivaient en lisière de la loi, et savaient reconnaître un flic au premier coup d'œil. Par conséquent, il n'avait d'autre choix que de montrer son insigne en espérant que quelqu'un serait d'humeur bavarde.

Il entra au *Charlie's* et se dirigea vers le bar. Il fut aussitôt abordé par un homme de haute taille qui portait une longue perruque noire et une robe courte de la même couleur, et tenait une cigarette fine entre ses doigts manucurés. Si on faisait abstraction de la pomme d'Adam, des avant-bras poilus, des genoux cagneux et de la pointure 45, il ressemblait vaguement à une femme.

— Bonsoir, fit-il avec un sourire prudent en détaillant John de la tête aux pieds. Je suis Samantha, la gérante. Et vous êtes… ?

John sortit son insigne. Samantha y jeta un regard indifférent, puis se hissa sur un tabouret, et posa le coude sur le bar. Il croisa les jambes, et considéra John avec méfiance.

— Que puis-je pour vous ?

John posa un billet sur le comptoir, et détecta une lueur d'intérêt dans les yeux fardés de Samantha.

— Je cherche un type qui pourrait être un de vos clients. La dernière fois qu'on l'a vu, il portait un chemisier en faux léopard, un pantalon noir, des gants noirs et des chaussures blanches.

Samantha haussa un sourcil ironique.

— Des chaussures blanches ?

Il tira sur sa cigarette et exhala une bouffée de fumée.

— Vous êtes sûr que vous n'êtes pas la police de la mode ?

— Et de grosses boucles d'oreilles en forme d'arc-en-ciel.

— Mon Dieu ! C'est sa tenue de tous les jours ou un déguisement pour Halloween ?

Samantha écrasa sa cigarette dans le cendrier.

— Pour être franche, la description pourrait correspondre à des dizaines de clients...

— Ce type mesure près de un mètre quatre-vingts. Il porte sans doute une longue perruque blonde.

— Blonde ! Ils veulent tous être blondes ! Mais qu'est-ce qu'ils ont à la fin ? s'exclama-t-il en rejetant sa chevelure par-dessus son épaule d'un geste affecté. Les blondes n'ont aucun mystère. C'est comme si quelqu'un sautait partout en criant : « Moi ! Moi ! Regardez-moi ! »

Il roula des yeux écœurés.

— Des égocentriques. Des timides. Voilà ce qu'ils sont. Il faut de la classe pour être brune. Pour ne pas laisser ses cheveux parler à sa place.

« Sans blague », pensa John.

— Vous avez une photo ?

— Non. J'espérais que la description éveillerait quelques souvenirs.

Samantha lorgnait le billet de cinquante, se demandant de toute évidence comment l'empocher.

— Écoutez, fit-il tout en sortant une affiche rose de sous le comptoir, demain soir, nous organisons un concours de jeunes talents. Il y aura un monde fou, tous les travestis du coin seront là. Vous trouverez sûrement celui que vous cherchez.

John nota que le premier prix se montait à mille dollars, et le deuxième à cinq cents. Samantha avait raison. Le concours attirerait sans doute une foule considérable.

Il plia l'affiche en quatre et la fourra dans sa poche, puis s'empara d'une serviette en papier. Il y nota son numéro de téléphone, et la fit glisser avec le billet le long du bar en direction de Samantha.

— En attendant, appelez-moi si vous voyez quelqu'un qui répond à cette description.

— Certainement. Vous pouvez être sûr que je vous téléphonerai tout de suite, fit Samantha, dissimulant aussitôt le tout dans son soutien-gorge. Et si vous trouvez votre homme, essayez de ne pas tout casser ici, hein ? Autrement, le propriétaire risque de me virer...

John quitta le club et traversa la rue pour entrer au *Queen's Court*. Le patron et le gérant étaient introuvables, et le barman se ferma comme une huître en voyant l'insigne de John, lequel eut la certitude que quelque chose d'illégal se tramait dans les environs. Ce dont il se contrefichait, à moins qu'un type portant un chemisier en léopard y soit mêlé. Quoi qu'il en soit, un seul regard du barman suffit à faire taire les clients, et il n'obtint pas une seule bribe d'information.

Il parcourut quelques centaines de mètres jusqu'au *Chameleon*, où les clients commençaient à arriver. Il traîna là une demi-heure, surveillant les allées et venues du coin de l'œil. Il parla avec plusieurs employés et même quelques clients, mais personne ne se souvenait des vêtements, ni des boucles d'oreilles.

John ressortit, déçu. Évidemment, il ne s'était pas attendu qu'un type en léopard et boucles d'oreilles se précipite sur lui pour tout lui avouer, mais il avait tout de même espéré glaner quelques indices.

Restait le concours du lendemain. C'était son seul espoir.

Et s'il ne se passait rien ?

John s'interdit d'y penser. Il enfonça les mains dans ses poches et regagna sa voiture. Pour les vingt-quatre heures à venir, sa tâche était simple : il devait garder secrète la présence de Pam chez lui et assister à ce concours. Avec un peu de chance, le type qu'il cherchait serait de sortie, et loin de se douter que, dissimulé dans la foule, un flic le guettait.

Lorsque John rentra chez lui, il trouva Pam pelotonnée sur le canapé, les genoux repliés sous elle, ses longs cheveux blonds cascadant sur ses épaules. Il y avait si longtemps qu'il rentrait dans une maison vide qu'une vague de chaleur inattendue l'envahit. Tandis qu'elle se levait pour venir à sa rencontre, il se surprit à se demander comment serait sa vie si elle était là pour l'accueillir tous les soirs...

— Qu'as-tu découvert ?

— Pas grand-chose, admit-il, jetant son portefeuille et ses clés sur la table du salon. Personne n'a reconnu la description. En revanche, j'ai appris qu'il y avait un concours de talents au *Charlie's*, demain soir. Ça devrait susciter pas mal de convoitise dans le milieu qui nous intéresse. J'irai y faire un tour.

— Tu penses trouver quelque chose ?

— C'est très possible, mentit-il.

Pam considéra l'affiche, puis le regarda d'un air prudent.

— Que ferons-nous si ce n'est pas le cas ?

Il sentit qu'elle attendait désespérément une réponse, mais la vérité était qu'il n'en avait aucune à lui offrir. Pour l'instant, il ne disposait d'aucune autre piste. S'il ne découvrait rien de plus le lendemain, Pam n'aurait en sa faveur qu'un témoin peu fiable, un « presque alibi », et une absence de mobile. Il était bien placé pour savoir que les jurys prennent parfois des décisions incroyablement stupides. Étant donné les circonstances, comment pourrait-il lui conseiller de se livrer ? D'un autre côté, comment envisager de continuer ainsi, sans le moindre espoir de trouver une porte de sortie ?

— Chaque chose en son temps, fit-il. Je vais commencer par aller à ce concours, nous aviserons ensuite.

Elle parut sur le point de faire un commentaire, mais se ravisa. Finalement, elle hocha la tête. Mais il savait que sa réponse ne l'avait pas satisfaite. Pas plus que lui, d'ailleurs.

— Il est presque huit heures et demie. Tu as faim ?

— Un peu.

— Que dirais-tu d'une pizza ? Olives et chorizo ?

— Parfait.

John commanda la pizza par téléphone. Lorsqu'il revint au salon, Pam avait de nouveau pris place sur le canapé, les jambes repliées, le regard absent. Elle avait besoin d'être rassurée, mais il ne savait pas quoi dire. Aussi se contenta-t-il de s'asseoir près d'elle et de l'enlacer. Il sentit immédiatement combien elle était tendue.

— Pam ? Ça va ?

Elle posa la tête contre son épaule.

— Oui. J'étais en train de penser à ma mère.

— Ta mère ?

— Oui. Elle vit toujours à Tolosa, mais je ne l'ai pas vue depuis presque deux ans.

— Pourquoi ?

— Parce qu'elle me déteste.

— Mais pourquoi ? Elle devrait être fière de ta réussite, au contraire.

Pam soupira.

— Ma mère est alcoolique. Quand j'étais petite, elle ne me voulait pas dans ses jambes parce qu'elle était trop occupée à boire. À présent, elle ne me veut pas dans ses jambes parce que je lui rappelle sans cesse qu'on peut changer. Et qu'elle n'a pas envie de le croire de crainte d'être à son tour obligée de se prendre en main.

John avait peine à imaginer ce qu'avait dû être l'enfance de Pam. Des années durant, elle avait été en butte à l'hostilité de sa mère, et malgré tout, elle s'en était sortie.

— Il y a deux ans, j'ai trouvé le courage d'aller la voir, poursuivit-elle. Je pensais qu'il était peut-être temps de nous réconcilier. Qu'on pourrait discuter comme deux adultes...

— Que s'est-il passé ?

— Elle avait un verre à la main quand elle m'a ouvert. Il était 9 heures du matin. Ensuite, c'est allé de mal en pis. Au bout d'un quart d'heure, elle m'a traitée de sale gosse et de fille ingrate.

— Ingrate ?

— Oui. Elle considérait qu'après tout ce qu'elle avait fait pour moi, j'aurais dû lui donner de l'argent de temps en temps maintenant que j'avais un emploi sérieux. Apparemment, elle n'avait plus grand-chose à boire et son allocation n'était pas arrivée.

John entendit l'émotion qui perçait dans sa voix, et devina qu'elle était au bord des larmes. Il lui prit la main et la pressa entre les siennes.

— Avant de quitter la maison, continua-t-elle, je suis retournée dans mon ancienne chambre. C'était comme si je n'étais jamais partie. Le lit défait, les posters volés dans un magasin de musique, la glace de la coiffeuse brisée au cours d'une crise de fureur, rien n'avait bougé. J'ai contemplé tout ça, ma vie d'avant, et je me suis dit que c'était la dernière fois – que jamais plus je ne remettrais les pieds ici.

— Tu as eu raison. Tu ne dois rien à ta mère.

— Je sais. C'est juste que, quelquefois, j'ai l'impression d'avoir été flouée. Que les autres ont des familles merveilleuses, tandis que j'ai hérité d'une mère alcoolique qui se moque pas mal que je sois vivante ou morte, soupira Pam. Pour être franche, si je vais en prison, elle sera sans doute ravie, parce que ce sera la preuve qu'elle avait raison.

— Raison ?

— Raison de me seriner que je ne ferais jamais rien de bien.

Elle prononça ces paroles d'un ton détaché, mais John devina à quel point la douleur qu'elles dissimulaient était immense. Si seulement il avait pu la délivrer de ce passé qui la hantait...

— J'ai essayé de faire de mon mieux, murmura-t-elle. Alors pourquoi est-ce que tout a si mal tourné ?

— Il n'y a aucune réponse. Et c'est de la folie de s'obstiner à en chercher une.

— Tu sais, à part Paula, tu es la seule personne à qui j'aie jamais raconté mon histoire ? L'idée que quiconque l'apprenne m'est insupportable. J'ai toujours peur de ce qu'ils penseraient de moi.

— C'est fini. Tu n'as plus à avoir honte.

— Je commençais à le croire. Vraiment. Et maintenant...

— Tout sera bientôt terminé, et tu n'y penseras plus.

Voilà qu'il recommençait à lui faire des promesses. Il n'aurait pas dû, bien sûr. Mais, après s'être donné tant de mal pour en arriver là où elle en était, Pam ne méritait pas ce dernier coup du sort. Et il aurait dit n'importe quoi pour effacer la tristesse et la souffrance de son visage.

— Il y a un film à la télé ? s'enquit-elle. J'aurais bien besoin d'un peu de distraction en attendant la pizza.

Il attrapa la télécommande et alluma le téléviseur, pas mécontent de se changer les idées. Ils regardèrent un épisode d'un vieux feuilleton, et se détendirent peu à peu, allant même jusqu'à rire.

Pam s'était lovée contre lui, et tandis qu'il respirait le délicieux parfum de ses cheveux, il se prit à souhaiter que le temps s'arrête, et qu'ils demeurent ainsi, dans ce petit cocon de vie qu'ils formaient ensemble, sans plus jamais avoir à se soucier du monde extérieur.

Et puis, la sonnette retentit.

À regret, John se leva pour aller répondre.

Le livreur lui tendit sa pizza en annonçant le prix. John mit la main à sa poche, puis se rappela qu'il avait laissé son portefeuille sur la table. Il pivota et se dirigea vers le salon.

— Si tu as commandé une pizza aux olives, ça va me gonfler.

John se figea. Il ne pouvait pas avoir entendu ce qu'il venait d'entendre.

La voix de son frère.

Il fit volte-face. Alex se tenait sur le seuil.

La haute silhouette de son frère, qui approchait le mètre quatre-vingt-dix, dominait celle du livreur, qui le regardait d'un air vaguement inquiet. Alex lui prit la pizza des mains et souleva le couvercle, puis il foudroya John du regard.

— Quand comprendras-tu qu'il y a des trucs qui ne se mettent pas sur une pizza ?

John lança un coup d'œil à Pam. Assise sur le canapé, les yeux écarquillés, elle semblait pétrifiée. À moins qu'Alex ne recule et ne sorte immédiatement, il ne pouvait manquer de la voir. Et maintenant qu'il avait une pizza entre les mains, il ne risquait pas de partir.

— Alex, fit-il, s'efforçant de paraître moins tendu qu'il ne l'était vraiment, qu'est-ce que tu fais là ?

— J'ai appris que tu étais rentré. Je suis venu te dire bonjour. Je tombe à pic, on dirait !

John tendit deux billets au livreur et referma la porte, le cœur battant. Il n'y avait pas d'échappatoire possible. Ils étaient coincés.

En route pour la cuisine, Alex s'arrêta net en apercevant Pam. Il lui adressa un regard admiratif.

— Hé, John, tu aurais dû me dire que tu avais de la compagnie !

— Alice, voici mon frère, Alex.

Alex sourit largement.

— Ah ! La fameuse Alice. Celle qui a tant impressionné Sandy... Et que tu ne mérites pas, paraît-il.

— Sandy a la langue trop bien pendue.

— Mais elle dit la vérité, sauf quand elle parle de moi.

Alex s'avança, et tendit la main à Pam. Elle se leva et la lui serra, essayant de dissimuler sa terreur derrière un sourire incertain.

— On m'a dit que vous aviez survécu au traditionnel repas de famille, continua Alex. Félicitations ! C'était la première épreuve.

— Oh !... Et quelle est la seconde ?

— Moi.

Il la détailla de la tête aux pieds, avant de se tourner vers John avec un sourire de connivence.

— Examen réussi. Avec mention. Si on mangeait, à présent ?

Comme il repartait vers la cuisine, John en profita pour chuchoter à Pam :

— Je vais m'en débarrasser le plus vite possible.

— Nous ferons comme avec le reste de la famille. Ça ira.

Ils rejoignirent Alex dans la cuisine.

— John commande toujours des pizzas aux olives, se plaignit ce dernier. Je compte sur vous pour qu'il change ses habitudes, et prenne du jambon, par exemple...

Il s'interrompit brusquement, le regard rivé sur Pam. Ses yeux s'étrécirent et il inclina la tête d'un air perplexe.

— Alice, tu veux sortir les assiettes ? demanda John.

— Euh... bien sûr.

Pam alla jusqu'au placard. Alex continuait à l'observer, son visage se durcissant à mesure que les secondes s'égrenaient. Lorsque Pam se retourna, elle s'immobilisa, consciente que quelque chose clochait. Le regard d'Alex n'était plus interrogateur mais carrément accusateur.

— Alice, hein ? fit-il, ça m'étonnerait. Ce ne serait pas plutôt Pam ?

18

Étourdie par le choc, Pam crut s'évanouir. Il l'avait appelée *Pam* ?

Alex se tourna vers John.

— Tu ne sais donc pas qui est cette femme ?

Un silence de plomb tomba dans la pièce. John se contenta de regarder son frère, le visage impassible. Elle retint son souffle, tremblant d'appréhension à la pensée qu'il était acculé.

— Si. Je sais qui elle est.

— J'en doute, répliqua Alex. On la soupçonne de vol à main armée. Elle est en fuite.

— Je te dis que je sais qui elle est, rétorqua John froidement.

— Alors qu'est-ce qui se passe ici, bon sang ?

— Pam, va dans la chambre, ordonna John sans quitter son frère des yeux.

— John…

— Vas-y. Tout de suite.

Sa voix était basse et tendue, empreinte d'une autorité qui la dissuada de désobéir. Elle posa les assiettes sur le plan de travail et quitta la cuisine, mais au lieu d'aller jusqu'à la chambre, elle s'arrêta dans le couloir et s'appuya au mur. D'où elle était, elle pouvait entendre l'échange entre les deux hommes.

— Je veux être sûr de comprendre, commença Alex. Tu sais que c'est une criminelle, et pourtant...

— On la *soupçonne* d'en être une.

— Épargne-moi tes nuances de langage à la con, John. C'est cette femme-là que tu as invitée à déjeuner avec ta famille, dimanche, tout en sachant qui elle était ?

— Je n'y suis pour rien. C'était l'idée de Sandy.

— Mais tu n'as pas hésité à mentir à tout le monde, non ?

— Tu ne connais pas toute l'histoire.

— J'en sais suffisamment. J'étais là le soir où on l'a arrêtée.

— Elle est innocente, Alex, déclara John d'une voix calme.

— C'est ce que tu crois ! Tu y réfléchiras peut-être à deux fois quand je t'aurai raconté un truc. Lorsque je l'ai vue au poste, je me suis souvenue d'une certaine mineure que j'avais arrêtée en état d'ivresse, il y a quelques années. Je ne risquais pas de l'oublier. Elle avait versé le contenu de sa canette de bière sur mes chaussures.

Pam étouffa une exclamation. Était-ce possible ? Ce policier qui l'avait embarquée des années auparavant était le frère de John ?

Elle ne se souvenait pas de l'avoir vu lors de son arrestation, le soir du braquage, mais elle était tellement choquée qu'elle ne se rappelait pas grand-chose.

— Elle a un casier de délinquante juvénile aussi long que mon bras, poursuivit Alex. Ivresse sur la voie publique, vol, et j'en passe.

— Je suis au courant, répondit John, haussant le ton. Mais je me fiche de ce qu'elle a pu faire dans le passé. Elle n'a pas commis ce hold-up.

— Tu ne comprends donc pas ? Qu'elle soit coupable ou non, la question n'est pas là ! Elle est en fuite, tu es flic, et elle est chez toi, merde ! C'est *ça*, le problème !

Plusieurs secondes s'écoulèrent avant qu'Alex reprenne la parole. Lorsqu'il le fit, sa voix était si grave que Pam en frissonna.

— Laisse-moi te dire quelque chose, John. Ce n'était pas seulement une gamine arrogante à l'époque. C'était l'une des pires. Elle se foutait complètement d'être jetée en prison ou pas. Les gens de cette espèce-là ne changent pas. Ils peuvent jouer la comédie un temps, mais le naturel finit toujours par reprendre le dessus. Je ne sais pas si c'est génétique, ou si c'est parce qu'on le leur a inculqué dès qu'ils ont été en âge de parler, mais c'est comme ça. Et on n'y peut rien.

La description qu'avait donnée Alex de la personne que Pam avait été autrefois était si juste qu'elle tressaillit. Mais cette adolescente stupide n'existait plus. Comment John réussirait-il jamais à le convaincre qu'elle était morte et enterrée, et que la femme qui l'avait remplacée ne songerait jamais à enfreindre la loi ?

— Ce n'est pas toujours ainsi, fit John d'une voix émue. Les gens changent.

— Bon Dieu, John, tu l'as vu toi-même ! Des gamins pourris jusqu'à la moelle, qui grandissent, qu'on croit sortis d'affaire, et qui finissent par atterrir en taule parce qu'ils ne savent rien faire d'autre !

— Pam n'est pas comme ça !

— Ah non ? Tu crois que c'est une coïncidence qu'elle soit accusée de vol à main armée ? Ce n'est *jamais* une coïncidence, John ! Ces gens-là ont toujours de mauvaises fréquentations. Et puis, ils finissent par recommencer, et ils commettent des délits de plus en plus graves. C'est une spirale sans fin !

Pam se laissa glisser jusqu'au sol. Les genoux recroquevillés contre la poitrine, elle luttait pour ne pas se boucher les oreilles. Il fallait qu'elle sache contre quoi elle se battait. Contre quoi *ils* se battaient.

Les deux hommes restèrent silencieux un long moment. Elle se pelotonna contre le mur et attendit, le cœur battant sourdement. Aussi longtemps que John la soutiendrait, tout irait bien. Elle accepterait n'importe quoi, y compris traverser les flammes de l'enfer aspergée d'essence, si seulement il tenait bon.

— Écoute-moi, Alex, reprit finalement John. J'ai parlé à la victime. Elle est à moitié fêlée. Son identification de Pam ne tient pas la route, et elle sera discréditée dès qu'elle ouvrira la bouche. Mais elle a dit quelque chose qui pourrait nous mener au véritable coupable.

Il lui expliqua à quelle hypothèse ils étaient parvenus, et ce qu'il comptait faire. Son frère émit une ou deux protestations, mais John insista, arguant que ce concours de travestis était leur meilleur espoir de mettre la main sur le coupable.

— Premièrement, déclara Alex d'un ton sec, tu as tellement peu de chances de réussir qu'aucun flic sensé ne tenterait le coup. Deuxièmement, tu ferais ça officieusement, tout en hébergeant une fugitive. Tu veux vraiment que ça te retombe dessus ?

Il y eut une pause. Un peu trop longue. Et lorsque John reprit la parole, Pam sentit qu'il manquait de conviction.

— Il faut que j'essaie, Alex.

— Enfin, John ! Tu n'as jamais été l'un de ces idiots prêts à fiche leur carrière en l'air pour une partie de jambes en l'air ! Tu es au-dessus de ça ! Toi, Dave, moi, on l'est tous. Alors qu'est-ce qui se passe, bon sang ?

Silence.

— Écoute, enchaîna Alex, un ton plus bas, on a tous commis une erreur de jugement un jour ou l'autre. C'est ton tour. Fais ce que tu as à faire, et on n'aura pas de problème.

— Pas de problème ? Ça signifie ?

— Que tu as vingt-quatre heures. Si tu ne la livres pas, c'est moi qui le ferai.

— Tu es en train de me dire que tu viendrais la chercher chez moi ?

— Je suis en train de te dire que je ne te laisserai briser ta carrière parce qu'une petite délinquante t'a mis le grappin dessus !

— C'est *ma* carrière ! Ça ne te regarde pas !

— Tu plaisantes ? Et ta famille, tu y as pensé ? Il ne s'agit pas que de toi, mon vieux. Si tu es mêlé à une histoire pareille, ça rejaillira sur nous tous. Qu'est-ce que tu crois que papa dirait s'il te voyait en ce moment ?

Pam se rappela ce que Sandy lui avait expliqué au sujet d'Alex. Il avait suivi les traces de leur père. Et elle avait l'impression que ce dernier avait une conception toute personnelle de la justice – une justice sans circonstances atténuantes – à laquelle John n'avait jamais adhéré.

Les joues en feu, le souffle court, Pam porta la main à sa gorge. Pourquoi John n'envoyait-il pas son frère balader ? Pourquoi ne la défendait-il plus ? L'opinion de sa famille était-elle plus importante à ses yeux qu'il ne l'avait laissé paraître ?

Ou bien commençait-il à croire Alex, et à ne plus la croire, elle ?

Ce fut la voix de celui-ci qui s'éleva la première, et chaque syllabe résonna dans la tête de Pam avec la brutalité d'une porte de cellule qu'on claque.

— Vingt-quatre heures, John. Si tu ne fais pas ce qu'il faut, je m'en chargerai.

Elle entendit des pas s'éloigner, la porte d'entrée qu'on ouvrait et refermait violemment.

Puis ce fut le silence.

Pam demeura là, priant pour que John vienne à elle et la rassure.

Il ne vint pas.

Elle eut soudain la sensation de se noyer dans une mer de désespoir. Elle ne sut pas combien de temps s'était écoulé – trois minutes, quatre peut-être –, mais elle finit par se relever, et se dirigea lentement vers la cuisine.

John lui tournait le dos, les coudes appuyés sur la table, les mains jointes. Elle s'approcha avec hésitation et s'assit à côté de lui, réprimant l'envie de tendre la main, de le toucher, d'établir un contact avec lui, quel qu'il soit.

Il ne posa pas les yeux sur elle, et Pam comprit aussitôt. Quand les jurés n'osent pas regarder l'accusé en face, les nouvelles ne sont jamais bonnes.

— J'ai tout entendu.

— Alex ne plaisantait pas, Pam. Tu vas aller en prison.

— Seulement si tu le laisses m'y emmener.

— Je ne peux pas l'en empêcher.

— Tu ne peux pas ou tu ne veux pas ?

— Tu ne comprends pas ? Il sait. Il sait que tu es en cavale, et maintenant... soupira John en secouant la tête. Nous ne pouvons pas continuer ainsi. Pas maintenant qu'il est au courant.

— Tu crois toujours que je suis innocente ?

Il ne répondit pas tout de suite.

— Oui.

— Mais ça ne compte plus pour toi ?

— Alex a raison, Pam. La question n'est pas de savoir si tu es innocente ou pas. Tu ne devrais pas être ici.

Elle l'agrippa par le bras.

— Je suis ici parce que tu sais ce qui m'arrivera si je suis jugée. Ils me condamneront, John. Ils m'enfermeront. Ils me voleront ma vie pour un crime que je n'ai pas commis ! Et même quand je sortirai, je devrai vivre avec ça jusqu'à la fin de mes jours !

Il se tourna brusquement et lui fit face.

— Tu crois que je ne sais pas ce que tu risques ? Tu crois que je veux que tu ailles en prison ?

— Alors, dis à ton frère d'aller au diable !

— Je ne peux pas faire ça.

Un frisson glacé courut le long du dos de Pam.

— Ça signifie que tu vas me livrer ?

Il la dévisagea longuement, et une bouffée de panique l'envahit.

— Non. Je ne ferai pas une telle chose, peu importe ce que mon frère en pense.

Pam éprouva un peu de soulagement.

— Mais Alex...

— Alex ne menace jamais en vain. Si tu es encore ici demain soir, il te livrera.

— Alors, je ne serai pas ici, déclara-t-elle, s'efforçant d'introduire une note d'espoir dans sa voix. Je me cacherai quelque part. Et tu pourras aller à ce club et trouver la personne qui a commis ce vol.

— Non. Alex avait raison. Nous ne trouverons jamais le coupable.

— Mais, tout à l'heure, tu avais l'air de penser qu'il y avait de bonnes chances de...

— Je rêvais. On rêvait tous les deux.

— C'est mon seul espoir !

Il se contenta de secouer la tête.

— Pourquoi n'essaierais-tu pas de parler à Alex demain ? Une fois qu'il se sera calmé. Tu pourras peut-être lui faire comprendre...

— Non, coupa John sèchement. Même si je réussissais à le convaincre de ne pas te livrer, aussi longtemps que tu seras ici, nous n'aurons que deux possibilités : soit tu te livres et tu prends le risque d'aller en prison, soit nous continuons à faire comme si tu n'étais pas en cavale et comme si je n'étais pas flic, jusqu'au jour où nous commettrons un faux pas, et tu échoueras en prison de toute façon. Laquelle des deux préfères-tu ?

Pam avait l'impression de vivre en plein cauchemar ; tout lui paraissait irréel, chaque mot, chaque phrase, chaque regard de John semblait contenir une sombre menace.

— Que veux-tu dire ?

— Que tu dois partir. Ce soir.

Pam le fixa, incrédule. Il s'éloignait d'elle. Un irrépressible tremblement s'empara de tout son corps. Une vague de désespoir la submergea, et elle eut soudain envie de hurler.

— Laisse-moi rester encore une nuit, John, le supplia-t-elle d'une voix étranglée. Seulement ce soir, et puis...

— Il y a un motel un peu plus haut. Je vais t'y emmener. Tu pourras réfléchir à ce que tu vas faire. Et demain...

— Non ! s'écria-t-elle. Je ne veux pas aller dans ce fichu motel !

Les mâchoires serrées, il ferma lentement les yeux.

— Je sais ce que tu éprouves, mais...

— Non, tu ne sais pas ce que j'éprouve ! Si tu le savais, tu ne te conduirais pas ainsi !

Il repoussa sa chaise et se leva. Elle lui agrippa le bras.

— John.

Elle le tenait fermement, attendant qu'il croise son regard. Elle déglutit, s'efforçant de retenir ses larmes.

— Je croyais qu'il y avait quelque chose entre nous, murmura-t-elle. Je me trompais ?

L'espace d'un instant, un éclat de lumière traversa ses yeux sombres, quelque chose qui lui disait qu'en dépit de ses paroles, il tenait à elle. Puis, presque aussitôt, son expression redevint indéchiffrable.

— Non. Tu ne te trompais pas. Il y avait quelque chose entre nous. Et c'était une illusion. Nous n'avons aucun avenir ensemble, et nous étions fous d'imaginer le contraire.

Chacun des mots qu'il prononçait de cette voix froide, neutre, lui faisait l'effet d'un coup de poignard. Il se dégagea et quitta la cuisine, la laissant seule, le visage ruisselant de larmes.

Comment pouvait-il l'abandonner au moment où elle avait le plus besoin de lui ?

John emmena Pam au motel dont il avait parlé, un établissement modeste mais correct, à dix minutes de chez lui. Ils n'échangèrent pas une parole de tout le trajet, les accusations d'Alex tournoyant sans répit dans la tête de John.

À mesure que son frère parlait, il avait ouvert les yeux sur la réalité de la situation ; une réalité qu'il s'était refusé à affronter jusque-là. Il s'était voilé la face, s'imaginant que s'il voulait vraiment Pam, tout finirait par s'arranger.

Il avait tout bousillé. Royalement.

Les paroles de Dave lui revinrent soudain en mémoire. *Il faut que tu cesses de t'impliquer personnellement. Ça va finir par te bouffer la vie.*

Son frère avait raison. Cela lui avait nui dès qu'il était entré dans la profession.

Il ne regardait pas Pam, pas même un coup d'œil à la dérobée, mais ils étaient devenus si proches qu'il percevait son anxiété. Sa peur. Et cela avait altéré son jugement au point qu'il ne savait plus ce qu'était l'objectivité.

L'allusion d'Alex à leur père avait fait mouche. Si ce dernier avait été là, il aurait arboré cette expression qui lui était si familière, cet air à la fois déçu et dégoûté qui indiquait que John, une fois de plus, n'avait pas répondu à ses attentes. Il ne l'avait jamais fait, depuis le début, et cela ne s'arrangeait pas. Il avait toujours été celui qui osait poser des questions alors que la parole du père était censée faire loi. Celui qui défiait l'autorité paternelle et prenait des coups pour sa peine. Il avait le sentiment étrange que son père le regardait d'outre-tombe, et n'aimait guère ce qu'il voyait. Il ne put retenir un frisson à cette pensée.

Pourtant, il ne se faisait aucune illusion à propos de son père. Homme d'une sévérité impitoyable, Joseph DeMarco avait toujours exigé de ses fils une impossible perfection. Alors pourquoi John continuait-il à s'accabler de reproches chaque fois qu'il échouait à le satisfaire ?

Au fond de lui-même, il connaissait la réponse à cette question. Parce que son père était mort avant qu'il ait pu accomplir quelque chose qui l'aurait rendu fier de lui.

Il se gara sur le parking près de l'entrée du motel qu'éclairait une lumière crue. Soudain, il regrettait sa décision. Il aurait dû attendre le lendemain pour l'emmener ici. En plein jour, l'endroit lui aurait paru moins sinistre. Mais il avait eu peur de la garder une nuit de plus auprès de lui, de la prendre dans ses bras, et d'être incapable de se séparer d'elle.

Alex lui ferait une scène d'enfer quand il s'apercevrait que Pam s'était envolée. Mais John ne pouvait se résoudre à être celui qui la livrerait. L'emmener en prison sachant qu'elle était innocente le hanterait jusqu'à la fin de ses jours. Tandis qu'en la laissant partir, il pouvait s'accrocher à l'espoir qu'elle parviendrait à s'enfuir et à mener une vie à peu près décente.

Elle mit la main sur la poignée.

— Pam, attends, fit-il en sortant son portefeuille.

— J'ai de l'argent, murmura-t-elle. Paula m'a prêté cinq cents dollars.

Il lui tendit une poignée de billets.

— Prends-les quand même.

— Je ne veux rien de toi.

Il garda la main tendue encore un instant, puis, comprenant qu'elle ne céderait pas, remit les billets dans son portefeuille et le jeta sur le tableau de bord. Il souhaitait désespérément l'aider, mais il ne pouvait lui donner la seule chose dont elle avait besoin.

— Qu'est-ce qui se passera, demain, quand Alex s'apercevra que je suis partie ? l'interrogea-t-elle. Que risque-t-il de te faire ?

— Rien. Il sera en colère, mais si tu as disparu, tout s'arrêtera là.

— Pour toi, peut-être. Pas pour moi.

Elle remit la main sur la portière, et hésita. Pendant quelques secondes, elle demeura immobile. Puis elle se tourna lentement vers lui, ses yeux emplis de larmes étincelant doucement dans la pénombre.

— J'ai tellement peur, souffla-t-elle.

John combattit l'envie de l'attirer dans ses bras, de lui faire d'autres promesses qu'il ne pourrait tenir, de lui dire que tout irait bien alors qu'il savait pertinemment que rien n'irait plus jamais bien pour elle.

— Que dois-je faire ? ajouta-t-elle.

— Fuir.

Elle déglutit avec peine.

— Je n'ai aucun moyen de fuir. Je n'ai pas ma voiture, ni...

— Appelle Paula. Elle t'aidera.

— Si je me livre, y a-t-il une chance que...

— Non. Toutes les preuves sont contre toi. Si tu es arrêtée, tu iras directement en prison. Et si tu restes en ville et que Leandro te coince, il pourrait décider de se venger.

Il fit une pause, éprouvant un irrésistible désir de l'embrasser, de sécher ses larmes au lieu de la faire pleurer.

— Va-t'en aussi loin et aussi vite que tu le pourras.

— Peut-être que je t'appellerai. Quand je serai arrivée. Peut-être…

— Non. N'appelle pas. Ne téléphone pas. Je ne veux pas savoir où tu es. C'est…

Il s'interrompit, puis émit un soupir las.

— C'est mieux pour nous deux.

Elle hocha faiblement la tête.

— Tu veux que je te dise un truc dingue ? lâcha-t-elle avec un petit rire sans joie.

— Quoi ?

— Je crois que je commençais à tomber amoureuse de toi.

John ferma les yeux. Il aurait mieux valu pour lui qu'elle ne lui ait jamais fait un tel aveu. Comment vivre désormais en sachant que, là où elle serait, elle se souviendrait de lui comme d'un homme qu'elle aurait pu aimer s'il ne l'avait pas abandonnée à son sort ?

Elle ouvrit la portière, descendit et s'éloigna. Elle ne se retourna pas une seule fois. Et elle ne saurait jamais que peut-être, peut-être seulement, il commençait lui aussi à tomber amoureux d'elle.

Il la regarda s'approcher de l'accueil, et attendit jusqu'à ce que l'employé lui tende une clé, puis il démarra et quitta le parking, songeant qu'il avait été incroyablement stupide le soir où il avait bifurqué avant d'arriver au commissariat et l'avait laissée entrer dans sa vie.

Songeant que la maison allait lui paraître froide et solitaire sans elle.

Et que jamais, jamais, il ne pourrait se haïr davantage qu'en cet instant.

19

Étendue sur le couvre-lit à fleurs orange dans la vilaine petite chambre du motel, les yeux rivés sur le plâtre fissuré du plafond, Pam pleura toutes les larmes de son corps. C'était comme si un gouffre gigantesque s'était creusé en elle, que rien ne pouvait combler, et sa souffrance était abominable. Elle croyait savoir quel genre d'homme était John, mais quelques paroles furieuses de la part de son frère avaient suffi pour qu'il lui tourne le dos et la dépose aux portes de ce motel minable sans plus d'émotion que s'il sortait les poubelles.

Les tempes bourdonnantes, elle décrocha le téléphone et appela Paula. Vingt minutes plus tard, elles étaient assises ensemble sur le couvre-lit hideux, et elle lui déballait toute l'histoire, de son retour chez John au revirement de celui-ci.

Elle n'avait pas eu l'intention de lui révéler qu'ils avaient fait l'amour, ni pourquoi elle en était venue à lui accorder une telle confiance. Mais dès qu'elle avait ouvert la bouche, les larmes qu'elle avait crues taries avaient rejailli de plus belle, et elle avait tout débité d'une traite. Paula l'avait laissée parler tout son soûl sans émettre de jugement, comme elle seule savait le faire.

— Je crois que, pendant un moment, il a oublié qu'il était flic, expliqua Pam, qui sentait poindre la migraine. Son frère le lui a rappelé.

— Oh, ma chérie, je suis tellement désolée que tu aies dû supporter tout cela…

Pam renifla, et Paula alla chercher une autre poignée de mouchoirs dans la salle de bains.

— Tu ne peux pas savoir, Paula, gémit Pam en se tamponnant les yeux. Il m'a donné l'impression que j'étais à l'abri, en sécurité… et maintenant ça !

Elle aurait voulu pouvoir le détester. Pouvoir transformer son chagrin en colère. Mais elle n'y parvenait pas. Chaque fois qu'elle essayait de s'imaginer en train de le gifler, c'est un baiser qui s'imposait à son esprit.

— Que comptes-tu faire à présent ? s'enquit Paula.

— Je n'en ai aucune idée.

— Tu penses vraiment que c'est un homme qui a fait le coup ?

— C'est possible.

— Et le concours ?

— Quoi, le concours ?

— Tu crois que l'auteur du vol pourrait s'y trouver ?

Pam battit des paupières.

— C'est possible, je suppose.

— Tu vas y aller ?

Elle réfléchit un instant. John et Alex avaient décrété que ce serait inutile. Mais ni l'un ni l'autre n'était sous le coup d'une accusation de vol à main armée. Si ç'avait été le cas, ils auraient peut-être vu les choses un peu différemment.

Plus elle y réfléchissait, plus elle se disait que ce concours représentait sa dernière chance de salut. Elle n'avait absolument rien à perdre.

— Oui, décida-t-elle brusquement. Je vais y aller.

— Tu es sûre ?

— Oui. C'est demain soir à 9 heures. J'y serai, répéta-t-elle avec une conviction accrue. Et je vais trouver des réponses !

— Bien !

— Tu m'accompagnes ?

L'excitation de Paula retomba aussi vite qu'un ballon crevé. Elle se figea.

— Moi ?

— Oui. Une autre paire d'yeux ne sera pas de trop. Sans parler d'un peu de soutien moral.

Paula parut incertaine.

— On n'aura pas l'air... euh... déplacé ?

— On ne devrait pas. On ressemble à des femmes, non ?

— Exact. On ressemble à des femmes. Pas à des hommes qui essayent de ressembler à des femmes. On ne nous laissera peut-être même pas entrer !

— Hum, très juste.

Pam réfléchit un moment.

— Écoute. La plupart des travestis en font un peu trop. Genre jupe trop courte, vêtements trop voyants, poitrine trop volumineuse. On n'a besoin que d'un peu de coton hydrophile et de mauvais goût.

La perspective de rembourrer son soutien-gorge ne parut pas susciter l'enthousiasme de Paula.

— C'est dingue comme idée !

— Paula, j'ai besoin de toi !

— Pam, tu exagères.

— C'est ma seule chance de m'en sortir. Il faut que tu m'aides !

— Je sais, je sais, admit Paula en fermant les yeux. Du mauvais goût, tu disais ? Bon. Je suppose que c'est dans mes possibilités.

— Va chercher ma petite robe rouge chez moi. Celle qui est fendue jusqu'en haut des cuisses. Et prends la noire avec des paillettes pour toi.

— Je ne peux pas mettre ça ! Tu fais deux tailles de moins que moi !

— C'est du Stretch !

— Quand même ! Et les paillettes, c'est pas vraiment mon style !

— Fais-moi confiance. On va porter des talons hauts, et peut-être aussi des bas couture. Tu as un boa ?

Paula lui lança un regard éloquent.

— Bon, d'accord, laisse tomber. Mais trouve-nous des chapeaux. Il faut que je cache mes cheveux. Et des lunettes noires. Je ne veux pas qu'on me reconnaisse.

— Enfin, Pam ! Qui, parmi les gens que tu connais, fréquente ce genre d'endroits ?

— Je ne veux pas prendre de risques, répliqua Pam en regardant son amie avec attention. Paula, tu m'écoutes ?

Cette dernière soupira et se cacha le visage entre les mains.

— Si Tom savait que je fais ça, ça le tuerait !

— Mais Tom n'en saura rien, n'est-ce pas ?

— Il doit assister à une conférence à l'université demain soir. Nous ne nous verrons même pas.

— Promets-moi que tu ne lui diras rien.

— Crois-moi, je ne tiens pas à ce qu'il l'apprenne !

— Parfait.

Pam prit une profonde inspiration et se laissa aller contre l'oreiller en fermant les yeux. Aussitôt, le visage de John, ses mains, sa bouche surgirent dans son esprit, si désespérément inaccessibles qu'elle en tressaillit de douleur.

Paula lui tapota le bras.

— Tu l'oublieras, mon chou. Ce n'est une question de temps, tu verras.

Pam soupira.

— Tu sais, je n'ai jamais été amoureuse avant...
— Jamais ?
— Non. Pas vraiment.
— Mais tu étais amoureuse de lui ?
Cela semblait tellement stupide à présent, mais pendant quelques heures, lorsqu'ils étaient ensemble...
— J'aurais pu l'être. S'il avait été celui que je croyais.
Pam sentit que Paula, incorrigible optimiste, mourait d'envie de la consoler, de lui assurer que tout s'arrangerait. Mais elle se contenta de lui tapoter la main de nouveau avec un sourire à la fois tendre et triste.
— Tu as l'air épuisée. Essaie de dormir. Je vais nous trouver ce qu'il faut et je reviendrai demain soir, vers 7 heures.
Après une dernière étreinte, elle s'en alla. Pam verrouilla la porte derrière elle et s'effondra sur le lit, essayant de ne pas céder au découragement. Sa vie entière reposait sur l'espoir de trouver l'équivalent d'une aiguille dans une botte de foin.
Et même si, par miracle, elle parvenait à prouver son innocence, rien ne lui rendrait jamais John.

Il était 8 h 15 le lendemain soir lorsque Paula se gara dans Colfax Street et coupa le moteur. Elle se tourna vers Pam, l'air véritablement terrifié.
— Tu es... superbe, fit celle-ci.
— Non. J'ai l'air d'une pute qui n'a même pas les moyens de s'acheter de nouvelles fringues !
— Le chapeau est joli.
— On dirait que j'ai un paon sur la tête !
Pam toucha son propre couvre-chef.
— Tu peux porter celui-ci si tu préfères.
— Satin mauve et perles ? Tu parles d'un choix ! Entre ressembler à un oiseau à longue queue ou à Barbara Bush en tenue de soirée...

Pam ne put réprimer un sourire.

— Où les as-tu trouvés ?

— Au magasin d'articles d'occasion dans Market Street. Ils en avaient plein. Ces deux-là étaient les plus jolis, soupira-t-elle. J'espère vraiment qu'on va trouver l'auteur du vol...

— C'est mon seul espoir, Paula. Et je te serai éternellement reconnaissante d'avoir endossé cette tenue abominable pour m'aider. Même si tu n'as pas voulu rembourrer ton soutien-gorge.

— Bon. Allons-y. J'ai hâte que tout ça soit fini.

Elles chaussèrent leurs lunettes de soleil simultanément, telles les héroïnes d'un film d'espionnage en mission secrète, puis descendirent du véhicule et gagnèrent l'entrée du club. Un vacarme assourdissant régnait à l'intérieur, et Pam crut un instant que ses tympans allaient éclater. Un homme en robe bleue à paillettes et grosses boucles d'oreilles créoles était assis derrière le guichet. Ses cheveux noirs aux pointes blondes se dressaient sur sa tête, évoquant vaguement une fleur de tournesol.

— Dix dollars, mesdames, annonça-t-il d'une voix suraiguë.

Paula se tint sur le côté, évitant son regard. Pam lui tendit l'argent, puis sourit à son amie.

Elles étaient dans la place !

Avec un soupir de soulagement, elles s'apprêtèrent à pousser la porte qui menait à la salle principale.

— Une minute ! cria le type installé au guichet.

Elles se figèrent, et échangèrent un regard inquiet. Pam s'attendit qu'il se précipite hors de sa cabine, leur mette la main sur l'épaule et les jette dehors en déclarant qu'elles s'étaient trompées d'adresse.

Elles pivotèrent lentement, et le type fit signe à Paula d'approcher. Pam la vit déglutir avec difficulté, comme si une balle de ping-pong s'était logée dans sa gorge, puis avancer d'un pas hésitant. Le type se pencha vers elle, la dévisageant avec intensité.

— Où avez-vous trouvé ce *merveilleux* chapeau ?

Paula le fixa, bouche bée, avant de réussir à bégayer :

— Euh... à la... boutique de charité de Market Street.

— Merde ! Il n'y en a pas d'autres, alors !

— J'en ai peur.

Il secoua la tête.

— C'est toujours comme ça avec les trucs super !

Son visage se fendit d'un large sourire.

— Vous avez de la chance d'être arrivées de bonne heure. Vous pourrez choisir une table bien placée. Bonne soirée !

Pam dut littéralement traîner Paula jusqu'à une table située le long du mur. L'endroit s'animait déjà, et des petits groupes de travestis commençaient à circuler dans la pièce. Tout au fond se dressait une scène assez vaste, ornée d'un épais rideau bordeaux. Des spots projetaient des rayons de lumière multicolores, la sono marchait à fond, et la fumée de cigarette formait comme des nappes de brouillard. Un serveur se matérialisa près de leur table et nota leur commande.

— Tu vois, on a réussi, fit Pam. Ce n'était pas si difficile, non ?

Paula était toujours blême.

— Je crois que j'ai fait pipi dans ma culotte.

— Garde ton calme, conseilla Pam, abaissant légèrement ses lunettes pour scruter la salle. Si tu remarques quelque chose de suspect, on ira voir de plus près.

Affalé sur le canapé, John regardait sans les voir les images muettes qui défilaient sur l'écran du téléviseur. Pam lui manquait. Bon Dieu, comme elle lui manquait ! Sans parler du remords qui le taraudait depuis qu'il l'avait déposée devant ce maudit motel. Il avait l'espoir qu'elle avait suivi ses conseils et pris la fuite, parce que la pensée qu'elle puisse se retrouver sous les verrous en compagnie des pires criminels lui était insupportable.

Il revoyait son expression lorsqu'elle était descendue de voiture. Elle avait l'air si perdue, si seule. Elle lui avait fait confiance et il l'avait trahie. Et maintenant, elle allait passer le reste de sa vie à regretter de l'avoir rencontré.

Il consulta sa montre. 8 h 30.

Le concours devait commencer à 9 heures. Il était possible que le véritable braqueur, celui qui, volontairement ou par accident, avait impliqué Pam, se trouve dans la foule. Et il échapperait à la justice.

À moins qu'ils n'aient fait complètement fausse route, et que le voleur soit un inconnu qu'ils n'avaient pas la moindre chance de retrouver. Après tout, combien de crimes n'étaient jamais résolus chaque année à Tolosa ? Cela n'en ferait qu'un de plus.

Il jeta la télécommande sur la table basse et appuya la tête contre le canapé. Il avait eu raison d'agir comme il l'avait fait. Alors pourquoi se sentait-il tellement coupable ?

Soudain, on frappa à la porte. Des coups brefs, secs, telle une rafale de mitraillette.

Alex.

John ne bougea pas. Les coups résonnèrent de nouveau, plus forts cette fois. Il connaissait suffisamment son frère pour savoir qu'il s'obstinerait.

En soupirant, il finit par aller ouvrir. Alex pénétra à l'intérieur, jeta un coup d'œil circulaire, puis regarda John.

— Où est-elle ?

— Partie.

— Tu l'as livrée, n'est-ce pas ?

— À vrai dire, je ne sais pas où elle est.

Alex lui décocha un regard accusateur.

— Tu l'as laissée partir ?

— Oui. Elle était innocente.

— Tu n'en es pas sûr à cent pour cent. Et même si tu l'étais, ça ne ferait aucune différence !

— Bon Dieu, Alex, elle risque de passer des années en prison pour un crime qu'elle n'a pas commis ! Ça ne compte pas pour toi ?

— Écoute-moi bien, petit frère, articula Alex en agitant l'index. Une fois que tu t'engages dans cette voie-là, tu es fichu.

— Quelle voie ?

— Celle où tu te crois au-dessus des lois. Celle où tu commences à jouer aux devinettes plutôt que de faire ton boulot.

— Mais tu ne comprends donc pas ? Je ne pouvais pas la livrer alors que je n'ignorais pas ce qui lui arriverait. Tu sais aussi bien que moi que le système peut se tromper !

— Tout ce que je sais, c'est quel genre de fille c'était autrefois. Ces gens-là ne changent pas. Si on la jette en prison, c'est qu'il y a de bonnes raisons, crois-moi !

Qu'en savait-il ? se demanda John. D'où lui venait cette certitude qu'une femme telle que Pam était incapable de s'en sortir ?

Alex secoua la tête d'un air dégoûté.

— Je n'arrive pas à croire que tu te sois ridiculisé pour une femme de ce genre.

Une femme de ce genre.

Une bouffée de colère traversa John, se répandit en lui telle une traînée de poudre. Alex ne savait rien de Pam. La fille qu'il avait connue huit ans plus tôt, cette fille qui n'hésitait pas à cracher au visage d'un flic, n'existait plus. La femme que lui, John, voulait protéger, était une tout autre personne.

Et il l'aimait.

Il l'avait pressenti la veille, lorsqu'elle était descendue de voiture, mais il s'en était aussitôt défendu, sans doute par crainte de souffrir s'il s'avouait être amoureux d'une femme qu'il ne reverrait jamais. Mais soudain, la réalité de ses sentiments s'imposait à lui avec une force et une évidence telles qu'il ne pouvait se duper plus longtemps.

Il aimait Pam.

C'était insensé ! Il la connaissait à peine.

Et cependant... La pression à laquelle elle avait été soumise ces derniers jours lui en avait appris plus long sur elle que s'il la connaissait depuis des années. Elle avait montré un énorme courage, et lui avait fait confiance.

Oui. Elle lui avait fait confiance, et il l'avait lâchement abandonnée.

Par crainte de briser sa carrière, d'affronter le jugement d'Alex, celui de sa famille. Bon sang, il avait même eu peur de ce que son père aurait pensé ! Comment avait-il pu se conduire ainsi ? Aussi stupidement ?

Toute sa vie, il n'avait cessé de se reprocher d'avoir échoué à devenir l'homme que son père souhaitait qu'il soit.

Et puis Pam était arrivée. Et voilà qu'il comprenait enfin ce qui lui avait toujours échappé : il n'avait pas besoin de l'approbation de son père. L'essentiel était de vivre en accord avec lui-même.

Cette découverte l'électrisa. Le désir soudain et irrésistible de corriger le mal que ses erreurs avaient causé le submergea. Lui seul avait le pouvoir de sauver Pam de la vie misérable qui l'attendait, qu'elle soit en fuite ou sous les verrous.

Il savait ce qu'il lui restait à faire.

Il regarda son frère droit dans les yeux.

— J'ai fait un truc vraiment idiot hier soir, Alex.

— Ah, ça oui !

— Je ne t'ai pas jeté dehors quand j'en ai eu la possibilité.

Plantant son frère là, John alla récupérer son revolver et ses menottes dans sa chambre. Il coinça l'arme dans son jean, au creux de ses reins, puis regagna le salon et attrapa son blouson.

— Tu comptes aller où, comme ça ? s'enquit Alex, qui avait retrouvé ses esprits.

— Au *Charlie's*. Pam est innocente. Et je vais le prouver.

Il faisait mine de se diriger vers la porte lorsque son frère s'interposa.

— Tu n'iras nulle part.

John cligna des yeux.

— Pardon ?

— Tu ne sortiras pas de cette maison.

Bras croisés, jambes écartées, Alex avait adopté la posture d'un videur de bar louche. John n'en croyait pas ses yeux.

— Ôte-toi de là, Alex.

— Si tu veux sortir d'ici, il va falloir que tu m'allonges d'abord.

John s'était attendu à une réaction agressive, voire déraisonnable, de la part d'Alex. Lorsqu'ils étaient enfants, il n'hésitait jamais à utiliser sa taille et sa force pour avoir le dessus. Mais de là à ce qu'il menace de le rosser...

John avait beau être grand et musclé, Alex le dépassait, et pesait au moins dix kilos de plus. Un combat à mains nues risquait fort de tourner à l'avantage de ce dernier.

John n'avait pas de temps à perdre, mais il savait aussi que son frère n'était pas homme à parler en l'air. S'il tentait une sortie, la bagarre serait inévitable.

— Alors, comme ça, tu crois que tu peux me battre ? lança-t-il.

— Avec une main attachée dans le dos, s'esclaffa Alex.

— Tu délires. Tu ne serais même pas fichu de soulever cent cinquante kilos en développé couché !

— Gamin, je faisais ça quand tu étais encore en couches-culottes !

— Prouve-le !

— Quoi ?

— Si tu réussis à faire dix mouvements à cent cinquante, je ne pars pas. Tu paries ?

Alex sourit.

— Pas terrible, ton sens de la négociation. J'y arriverais en dormant, et tu le sais très bien !

— Ah ouais ? Viens me montrer ça !

John se dirigea vers la chambre d'amis où il avait installé son matériel de musculation. Son frère hésita un instant, puis lui emboîta le pas, incapable de refuser un défi.

John régla le banc de musculation. Alex lui lança un regard de côté avant d'ajouter dix kilos supplémentaires. Il s'allongea sur le tapis, et entreprit de soulever le poids avec autant d'aisance que s'il s'était agi d'un sac de plumes.

John, impressionné, se félicita d'avoir eu la bonne idée de ne pas s'attaquer à cette montagne de muscles.

Il sortit subrepticement les menottes de sa poche, et au moment où Alex était en pleine extension, il en passa une autour de son poignet gauche. Ce dernier comprit immédiatement, mais il tenait cent cinquante kilos à bout de bras, et le temps qu'il repose la barre, John avait refermé l'autre menotte autour de l'appareil.

La barre heurta bruyamment les appuis et Alex bondit. John parvint à esquiver, s'écartant juste avant que le poing de son frère s'écrase sur la menotte. Fou furieux, Alex lui décocha un regard qui signifiait clairement que si jamais il parvenait à se libérer, il était un homme mort.

— Espèce d'enfoiré! cria-t-il d'une voix tonitruante. Qu'est-ce qui te prend, putain?

— Je te l'ai dit. Je vais à ce club.

Alex se jeta en avant, traînant l'appareil derrière lui à une vitesse étonnante, les pieds raclant le plancher avec un bruit épouvantable. John réussit à atteindre la porte de justesse, son frère sur ses talons. Le banc heurta violemment le chambranle, et s'immobilisa, tandis qu'Alex déversait un flot de jurons.

— John! Reviens, bon Dieu! Détache-moi immédiatement!

— Désolé, j'ai à faire.

Alex tira si fort sur les menottes que John craignit un instant qu'elles ne cèdent.

— Est-ce que tu as la *moindre* idée de ce qui t'attend quand je mettrai la main sur toi? hurla-t-il.

Oh que oui! John s'en doutait. Et il remerciait à l'avance son futur chirurgien esthétique. Il lui faudrait bien six mois avant de retrouver, peut-être, figure humaine.

Alex continuait à s'époumoner lorsque John pénétra dans le garage, mais il l'ignora royalement. Il avait une mission à accomplir et il irait jusqu'au bout.

— Le spectacle ne va pas tarder à commencer, remarqua Paula. Ça devrait valoir le coup d'œil.

Pam ne se souciait guère du spectacle, préoccupée qu'elle était par le nombre de suspects potentiels parmi la foule qui se pressait autour d'elles. Très vite, elle eut un mal fou à distinguer qui que ce soit dans cette mer de visages au maquillage outrancier, ornés de bijoux clinquants et surmontés de coiffures extravagantes.

Les lumières baissèrent. Il y eut un roulement de tambour, suivi d'une introduction musicale qui s'acheva en crescendo. L'animateur, robe noire moulante, bas résille et longue perruque noire, fit son apparition, et se présenta sous le nom de Samantha.

— Oh, oh ! fit Paula.

Pam tressaillit.

— Qu'y a-t-il ?

— Ça y est, on a des ennuis, répondit son amie en désignant du doigt la cabine du DJ. Steve est là !

D'abord incrédule, Pam dut se rendre à l'évidence. C'était bien Steve qui occupait la cabine.

Elle jura intérieurement. Pourquoi fallait-il qu'il soit là précisément ce soir ? Pourquoi n'était-il pas en train de dilapider son salaire au lieu de le gagner ?

Paula fit volte-face.

— Il ne faut pas qu'il me voie ! Il s'empressera de le dire à Tom !

— Il ne faut pas qu'il *nous* voie, corrigea Pam. Du calme. Il ne nous a pas remarquées jusqu'à présent, alors maintenant qu'il est occupé...

— Je savais que ça tournerait mal, marmonna Paula en buvant une longue gorgée de son vin blanc additionné d'eau gazeuse. J'en étais sûre.

Pam passa la demi-heure suivante à scruter la foule. À un moment, persuadée d'avoir aperçu du faux léopard, elle suivit un homme qui se dirigeait vers l'entrée. Elle arracha ses lunettes de soleil, et se rendit compte que ce qu'elle avait pris pour du léopard était en fait un enchevêtrement de paillettes sur fond noir.

Alors qu'elle revenait sur ses pas, déçue, elle jeta au passage un coup d'œil vers la cabine du DJ. L'espace d'une seconde, il lui sembla que le regard de Steve s'était posé sur elle. Elle chaussa aussitôt ses lunettes et se détourna pour regagner sa table en hâte. Lorsqu'elle se risqua à jeter de nouveau un coup d'œil, Steve était penché sur ses platines, entièrement absorbé par son travail. Elle poussa un soupir de soulagement.

— Alors ?

— Rien. Ce n'était pas du léopard. J'ai cru que Steve m'avait vue, mais, apparemment, je me suis trompée.

— Tu en es certaine ?

Pam leva les yeux, et retint une exclamation. Steve venait de sortir de la cabine. Mais, au lieu de se diriger vers elles, il prit la direction de l'entrée.

— Oui.

— Ouf !

Paula respira et but une autre gorgée.

— En fait, le spectacle n'est pas mal du tout, tu sais.

Pam se demanda si le vin ne lui était pas monté à la tête. Quel numéro avait bien pu la séduire ? Les entrechats du type en tutu, ou la voix de celui qui, un oreiller dissimulé sous sa robe, chantait *Moi, je ne sais pas dire non* ?

Plus Paula semblait se détendre, plus le malaise de Pam augmentait. À mesure que la soirée avançait, il devenait évident qu'aucune des personnes présentes ne portait de tenue ressemblant de près ou de loin à celle de l'auteur du braquage.

À supposer d'ailleurs qu'il se fût bien agi d'un homme.

Le désespoir s'insinua lentement en elle, et elle prit pleinement conscience de la futilité de sa démarche.

Ils avaient échafaudé une hypothèse improbable, fondée sur les dires d'une vieille femme à moitié folle.

Au fond, John avait raison. Elle rêvait complètement. À supposer qu'elle dégote un individu répondant à la description, que ferait-elle ? Elle se planterait devant lui et l'accuserait de vol à main armée ? À la rigueur, elle découvrirait peut-être son identité, mais à quoi cela servirait-il ? Sans l'aide de John, l'enquête s'arrêterait là.

Pour l'heure, non seulement elle risquait d'être reconnue – risque accru par la présence de Steve –, mais elle pouvait aussi attirer des ennuis à Paula.

Elle se pencha vers elle.

— C'est presque fini. Allons-nous-en.

— Mais, tu n'as pas trouvé ce que tu cherchais !

— Et je ne le trouverai pas. J'étais folle de m'imaginer une chose pareille. S'il te plaît, Paula, partons d'ici.

Son amie soupira.

— Si c'est ce que tu veux...

Pam posa l'argent des boissons sur la table et elles s'éloignèrent tandis que l'animateur annonçait le candidat suivant. Elle jeta un coup d'œil par-dessus son épaule. L'artiste, l'air un peu gauche avec sa perruque brune, son pantalon moulant et son chemisier de soie bleue, prit place sur un tabouret au centre de la scène, micro à la main. Même à cette distance, Pam comprit que la foule allait profiter d'une imitation de Judy Garland, laquelle se retournerait sans doute dans sa tombe.

La musique s'éleva. La voix du type était douce. Grave. Rappelant à s'y méprendre celle de Judy Garland. C'était une magnifique version de *Somewhere Over the Rainbow*.

— Oh ! s'exclama Paula en pivotant. J'adore cette chanson !

— Paula ! Je t'en prie. Sortons d'ici !

Mais Paula s'était figée. Elle regardait le chanteur avec attention.

— Paula ? Tu viens, oui ?

— Pam ?

— Quoi ?

— Tu as vu ses… boucles d'oreilles ?

Pam plissa les yeux, retira brutalement ses lunettes de soleil. La pseudo-Judy Garland portait des pendants d'oreilles. Énormes, multicolores.

Des boucles d'oreilles multicolores ? Et si elles étaient en forme d'arc-en-ciel ?

Elle se précipita dans la foule. Jouant des coudes, en équilibre précaire sur ses talons aiguilles, elle parvint enfin à quelques mètres de la scène. Impossible d'aller plus loin. Un mur impénétrable de satin, perles, paillettes et dentelles s'élevait devant elle, lui bloquant le passage. Elle se haussa sur la pointe des pieds, se tordit le cou dans l'espoir de distinguer la forme des boucles d'oreilles.

Regardant autour d'elle frénétiquement, elle aperçut un petit escalier menant à un rideau, qui cachait sans doute l'entrée des coulisses. Si elle se dépêchait, elle cueillerait le chanteur à sa sortie. Elle contourna une rousse en robe mauve brodée de perles.

Et fonça tête baissée dans John.

Il la retint par les épaules tandis qu'elle levait les yeux sur lui, éberluée. Il fallut à John une demi-seconde pour la reconnaître.

— Pam ?

Il était venu l'arrêter, s'affola-t-elle. Alex avait eu le dernier mot.

— Les boucles d'oreilles ! cria-t-il par-dessus le vacarme. Ce type sur scène porte les boucles d'oreilles !

Pam faillit s'évanouir de soulagement. John cherchait le coupable, tout comme elle ! Il n'était pas venu l'arrêter, mais l'aider.

Un tonnerre d'applaudissements salua la fin de la chanson. John attrapa la main de Pam et, l'entraînant derrière lui, zigzagua à travers la foule. Ils grimpèrent les marches deux à deux, et John tira le rideau à l'instant où le candidat sortait de scène.

Il alla droit sur lui, le fit pivoter et le plaqua contre le mur. Puis il lui arracha l'une de ses boucles d'oreilles.

— Hé ! protesta le type. Qu'est-ce qui vous prend ?

John souleva le bijou, et le cœur de Pam cessa de battre. C'était un arc-en-ciel. Aucun doute.

Ils tenaient leur homme.

Soudain, ce dernier tourna la tête et croisa son regard.

Pam tressaillit. En dépit de l'épaisse couche de maquillage, son visage avait quelque chose de familier. Elle s'approcha plus près et ne put réprimer un cri en reconnaissant celui qui se dissimulait sous les faux cils et le rouge à lèvres rubis.

— Tom !

20

Les yeux fardés de Tom s'écarquillèrent, tandis qu'une expression de pure panique envahissait son visage.

— Pam ! Qu'est-ce que tu fais ici ?

Elle le fixait, paralysée par la stupeur. C'était impossible ! Absolument impossible ! Tom, qui collectionnait les petites amies comme d'autres les cartes postales, déguisé en femme !

Soudain, la lumière se fit dans son esprit. Toutes ces femmes qu'elle avait vues sortir de son appartement... n'en étaient pas.

C'était *Tom*.

— Ne dis rien à Paula, la supplia-t-il. Je t'en prie. Elle n'est pas au courant. Elle va me détester, Pam. Elle me quittera ! Je t'en prie ! Promets-moi que tu ne diras rien !

Pam était si choquée qu'il lui fallut quelques secondes pour recouvrer ses esprits.

— Espèce de salaud ! hurla-t-elle en se ruant sur lui, les poings en avant.

— Pam ! Arrête ! s'écria-t-il tandis qu'une grêle de coups s'abattait sur lui. *Pam !*

Elle continua de lui marteler la poitrine jusqu'à ce que John lui empoigne le bras, et la tire en arrière.

Elle se tortilla pour se dégager, mais il la tenait fermement.

— C'est lui, John ! C'est Tom qui a attaqué le magasin, et il allait me laisser trinquer à sa place !

Tom fronça les sourcils.

— Qu'est-ce que tu racontes ?

— Ne fais pas l'innocent ! Tu portes les boucles d'oreilles !

— Les boucles d'oreilles ?

— Le voleur portait des boucles d'oreilles en forme d'arc-en-ciel. Des grosses. Exactement comme les tiennes ! C'était toi !

— Mais enfin, ça ne peut pas être moi ! J'étais au Hilton avec Paula, rappelle-toi !

— Ah, oui ? Et qu'est-ce qui me prouve que tu ne t'es pas éclipsé pour aller braquer ce magasin ?

— J'ai passé toute la nuit avec Paula. Je te le jure !

Soudain, Tom lâcha un cri étranglé. Suivant son regard, Pam se retourna et aperçut Paula qui s'approchait en titubant légèrement, le chapeau un peu de guingois. Arrivée près d'eux, elle ôta lentement ses lunettes, l'air incrédule.

— Tom ?

— Paula ! balbutia celui-ci, horrifié. Qu'est-ce que tu fais là ?

Elle le dévisageait, bouche bée.

— Paula, est-ce que c'est vrai qu'il a passé toute la nuit avec toi au Hilton ? la pressa Pam.

Paula, en état de choc, n'arrivait pas à détacher les yeux de Tom. Pam la secoua.

— Paula, réponds-moi ! Il était avec toi toute la nuit ?

— Ou... oui. Toute la nuit... Habillé... en homme.

— Je ne suis pas gay, Paula ! Je te le jure. C'est juste que j'aime bien...

Il prit une profonde inspiration.

— ... m'habiller en femme.

Paula gémit avant d'enfouir la tête entre ses mains.
— Steve m'a parlé de ce concours, continua-t-il. J'ai pensé que si je gagnais les mille dollars, je pourrais te rembourser une partie de la somme que je te dois…
— Attends une minute, l'interrompit Pam. Si Steve t'a parlé du concours, cela signifie qu'il est au courant de… tout ça ?
Tom acquiesça.
— Il est le seul. Et il ne le sait que parce qu'il est tombé par hasard sur mes affaires à l'époque où on partageait un appartement.
— Vos boucles d'oreilles sont semblables à celles que portait le voleur, intervint John. Vous les avez prêtées à quelqu'un ?
— Non ! Bien sûr que non !
— Ça ne peut pas être une coïncidence, dit John à l'adresse Pam. S'il ne les a prêtées à personne, qui pourrait avoir mis la main dessus ?
La question demeura en suspens quelques secondes. Puis Pam eut une idée.
Elle désigna la perruque de Tom.
— C'est la seule perruque que tu possèdes ?
Il jeta un regard coupable à Paula.
— Non.
— Tu en as une blonde ? Longue ?
— Oui.
— Et un chemisier en faux léopard ?
— Oui.
— Des chaussures blanches ?
Le visage de Tom se plissa de dégoût.
— Oui, mais je ne les mets pas ensemble !
Sans plus attendre, Pam se rua vers la salle, les autres sur ses talons. Elle s'immobilisa en haut des marches, le regard fixé sur la cabine du DJ, près du bar, où Steve, les écouteurs sur les oreilles, attendait la conclusion de l'animateur.

— Pam ? Qu'y a-t-il ? demanda John.

Elle ne répondit pas, en proie à toutes sortes de pensées folles. Et si elle faisait fausse route ?...

À cet instant, son attention fut attirée par un mouvement à l'entrée du club. Son cœur manqua un battement. Un type venait de pénétrer dans la salle. Un type qui dépassait le mètre quatre-vingt-dix et possédait plus de tatouages que de cervelle. Un type dont le crâne chauve luisait sous les néons.

— Leandro ! s'exclama John. Qu'est-ce qu'il fiche ici ?

Il fonçait droit vers la cabine du DJ. Il entra à l'intérieur et se mit à discuter avec Steve. Soudain, les deux hommes se tournèrent, semblant fouiller la salle du regard. L'estomac de Pam se noua.

Ils cherchaient quelqu'un.

Elle.

Elle fit volte-face et s'adressa à Tom.

— Tu as dit à Steve que j'étais dans ce motel dans l'Est ? Avant que ce type me retrouve ?

Tom ferma les yeux.

— Réponds, bon sang !

— Euh... j'ai pu laisser échapper un truc ou deux.

La colère flamba soudain en Pam, intense, attisée par les journées de terreur qu'elle avait endurées. Maintenant, elle savait précisément ce qui s'était passé cette nuit-là. Elle savait qui était le coupable. Et elle savait que si Leandro avait toujours réussi à retrouver sa trace, c'était parce qu'il disposait d'un informateur – un informateur qui avait tout intérêt à ce qu'elle atterrisse en prison. Si elle trinquait pour le braquage, on le laisserait tranquille, lui !

Elle descendit les marches au pas de course.

— Pam ! Arrête !

John se précipita à sa suite, mais il ne tarda pas à la perdre de vue dans la foule qui applaudissait à tout rompre.

Elle traversa le club en trombe, esquivant les tables, mue par une fureur et une détermination sans bornes.

Leandro pivota, et un sourire mauvais éclaira sa face répugnante lorsqu'il la reconnut. Il se campa sur ses jambes, écarta les bras tel un lutteur professionnel se préparant à attaquer. Son nez disparaissait de nouveau sous un pansement autour duquel la peau avait pris une teinte bleu-violet.

En proie à une fureur indescriptible, Pam arracha un plateau des mains d'un serveur, balaya les verres d'un revers de bras. Leandro gronda, prêt à se jeter sur elle. Il possédait certes l'avantage de la force, mais elle compensa par la vitesse. Tenant le plateau à deux mains, elle prit son élan, décrivit un arc de cercle et le lui balança en pleine figure.

Il tituba en arrière, porta les mains à son nez. Un hurlement de douleur lui échappa, qui n'était pas sans rappeler celui d'un caribou blessé à mort dans les étendues sauvages du Yukon.

Dans la foulée, comme poussée par une force surnaturelle, Pam bondit par-dessus le comptoir de la cabine – un véritable exploit vu sa tenue. À peine de l'autre côté, elle se jeta à la gorge de Steve. Il chancela, puis s'effondra sur le sol. En une fraction de seconde Pam fut sur lui, ses mains s'enroulèrent autour de son cou.

— Hé ! cria-t-il d'une voix étouffée. Qu'est-ce qui...

Elle resserra son étreinte tout en lui enfonçant ses genoux dans les côtes. Il haletait, les yeux exorbités. Elle mourait d'envie de serrer, serrer encore, jusqu'à ce qu'il devienne tout bleu.

Au lieu de quoi, elle saisit par le goulot une bouteille de whisky qui traînait sur une étagère et la fracassa sur le sol. Des éclats de verre furent projetés en tous sens, suivis par un raz de marée de liquide ambré. Elle approcha son arme improvisée, hérissée d'arêtes tranchantes, de la gorge de Steve, le pressa légèrement contre sa peau.

— Espèce d'ordure ! Tu voulais que je plonge à ta place, hein ?

— Pam, toussa-t-il. Je ne sais pas ce que...

Elle augmenta la pression contre son cou, et il émit un couinement étranglé.

— Hé ! Ça fait mal !

— C'est le but ! Avoue sinon ça va saigner !

Steve ne semblait pas décidé à répondre. Pesant de tout son poids sur sa poitrine, Pam siffla :

— Un seul petit mouvement du poignet, et adieu Steve, ce truc te tranche la jugulaire.

— Tu es cinglée !

— Sûrement ! Je n'ai rien à perdre. Ils croient déjà que j'ai tiré sur une vieille femme, alors qu'est-ce que ça changera de saigner un pauvre DJ minable ?

— Pam, s'il te plaît...

— Je sais tout ! Tu as emprunté les vêtements de Tom – je t'ai vu quitter son appartement après le braquage. C'est toi qui as filé des renseignements à Leandro à mon sujet. Tu nous as même indiqué quel distributeur choisir quand Paula et moi sommes allées chercher de l'argent, histoire qu'il me retrouve sans peine !

Elle enfonça le verre.

— Avoue que c'est toi qui as braqué ce magasin !

— Je... ne peux pas respirer !

— Alors, je te conseille de te magner !

Il ouvrit la bouche, aspirant par saccades, et soudain, un torrent de paroles jaillit de ses lèvres :

— Je ne voulais pas te mêler à ça ! Je te le jure ! Pourquoi a-t-il fallu que tu sortes à 11 heures du soir, aussi ? J'ai essayé de t'en empêcher. C'est vrai ! Si seulement tu étais restée chez toi, j'aurais récupéré ce que j'avais planqué dans ta voiture, et rien de tout ça ne serait arrivé !

— Pourquoi as-tu fait un truc pareil ?

— J'avais des dettes. Beaucoup. Le type à qui je devais de l'argent avait menacé de me tuer si je ne lui donnais pas une avance. Je te le jure, Pam. Il m'avait déjà passé à tabac plusieurs fois... Mais je ne voulais pas que tu aies des ennuis !

La porte de la cabine s'ouvrit à la volée. En deux pas, John fut près d'elle et la releva, puis il lui retira la bouteille brisée de la main et la jeta au loin.

— C'est lui le coupable, cria-t-elle. Tu l'as entendu ? Il a tout avoué !

— J'ai entendu, mon ange. Chaque mot. Mais ce n'est pas le moment de te faire accuser de meurtre, tu ne crois pas ?

John la poussa hors de la cabine, puis retourna chercher Steve, sous les regards intrigués des clients qui avaient suivi la bagarre avec intérêt. Il chargea l'animateur de prévenir la police et, après avoir ordonné à Pam de ne pas bouger, il entraîna Steve vers la sortie. Elle resta là, immobile, comme assommée.

Et soudain, elle se souvint de Paula.

Se frayant tant bien que mal un chemin à travers la foule de curieux qui avait fait cercle autour d'elle, elle finit par la repérer, seule à une table, l'air totalement désemparé. Elle se creusait la cervelle, cherchant ce qu'elle allait bien pouvoir lui dire pour la consoler, lorsqu'elle aperçut Tom qui s'approchait d'elle.

Elle décida qu'il valait mieux les laisser régler leurs comptes, et alla s'installer au bar pour attendre John. Tant d'émotions contradictoires se mêlaient en elle qu'elle ignorait si elle parviendrait jamais à y mettre de l'ordre.

Paula et Tom n'étaient pas les seuls qui avaient des comptes à régler...

21

Paula écarta deux bouteilles de bière et un cendrier rempli de mégots, posa les coudes sur la table et se prit la tête entre les mains. Son univers entier venait de s'écrouler. Si elle avait encore du mal à croire que Steve ait été le coupable, elle n'était pas moins contente qu'il soit sorti de leurs vies.

Leurs vies. La sienne et celle de Tom.

Sauf qu'à présent, ils n'étaient plus deux. Comment aurait-il pu en être autrement, alors qu'en cet instant il ressemblait davantage à une femme qu'elle-même ?

— Paula ?

Elle se tourna à demi ; Tom se tenait derrière elle. La perruque avait disparu, mais il portait toujours la robe, le maquillage, les faux ongles...

— Arrête, Tom. Je ne peux pas ! Va-t'en, s'il te plaît.

Il tira une chaise et s'assit près d'elle.

— Je n'irai nulle part tant que tu ne m'auras pas écouté.

— Je n'y comprends rien ! Comment peux-tu... ?

— C'est compliqué. C'est impossible à expliquer en quelques minutes, alors je n'essaierai même pas. Je veux seulement que tu saches deux choses. La première, c'est que cela ne signifie pas que je sois gay...

— Tu portes une *robe*, Tom !

— Je sais. Mais ça ne fait pas de moi un homosexuel pour autant. En dessous, c'est toujours moi. Je n'ai pas changé.

Elle lui lança un regard en biais, puis se détourna. Elle ne pouvait faire face à tout ça. Ça lui était impossible.

— Tu veux connaître la seconde chose ?

— Quoi ?

— Je t'aime.

Elle ferma les yeux, déterminée à ne pas pleurer.

— Avec les autres femmes, ce n'était pas un problème. Je n'ai jamais été assez proche de l'une d'entre elles pour envisager de parler de tout ça. Et puis tu es arrivée. J'ai eu beaucoup d'amies avant toi, Paula. Mais toi...

Tom fit une pause, et secoua la tête.

— Je sais que tu te trouves banale, ce genre de trucs idiots, et que parfois tu te demandes pourquoi c'est toi que je veux... Mais, la vérité, c'est que j'ai toujours eu peur de ne pas te mériter.

Le visage ruisselant de larmes, Paula se sentait ridicule, en train de pleurer comme une madeleine dans cet endroit étrange. Tom passa le bras autour de ses épaules. Les yeux fermés, elle aurait presque pu se persuader qu'il était le Tom qu'elle connaissait si bien. Celui qui ressemblait à un homme.

— Tu te rappelles ce que tu m'as dit ? chuchota-t-il. Que rien ne pourrait changer tes sentiments à mon égard ?

Bien sûr qu'elle s'en souvenait. Mot pour mot. Mais comment pouvait-elle imaginer... ?

Elle se risqua à croiser son regard. Ses beaux yeux verts la contemplaient avec la même adoration qu'avant... Sous les faux cils et le rouge à lèvres trop brillant était-il le même homme ? Celui qu'elle aimait ?

— Je ne te demande pas de me dire oui ou non ce soir, fit Tom. Je sais que nous devons parler. Je te demande seulement de me laisser une chance.

— Tu es tout à fait sûr que tu n'es pas gay ?

— Tu te souviens de la dernière fois qu'on a fait l'amour ?

— Oui.

— Alors, repose-moi ta question.

Elle ne put réprimer un sourire. Un point pour lui, songea-t-elle.

— Steve était au courant ?

— Oui. Il m'avait promis de n'en parler à personne, mais comment en être certain, soupira Tom. Chaque fois que j'avais un peu d'argent et que j'espérais commencer à te rembourser, Steve venait me taper. Et je n'osais pas refuser, parce que, même s'il ne m'a jamais menacé directement, j'avais peur qu'il ne te dise la vérité à mon sujet.

Paula n'en croyait pas ses oreilles. Voilà qui expliquait pourquoi Tom avait toléré son cousin et sa vipère de copine. Il craignait que celui-ci ne révèle son secret...

— Steve s'est conduit d'une manière abominable vis-à-vis de Pam, continua Tom. Et j'ai l'intention de faire tout ce qui sera en mon pouvoir pour qu'il paie. Je m'étais aperçu qu'il avait fouiné dans mes affaires ce week-end-là. Mais jamais je n'aurais imaginé qu'il y avait un lien avec le braquage, sinon j'aurais prévenu la police sur-le-champ. Quelles qu'en soient les conséquences pour moi... Je n'aurais pas laissé Pam trinquer à sa place, Paula. Il faut que tu me croies.

— Je te crois. Tu vas raconter à la police tout ce que tu sais ?

— Oui, répondit gravement Tom.

— Pourquoi ne m'as-tu rien dit ?

— Je ne voulais pas risquer de te perdre, Paula.

Elle ferma les paupières, tandis que l'émotion la gagnait de nouveau.

— Je t'aime, Tom. Je crois que je ne cesserai jamais de t'aimer. Mais je ne suis pas certaine d'être capable de surmonter cela.

Il écarta doucement une mèche de son front, puis sa main descendit le long de son bras, avant de se refermer sur celle de la jeune femme.

— Je sais. Promets-moi seulement d'essayer.

Elle hocha la tête et parvint à ébaucher un sourire. Il lui sourit en retour, sans rien exiger de plus, et elle comprit soudain qu'elle ne se voyait pas vivre sans lui.

D'accord, son prince charmant avait un petit défaut. Mais qui n'en avait pas ?

— J'adore *Somewhere Over the Rainbow*. Pourquoi tu ne me l'as jamais chanté ?

— Je le ferai. Chaque jour à partir d'aujourd'hui, si tu veux.

Lorsque John entra dans le club, le cœur de Pam se mit à battre follement. Elle prit une profonde inspiration, et se sermonna : le fait qu'il soit ici ne signifiait nullement que tout était résolu entre eux.

Il traversa la salle et se laissa tomber sur le tabouret à côté d'elle. Elle le sentit sur le point de se rapprocher d'elle, de la toucher peut-être, mais elle se détourna et baissa les yeux.

— Steve est en route pour le commissariat, annonça-t-il. J'ai parlé à l'inspecteur qui s'occupe de l'enquête. Je dois le retrouver là-bas dans une heure, pour assister à l'interrogatoire.

— Et si Steve se rétracte ?

— Les vêtements qu'il portait le soir du braquage serviront de preuve. Il y aura sans doute des cheveux à lui dans la perruque, des trucs de ce genre. Il sera facile de démontrer qu'il portait ces vêtements, qu'il sortait de l'appartement de Tom, et qu'il avait un mobile. Les résidus de poudre sur les gants établiront qu'il s'est servi d'une arme... Mais de toute façon, nous n'en viendrons pas là. Je suis sûr qu'il va avouer. Et les accusations contre toi seront levées.

— Tout est terminé, alors ?

— Pas officiellement. Mais tu n'as plus à t'inquiéter.

Pam hocha la tête, tandis qu'une foule d'émotions l'assaillaient à la pensée qu'elle était de nouveau libre. Mais, en dépit de la présence de John, son soulagement ne s'accompagnait d'aucune joie. Quelque chose la taraudait, qu'elle ne pouvait ignorer.

John la dévisagea d'un air soucieux.

— Et toi ? Comment ça va ?

— Bien. Un peu fatiguée, je suppose.

Il y eut un long silence. Finalement, il fit pivoter le siège de Pam jusqu'à ce qu'elle se retrouve face à lui.

— Pam ? Qu'est-ce qui ne va pas ?

Il ne s'en doutait donc pas ? S'imaginait-il qu'il pouvait revenir ici comme si de rien n'était, après la scène de la veille ?

— Quand je t'ai vu ce soir, ma première pensée a été que tu venais m'arrêter.

— Quoi ? s'écria John. Je t'avais dit que je ne t'emmènerais jamais en prison, et c'était vrai !

— Avant la soirée d'hier, tu avais aussi dit que tu ferais tout ce que tu pourrais pour m'aider. Mais *ça*, ce n'était pas vrai, n'est-ce pas ?

Il ferma les yeux.

— Pam...

Elle sentit venir les larmes et se raidit, luttant pour les refouler.

— Tu n'as aucune idée de ce que j'ai ressenti en constatant que ton frère n'avait eu qu'à lever le petit doigt pour que tu me tournes le dos. Et quand tu m'as déposée dans ce motel, tu m'as dit que tu ne voulais plus jamais entendre parler de moi. Je ne sais pas si je pourrai oublier ça, John.

Il baissa la tête, accablé.

— Je sais. Je suis désolé. Je n'aurais jamais dû faire une chose pareille.

Il lui prit la main, frottant doucement son pouce contre le sien.

— Mais je suis là, maintenant. Ça ne compte pas ?

Elle retira sa main.

— Tu n'es venu ce soir que parce que tu pouvais agir en douce. En cas de succès, très bien. Sinon, qui saurait jamais que tu avais seulement essayé ? En revanche, quand il a fallu tenir tête à ton frère pour me défendre, tu t'es défilé. Alors que se passera-t-il la prochaine fois qu'il faudra choisir entre ton boulot ou ta famille d'un côté, et moi de l'autre ?

Il plissa les yeux d'un air songeur.

— Il faut qu'on parle. Viens chez moi.

— Non. Nous n'avons rien d'autre à nous dire.

— Pam, écoute, s'il te plaît...

— Alex sait que j'ai un casier. Rappelle-toi sa réaction quand il m'a reconnue. Tu t'imagines en train d'expliquer tout ça à ta famille ?

— Je me moque de ce qu'ils pensent.

— Au contraire. Tu y attaches une telle importance que tu n'as pas hésité à me mettre à la porte hier soir.

— Les choses ont changé depuis hier soir.

— Ah bon ? Maintenant que tu peux dire à ta famille que je suis innocente, tu crois peut-être qu'ils fermeront les yeux sur mon passé ?

— Pam…

— Laisse-moi te dire un truc. Ils ne fermeront pas les yeux, ni les uns ni les autres. Alex restera convaincu que je suis une délinquante jusqu'au jour de ma mort. Et que crois-tu que Dave pensera ? Sans parler de Brenda ! Si je me pointe au déjeuner dominical, elle est capable de me faire sauter la cervelle…

— Pam ! cria John. Tu peux te taire une minute ?

Elle le foudroya du regard.

— Tu rentres à la maison avec moi.

— Ça m'étonnerait.

— Je ne te le demande pas, je te l'ordonne.

— Oh, vraiment ?

— Vraiment.

Avant qu'elle ait le temps de comprendre ce qui lui arrivait, il se leva, l'attrapa à bras-le-corps et la balança en travers de son épaule. D'abord stupéfaite, Pam ne tarda pas à réagir. Elle se débattit en hurlant, mais il tint bon. Il traversa la salle sous les regards curieux des clients encore présents, leur offrant au passage une vue imprenable des dessous de Pam. Puis il franchit en quelques enjambées la distance qui les séparait de sa voiture, et la déposa à côté de la portière passager, qu'il s'empressa d'ouvrir.

— Monte.

— Pas question.

— Pam…

— J'ai dit non !

Il fit un pas vers elle, la plaqua contre la carrosserie, lui prit le visage entre ses mains et lui écrasa la bouche de la sienne.

C'était arrivé si vite que Pam en eut le souffle coupé. Depuis la veille, elle avait rêvé cent fois qu'il l'embrassait ainsi, avec fougue, avec passion, tandis que ses mains prenaient possession de son corps.

Un élan de bonheur à la limite du supportable la transperça. Elle devait s'arracher à lui sur-le-champ, elle le savait. Ne pas lui permettre de se comporter ainsi après ce qu'il lui avait fait.

Étourdie, à bout de souffle, elle réalisa soudain qu'elle n'avait pas vraiment le choix. Il allait l'embrasser jusqu'à ce qu'il décide d'arrêter ou qu'elle meure asphyxiée. Bientôt, toute velléité de résistance s'évanouit en elle, et elle s'abandonna à ses émotions, espérant vaguement survivre à l'expérience.

Enfin, il la lâcha. Les lèvres en feu, hors d'haleine, titubant presque, Pam était en proie à une telle confusion qu'elle craignit de perdre connaissance.

— Monte.

Encore sous le choc, elle s'exécuta. Il referma la portière derrière elle, s'installa au volant et démarra brutalement. Il dépassa la vitesse autorisée tout le long du trajet, et garda les yeux rivés sur la route, arborant une expression si déterminée qu'elle sentit la nervosité la gagner.

Il n'avait quand même pas l'intention de remettre ça ! De la menotter à son lit !

— John ? fit-elle d'une voix faible. Où sont tes menottes ?

Il se tourna vers elle avec un petit sourire espiègle.

— Tu vas voir.

Elle le dévisagea avec incrédulité, partagée entre le doute et la crainte. Était-elle donc destinée à passer sa vie attachée à son lit ?

Il entra dans le garage, puis l'escorta jusqu'à la porte de service, tout comme la première fois. Mais alors qu'ils pénétraient à l'intérieur, Pam entendit des cris provenant de l'une des chambres. Des cris de rage, mêlés de jurons à faire pâlir un charretier.

Elle jeta un coup d'œil interrogateur à John.

— Alex m'a rendu visite, comme promis.

Les vociférations redoublèrent. Accompagnées d'obscénités aussi inédites que variées. Et de menaces d'actes de vengeance plus cruels les uns que les autres.

Le tout à l'adresse à John.

Interdite, Pam s'avança prudemment dans le couloir, en direction des cris. Le spectacle qui l'attendait dans la chambre d'amis la laissa bouche bée.

Alex était menotté au banc de musculation.

Elle cligna des yeux, se demandant si elle ne souffrait pas d'hallucinations. Mais non. C'était bien Alex, rouge de colère, l'air d'un taureau prêt à charger.

— Il voulait m'empêcher d'aller au club, expliqua John en la rejoignant. Alors, je l'ai persuadé de me laisser partir quand même.

— Persuadé, mon cul! marmonna Alex. Traiter ainsi son propre frère...

Pam n'en croyait pas ses yeux. Il lui fallut un moment pour comprendre la portée du geste de John, mais la vérité finit par s'imposer à elle. Il avait été prêt à sacrifier son frère, sa famille, sa carrière. Pour elle.

Elle demeura immobile, les yeux rivés sur Alex, regrettant amèrement les paroles de reproche dont elle venait d'accabler John. Si seulement il lui avait tout expliqué! Elle n'aurait pas continué à l'accuser si injustement... Mais il fallait admettre qu'elle ne lui avait pas vraiment laissé le loisir de se défendre.

— Qu'est-ce qui se passe ici? aboya Alex.

— Pam est innocente, déclara John. Nous avons trouvé le vrai coupable.

Le regard de son frère alla de l'un à l'autre.

— Tu plaisantes?

— Il est sous les verrous à l'heure qu'il est.

— Elle est vraiment innocente?

— Oui.

Alex rougit, embarrassé, cherchant visiblement quoi dire.

— Tu as quand même eu tort hier soi, s'obstina-t-il. Tu aurais dû la livrer. Et tu n'aurais certainement pas dû me faire ça ! Maintenant, tu vas m'enlever ces saloperies de menottes ? rugit-il.

John obtempéra à regret.

— Je suppose qu'on ne peut pas le garder attaché indéfiniment, dit-il à Pam en sortant la clé de sa poche. Prépare-toi à appeler le Samu.

Il défit les menottes. Aussitôt, Alex bondit sur ses pieds, prêt à lui sauter à la gorge. Pam s'interposa.

— *Stop !*

Alex s'arrêta net, sidéré par le ton autoritaire de Pam.

— Attendez une...

— Non, attendez, *vous* ! ordonna-t-elle en plantant le doigt sur son torse. Ne le touchez pas, vous m'entendez ?

Les yeux ronds, Alex la dévisagea.

— Écoutez-moi bien ! Vous êtes peut-être deux fois plus grand que moi, mais si vous touchez à un seul cheveu de sa tête, je vous jure que je vous ferai regretter d'être né. Votre vie sera un tel enfer que la mort vous paraîtra un soulagement quand j'en aurai fini avec vous. C'est compris ?

Alex s'éloigna légèrement d'elle ; la stupeur se lisait sur son visage. Il tourna les yeux vers John, puis vers Pam de nouveau. Finalement, il se frotta le poignet, et lâcha un soupir écœuré.

— Bon Dieu, John, maugréa-t-il, elle est aussi cinglée que toi !

John jeta un coup d'œil à Pam, encore frémissante de colère. Dans sa minuscule robe rouge, elle avait l'air d'un petit diable blond surgi des enfers pour terroriser son frère. En réalité, c'était un ange déguisé, mais Alex mettrait sans doute quelque temps à s'en rendre compte.

— Le chapitre est donc clos, conclut Pam, dardant toujours des yeux furieux sur Alex.

— Ça va, ça va, marmonna celui-ci, avant de lancer à son frère un regard menaçant. Mais si tu racontes à qui que ce soit ce qui s'est passé ici ce soir, je te jure que tu me le paieras. Et même ta copine ne pourra pas sauver ta peau !

John sourit.

— L'idée ne m'effleurerait même pas.

— C'est ça, ouais !

Alex se dirigea vers la porte.

— Maintenant, excusez-moi. Il y a une heure que j'ai envie d'aller aux toilettes.

Lorsqu'il eut quitté la pièce, John se tourna vers Pam.

— Cela signifie que je suis pardonné pour hier soir ?

Pour toute réponse, elle s'approcha de lui et se glissa entre ses bras. Une vague de soulagement le submergea. Il craignit de lui faire mal tant il la serrait fort, mais il avait été si près de la perdre qu'il ne pouvait s'en empêcher. Il avait peine à croire qu'ils avaient démasqué le véritable coupable. Qu'elle était de nouveau près de lui.

Et qu'elle l'avait défendu contre son frère.

— Merci de m'avoir protégé, mon ange. Si tu ne l'avais pas fait, à l'heure qu'il est, je serais en route pour l'hôpital...

— Mais non ! Il n'est pas si dur que ça !

En effet, songea John, Alex n'avait rien d'un dur. Comparé à Pam. Après avoir traversé tant d'épreuves, elle avait encore eu le cran de se rendre à ce club pour tenter de prouver son innocence. Et il avait honte de ne pas être resté à ses côtés. Jamais plus il ne commettrait pareille erreur.

Les pas d'Alex résonnèrent bruyamment dans le couloir. La porte d'entrée s'ouvrit, puis se referma avec fracas.

— Il a l'air encore un peu fâché, observa Pam.

— Il s'en remettra, fit-il avant de s'incliner sur elle pour l'embrasser tendrement. Il faut que j'aille au commissariat. Tu m'attends ici, promis ?

Elle lui murmura à l'oreille qu'elle l'attendrait, en effet. Puis elle lui expliqua où exactement, ajoutant que l'endroit était devenu à cet instant précis une zone interdite aux menottes, et ce, pour toujours.

Lorsque John rentra, une heure et demie plus tard, il trouva Pam endormie dans son lit. La petite robe rouge avait été jetée négligemment sur sa commode, avec les sous-vêtements roses, et le chapeau mauve gisait dans la poubelle. Pam remua et se retourna, et il s'aperçut qu'elle n'avait pas pris la peine d'enfiler l'une de ses chemises. Ni quoi que ce soit d'autre, d'ailleurs.

Il lui effleura l'épaule. Aussitôt, elle ouvrit les yeux et lui sourit.

— Tout va bien, mon cœur, souffla-t-il en écartant une mèche qui lui barrait la joue. Steve a avoué.

— Vraiment ?

— Oui. Il hésitait, mais Tom l'a convaincu. Tu n'as plus rien à craindre.

Elle prit une profonde inspiration, puis exhala lentement.

— Je te dois la vie, murmura-t-elle.

John frissonna, conscient qu'il s'en était fallu d'un cheveu qu'ils échouent.

— Non, mon ange. C'est toi qui as démoli un chasseur de primes et obtenu les aveux du coupable. Tu n'avais pas besoin de moi.

— Si. J'avais besoin d'un homme qui croyait en mon innocence quand le monde entier était persuadé du contraire.

Elle lui caressa la joue.

— Je t'aime, John. Je sais que c'est difficile à croire alors que nous nous connaissons depuis si peu de temps, mais c'est pourtant la vérité.

C'est alors seulement qu'il réalisa combien il avait rêvé de l'entendre prononcer ces paroles. Et cependant, il se sentait vaguement mal à l'aise.

— Tu es sûre que ce n'est pas uniquement de la reconnaissance ?

Il lui avait posé cette question avant de faire l'amour pour la première fois, et voilà que le doute revenait le tarauder. Il avait peur de sa réponse. Peur qu'elle ne l'aime pas réellement, comme lui l'aimait, parce que si c'était le cas il craignait de ne jamais s'en remettre.

— Oui, chuchota-t-elle. Je t'aime pour ce que tu es. Et parce que tu étais prêt à tout sacrifier pour moi.

Elle s'adossa à l'oreiller, et lui sourit.

— Et maintenant, veux-tu s'il te plaît te déshabiller et venir te coucher ?

Il ne se le fit pas dire deux fois.

Épilogue

Pam avait survécu à une accusation de vol à main armée, affronté trois rencontres musclées avec un chasseur de primes sanguinaire, à demi étranglé un criminel afin de lui soutirer des aveux, mais elle n'en était pas moins terrifiée par la perspective du déjeuner prévu chez tante Louisa le dimanche suivant. Quand bien même John lui avait affirmé avoir tout raconté à sa famille.

— Tout ça est si bizarre, lui murmura-t-elle alors qu'ils prenaient place à table.

— Détends-toi, chuchota-t-il. Tout se passera bien, tu verras.

— Alex me regarde d'un sale œil.

— C'est son regard habituel !

— Tu es sûre qu'ils veulent bien que je sois là ?

— Fais-moi confiance, mon ange. Tout va bien.

La famille l'avait accueillie avec une courtoisie parfaite, mais à présent qu'ils savaient tout d'elle, Pam ne pouvait s'empêcher de penser qu'ils n'auraient jamais d'elle une opinion aussi favorable que la première fois. Croiraient-ils toujours qu'elle ferait une épouse parfaite pour John ? Ou prieraient-ils au contraire pour qu'il reprenne ses esprits et se débarrasse d'elle ?

Tandis que tante Louisa faisait circuler la purée, Brenda passa le plat de poulet à Alex.

— Au fait, Alex, lança-t-elle d'un ton dégagé, tu ne m'as pas raconté comment tu t'étais fait cette marque au poignet ?

Alex tressaillit, puis s'empara de quelques ailes de poulet et les déposa sur son assiette sans répondre.

— C'est vrai, intervint Dave. Moi aussi, j'avais remarqué. Une fois j'ai passé les menottes à un type qui s'est débattu comme un fou. Quand je l'ai relâché, ses poignets avaient exactement le même aspect.

— Des menottes ? fit Sandy, abasourdi. Impossible. Enfin, vous avez déjà vu des flics menottés ?

— Je passerai demain soir pour t'aider à réparer cette porte, dit Eddie à l'intention de John. Qu'est-ce qui s'est passé, déjà ?

— OK, ça va ! grogna Alex en foudroyant John du regard. Tu n'as pas pu t'empêcher de lâcher le morceau, hein ?

John haussa les épaules.

— Quelque chose m'a peut-être échappé.

— Merci bien, marmonna Alex. Maintenant, j'imagine que le monde entier va être au courant !

— Impossible, répliqua Sandy. Cela nous obligerait à révéler ce qui se passait entre John et Pam, et il n'en est pas question, n'est-ce pas ?

— Mais ça ne veut pas dire que l'histoire ne peut pas enrichir la légende familiale ! observa Brenda.

— Bien sûr que non, renchérit Sandy. Nous nous réservons le droit de nous payer ta tête à chaque réunion de famille jusqu'à la fin des temps !

Le nœud d'anxiété qui comprimait l'estomac de Pam depuis son arrivée se desserra lentement, à mesure qu'elle comprenait qu'elle était adoptée. Elle lança un regard timide à Sandy, puis à Brenda, qui lui sourirent.

— Eh bien, nous sommes tous très contents de revoir Pam, n'est-ce pas ? s'enquit tante Louisa.

Tous hochèrent la tête avec un bel ensemble. Enfin, presque tous. Pam crut discerner un froncement de sourcils chez Alex, mais peut-être avait-elle rêvé.

Soudain, tante Louisa prit un air confus.

— Mais, tu sais, John, tu nous as dit quelque chose à propos de la jeunesse de Pam...

Celle-ci se rembrunit, sentant son angoisse renaître.

— ... et, pour une raison ou pour une autre, continua tante Louisa, je ne m'en souviens plus du tout.

Elle secoua la tête.

— C'est l'âge, sûrement. Tu t'en souviens, Sandy ?

Sandy réfléchit un instant, puis haussa les épaules.

— Ça m'est sorti de la tête aussi, on dirait. Dave ?

— Désolé. J'ai oublié.

— Moi aussi, fit Brenda, avant de lancer un regard acéré à Alex. Et toi, Alex ?

La bouche de celui-ci se tordit en un rictus dégoûté. Brenda lui décocha un coup de pied sous la table.

— Je ne me rappelle pas, marmonna-t-il.

Ensuite, ce fut au tour du grand-père et d'Eddie d'avouer la même perte de mémoire qui semblait avoir tragiquement affecté toute la famille DeMarco. Seule grand-mère promena un regard perplexe autour de la table.

— Qu'est-ce qui vous prend tous ? C'était une sale petite délinquante qui a fait les quatre cents coups !

La famille entière se figea, et tous les regards convergèrent vers Pam. Elle aurait dû se sentir humiliée, et, une semaine plus tôt, l'aurait sans doute été. Mais à présent... Elle ne put réprimer un sourire. Brenda l'imita, puis Sandy pouffa. Et les rires ne tardèrent pas à fuser de toutes parts. Grand-mère écarquillait les yeux comme s'ils étaient devenus fous, et Pam se rendit compte qu'il y avait une éternité qu'elle n'avait pas autant ri. Et cela faisait tellement de bien !

Lorsque l'hilarité générale se fut un peu calmée, Alex décocha à toute la tablée un regard mauvais.

— Et pourquoi est-ce que cette mémoire sélective ne marche pas quand j'en ai besoin, *moi* ?

— Pam a laissé toutes ces histoires derrière elle il y a bien longtemps, fit Sandy. Toi, en revanche, tu t'es conduit comme un crétin pas plus tard que la semaine dernière.

Tous approuvèrent, avant de se remettre à dévorer le poulet de tante Louisa. Bientôt, la conversation s'orienta sur le match de l'après-midi, et une discussion animée s'engagea. Pam écoutait, tout au plaisir de se sentir acceptée.

— Pam ! appela Alex.

Elle sursauta. Les bavardages cessèrent autour d'eux tandis qu'il lui décochait un regard perçant.

— Oui ?

— Tu aimes toujours la bière ?

— Euh... oui. Quelquefois.

— Tu la renverses aussi souvent qu'autrefois ?

Elle esquissa un sourire.

— Je ne suis plus aussi maladroite que par le passé, je crois.

— Bon. Dans ce cas, on devrait s'entendre. Quelqu'un pourrait me passer les petits pois ?

Pam baissa la tête. Et soudain, sans prévenir, une boule se forma dans sa gorge, et elle sentit qu'elle était sur le point de fondre en larmes. Elle posa ses couverts, lâcha sa serviette et se réfugia dans la cuisine, où elle se tamponna les yeux à l'aide d'une serviette en papier. Quelques secondes plus tard, John la rejoignit et elle éclata en sanglots.

— Pam ? Qu'y a-t-il ?

— Je... je ne sais pas, balbutia-t-elle en se jetant dans ses bras. C'est trop bête de pleurer alors que je suis si heureuse...

— C'est à propos de la bière, mon ange ? Tu veux que je menotte Alex pour que tu puisses renverser une canette sur ses chaussures !

Pam éclata de rire au milieu de ses larmes.

— Oh ! John...

— Tout ira bien. Tu as toute la vie devant toi pour t'habituer à eux... Tu sais, ça n'a pas été facile de leur avouer notre secret.

— Vraiment ?

— Non. Ils m'ont reproché d'avoir mis ma carrière en danger. Et puis ils ont été vexés que je leur aie caché ton vrai nom. Et tu aurais dû voir leur tête quand j'ai parlé de ton casier...

Pam porta la main à sa gorge.

— Pourquoi ne m'as-tu rien dit ?

— Parce que tu aurais été encore plus anxieuse que tu ne l'étais déjà, et qu'en fin de compte, tout ça n'avait aucune importance.

— Pourquoi ?

— Parce que je leur ai dit que nous étions inséparables. Que je t'aimais et qu'ils devraient s'y faire ! Et tu as remarqué comme ils s'y sont faits vite ?

— John ! Pam ! appela Dave du salon. Venez voir ça ! Alex et Brenda vont faire un bras de fer !

Tandis que John l'enlaçait, Pam songea qu'elle avait eu une chance extraordinaire. Elle avait séduit un ténébreux inconnu pour se sortir d'une situation désespérée, et, en retour, elle avait gagné l'amour d'un homme digne de confiance, beau et courageux.

Un homme qu'elle avait la ferme intention de séduire encore, nuit après nuit, jusqu'à la fin de ses jours.

Découvrez les prochaines nouveautés
de la collection

Amour et Destin

Des histoires d'amour riches en émotions déclinées en trois genres :

Intrigue ***Romance d'aujourd'hui*** ***Comédie***

Le 3 mars *Intrigue*

Celle qui en savait trop de Lisa Jackson (n° 6501)

Shelby Cole apprend dans une lettre anonyme que la petite fille à qui elle a donné le jour, neuf ans auparavant, n'est pas morte peu après sa naissance comme l'avait affirmé son père, le juge Cole. Décidée à retrouver la trace de son enfant, Shelby retourne dans la petite bourgade de Malchance pour mener son enquête, aidée de Nevada Smith, le père métis indien de l'enfant...

Le 10 mars *Romance d'aujourd'hui*

Quand ressurgit le passé de Elizabeth Richards (n° 6502)

Leigh est mariée depuis plusieurs années avec Simon. Nègre pour un écrivain à succès, elle travaille chez elle tout en veillant sur ses trois enfants. Elle mène une vie paisible, même si la routine quotidienne pèse sur son amour pour Simon. Lorsqu'elle reçoit un beau jour une carte postale de Fowler, le jeune professeur qu'elle avait aimé lorsqu'elle n'avait que dix-huit ans, Leigh est émue comme une adolescente... Osera-t-elle affronter son premier amour ? Quelles en seront les conséquences pour son mariage ?

Le 24 mars *Comédie*

Lily à la rescousse de Louise Harwood (n° 6451)

Après avoir fait les Beaux-Arts à Londres, Lily s'installe chez sa sœur Grace, propriétaire d'une maison au pays de Galles. Un soir, alors qu'elle est au pub avec son amie Kirsty, elle surprend la conversation de quatre jeunes gens : ils s'apprêtent à kidnapper leur copain Hal pour qu'il manque son mariage, le lendemain, avec une fille qu'ils n'aiment pas. Lily et sa copine, n'écoutant que leur bon cœur – et leur curiosité mal placée –, décident de les en empêcher...

Ce mois-ci, retrouvez également les titres de la collection

Aventures et Passions

Le 3 février

Le frisson de minuit de Eloisa James (n° 6452)

Londres, 1804. La belle et courtisée lady Sophie York accepte d'épouser le jeune lord Braddon Chatwin, un garçon gentil mais ennuyeux dont elle a déjà refusé maintes demandes en mariage. Pourtant, elle est folle amoureuse de Patrick Foakes, mais elle le prend pour un libertin et un redoutable séducteur. Par un concours de circonstances, elle se retrouvera néanmoins dans ses bras. Il ne lui restera plus qu'à tenter de le garder auprès d'elle. Par tous les moyens...

Le 10 février

Coup de poker de Shirlee Busbee (n° 6453)

États-Unis, fin du XVIIIe siècle. Pour défendre l'héritage familial perdu au jeu par son jeune frère, Arabella Montgomery conclurait un pacte avec le diable en personne. Justement, la seule personne susceptible de l'aider est l'arrogant Tony Daggett. Tony, avec lequel Arabella devait se marier il y a cinq ans, qu'elle n'a jamais réussi à oublier, qui lui a pris sa virginité et l'a trahie en la trompant avec une fille de joie...

Le 17 février

L'esclave du désert de Iris Johansen (n° 4815)

Perdue au cœur du désert de Syrie se dresse une forteresse imprenable. Chaque soir, le maître de Dundragon arpente les remparts en scrutant l'horizon. Il sait que l'espion des Templiers le surveille... Est-ce là l'Orient dont il rêvait, il y a des années, en Écosse ? L'ironie de la situation lui arrache un rire amer. Il passe maintenant pour un renégat. Où fuir à présent ? Sa situation est comparable à celle de cette esclave qu'il a trouvée, errant dans les dunes à demi morte de soif, quelques jours plus tôt. Évadée de Constantinople, elle tentait de rejoindre Damas... Avec ses cheveux d'or et son corps voluptueux, elle devait valoir un bon prix !

Le 24 février

La prisonnière de Black Thorn de Lisa Jackson (n° 6454)

Angleterre, 1283. Lady Apryll vit avec son demi-frère Payton dans un château qui tombe en ruine. Pour survivre, son frère propose de subtiliser des bijoux à leur richissime voisin, lord Devlynn. Apryll se résigne à entrer au château en ces fêtes de Noël pour distraire le seigneur, mais lorsque les choses tournent court, elle est retenue prisonnière. Comment dès lors calmer le courroux de Devlynn, furieux d'avoir été abusé par cette femme ? La longue chevelure d'or et les grand yeux émeraude de la captive suffiront-ils à apaiser sa colère ?

6420

Composition Interligne B-Liège
Achevé d'imprimer en France (La Flèche)
par Brodard et Taupin
le 3 janvier 2003. 16504
Dépôt légal janvier 2003. ISBN 2-290-32137-0

Éditions J'ai lu
84, rue de Grenelle, 75007 Paris
Diffusion France et étranger: Flammarion